Lisette Allen

Das Amulett

Erotischer Roman

**Ins Deutsche übertragen
von Sandra Green**

W0282197

BASTEI
LÜBBE

BASTEI LÜBBE TASCHENBUCH
Band 14 742

1. Auflage: Juni 2002

Vollständige Taschenbuchausgabe

Bastei Lübbe Taschenbücher
ist ein Imprint der
Verlagsgruppe Lübbe

Deutsche Erstveröffentlichung
Titel der englischen Originalausgabe: The Amulet
© Copyright 1995 by Lisette Allen
Published by arrangement with Virgin Publishing Ltd.
Dieses Werk wurde vermittelt durch die
Literarische Agentur Thomas Schlück GmbH, 30837 Garbsen
All rights reserved
© für die deutschsprachige Ausgabe 2002 by
Verlagsgruppe Lübbe GmbH & Co. KG,
Bergisch Gladbach
Titelillustration: IFA Bilderteam
Umschlaggestaltung: Tanja Østlyngen
Satz: QuadroPrintService, Bensberg
Druck und Verarbeitung:
Brodard & Taupin, La Flèche, Frankreich
Printed in France

ISBN 3-404-14742-1

Sie finden uns im Internet unter
http://www.luebbe.de

Der Preis dieses Bandes versteht sich einschließlich
der gesetzlichen Mehrwertsteuer

Erstes Kapitel

»Großer Gott des Lichts, erhöre unser Gebet ...«

Aus der Tiefe des Waldes stiegen die gedämpften Stimmen mit vereinter Inbrunst zum sternenübersäten Himmel. Wie zur Antwort auf das Beten fuhr eine leichte Sommerbrise über das Laub der dunklen Eichen, leckte an den niedrigen Flammen der im Kreis angelegten Feuer und wirbelte den stechenden Rauch zu schwebenden Spiralen. Jenseits der Lichtung wurde eine Eule aufgescheucht und schwang sich mit trägen Flügelschlägen in die warme Sommernacht.

Die Magd des Priesters stand allein im Ring des Feuerscheins, in der Mitte des heiligen Hains. In den Schatten um sie herum knieten die Stammesangehörigen und betrachteten sie, die Augen auf die schlanke Gestalt im weißen Gewand gerichtet, während die Lippen sich im leisen hypnotischen Gebet bewegten.

»Oh, mächtiger Lugh, Gott des Lichts, erhöre uns und bringe uns den Sieg in dieser Nacht.«

Die einsame Gestalt des Mädchens stand völlig still und reglos. Der Feuerschein flackerte über die seidigen Zöpfe ihrer blonden Haare und über das sanfte Heben und Senken ihrer hohen kleinen Brüste unter dem dünnen wollenen Gewand. Sie hatte die Hände gefaltet, und die Augen im blassen, verträumten Oval ihres Gesichts waren wie in Trance geschlossen.

Aber sie konnte sie hören. Jedes Wort. Sie fühlte ihre hungrigen Blicke, die ihre Haut versengten. Verzweifelt drückte sie die Hände gegen ihre schmerzenden Augen. Es half nicht. Ihre Gabe hatte sie verlassen. Sie sah nichts als Schwärze und wirbelnde goldene Ringe vor ihren Augen.

Sie hörte weiche Schritte hinter sich im tiefen Gras

und erschauerte, als sie das drängende Flüstern des Priesters an ihrem Ohr hörte. »Das Amulett, Catrina, denk an das Amulett.«

Voller Schmerz senkte sie den Kopf. Sie spürte den heißen Atem des Priesters im Nacken und hielt den kleinen silbernen Talisman umklammert, der an einer Kette um ihren Hals hing. Sie fühlte die glatte Kälte an ihren Fingern, und plötzlich schien sich ihr Kopf zu leeren.

»Kannst du etwas sehen?«, zischte der Priester.

»Warte«, bat sie. »Noch einen Augenblick, mein Herr Luad.«

Sie zuckte zusammen und hielt die Luft an. Da war es wieder – sie hatte eine Vision.

Nebel wallte in der Finsternis des fernen Tals. Catrina presste die Augen noch fester zusammen, bis der Nebel sich langsam lichtete, und da war er, klar und deutlich. Er ritt aus den Toren der feindlichen Stadt, der Stadt der Adler. Fackeln loderten auf den hohen Steinmauern und warfen gespenstisches orangefarbenes Licht auf das harsche Porträt des Mannes, als er den Kopf hob und zu den Hügeln blickte.

Catrina nahm einen tiefen Atemzug, die Augen immer noch geschlossen. Sie konnte sogar die trommelnden Pferdehufe auf der gepflasterten Straße hören, die römische Legionäre vor langer Zeit gebaut hatten. Er kam, der Mann ihrer Träume, er ritt in die Hügel, durch die undurchdringlichen Wälder und das karge Moor, in dem seine Feinde lauerten.

Mitten hinein in die Falle …

Die Schatten ihrer Vision waberten um sie herum. Die Stimmen der Stammesangehörigen drangen wieder an ihre Ohren, und allmählich verlor sich das Bild.

»Sieg!«, riefen sie ungeduldig. »Gib uns den Sieg in dieser Nacht!«

Die Männer und Frauen des Stammes kreisten sie ein. Der stechende Geruch der getrockneten Kräuter, die der Priester in die Flammen geworfen hatte, drohte sie zu ersticken und machte sie ganz benommen. Auch Catrina fühlte sich wie in einer Falle. Sie wollte aufschreien, die Menschen von sich schieben und dem Mann ihrer Vision entgegen laufen und ihn vor der Falle warnen, die sie ihm gestellt hatten.

»Catrina.« Die kräftige Hand des Priesters legte sich auf ihre Schulter. »Catrina, du musst uns etwas sagen. Alle warten auf deine Worte.«

Sie schlug benommen die Augen auf und zitterte vor Furcht. Der Priester starrte sie immer noch mit seinen blassen Augen an. »Sage den Kriegern, dass du vom Krieg geträumt hast«, drängte er sie so leise, dass nur sie es hören konnte. »Schnell, sage ihnen, was sie hören wollen, Catrina, bevor sie ungeduldig werden und an uns zu zweifeln beginnen.«

Catrina starrte ihn entgeistert an. Ihre runden grünen Augen blickten hilflos. Sie spürte die greifbare Erwartung des Stammes, sah die Frauen der Krieger in den Schatten, eifrig bedacht, ihre Rolle im bevorstehenden Ritual zu vollziehen. Die Krieger knieten im Kreis der Feuer. Ihre nackten Oberkörper glänzten vom Öl und der blauen Kriegsfarbe. Sie warteten auf das Ritual, bevor sie gegen die Römer in den Kampf zogen. Die Römer, Feinde ihres Stammes.

Der Mann, den sie gesehen hatte, war ein Römer, und er ritt in die Falle, die ihr Stamm ihm gestellt hatte …

Mit ihrer ganzen Kraft sah sie in das glatt rasierte Gesicht des Priesters und verdrängte ihre Vision, denn sie wollte nicht, dass Luad die Einzelheiten dessen mitbekam, was sie gesehen hatte. Lass mich in Ruhe, Priester, dachte sie rebellisch. Sie griff nach ihrem Amulett und glitt mit den Fingern über den winzigen Kopf der Göttin. Mit fester Stimme sagte Catrina: »Ich sehe den Sieg, Luad.«

Der große stämmige Druide betrachtete sie genau,

dann nickte er, scheinbar zufrieden, und wandte sich an die Männer im Kreis. »Die Göttin hat durch ihre Dienerin gesprochen. Catrina hat den Sieg gesehen.«

Ein Seufzer der Erleichterung fuhr durch die Lichtung, ähnlich der Brise, die durch die Baumgipfel huschte. Wieder setzte inbrünstiges Gemurmel ein. Nach einem Wink von Luad wurden frische Kräuter in die Feuer geworfen, und während der Krug mit dem Met kreiste, stieg der scharfe Geruch himmelwärts. Eine kleine Trommel begann irgendwo am Rand der Lichtung zu schlagen und füllte die warme Sommernacht. Das rhythmische Schlagen des Knochens auf gespannter Tierhaut war das Zeichen, worauf alle gewartet hatten.

Die Frauen bewegten sich zum Lichterkreis und wanden sich zum hypnotischen Klang. Es war, als wären sie auf einmal in einen Rausch geraten. Sie umarmten sich gegenseitig, fast nackt, wie sie waren. Die knienden Krieger starrten sie gierig an, die Sinne entzündet vom Met und dem Wissen, was sie erwartete.

Catrina trat langsam aus dem Ring des Feuers heraus und bewegte sich mit gesenktem Kopf in die Schatten. Sie fühlte sich leer und ausgelaugt. Ihre Rolle war vorbei. Sie wusste, was jetzt geschehen würde, und das würde ohne sie ablaufen. Sie wusste, dass die Frauen des Stammes, ihre Körper gebadet und parfümiert, langsam zu den Kriegern ihrer Wahl schleichen und sich ihnen anbieten würden. Sie würden die Männer reizen und locken und sie zu einer wunderbaren Erlösung bringen. Danach würden die Krieger in die Nacht reiten und ihre Feinde, die Römer, töten.

Catrina stand abseits von ihnen, abseits wie immer. Sie war anders. Und einsam. Bisher war ihr diese Einsamkeit nie bewusst gewesen. Luad, ihr Priester und Beschützer, hatte ihr schon vor langer Zeit erklärt, wie privilegiert sie war, von der Göttin auserwählt zu sein, das Amulett zu tragen.

Aber jetzt fühlte sie eine schreckliche Leere in sich, als die anderen Frauen auf der Lichtung tanzten, die Haare mit *ruan* gefärbt und die Augenbrauen mit Beerensäften geschwärzt. Eine nach der anderen sank vor einem Krieger auf die Knie. Sie kosten den Brustkorb des Liebsten, rieben ihn mit magischen Ölen ein und massierten die stämmigen Schenkel.

Catrina wandte sich ab und presste die brennenden Wangen gegen den glatten Stamm eines jungen Baums. Nie hatte sie sich so einsam gefühlt. Warum war sie so anders als die anderen Frauen? Sie schloss die Augen, aber damit konnte sie die Geräusche nicht ausblenden, das Stöhnen der Männer, das Juchzen der Frauen, das Murmeln des Priesters, den pochenden Schlag der kleinen Trommeln.

Die Frauen tanzten um die Männer herum, sie drückten ihnen die schwelgenden Brüste in den Mund und griffen verspielt nach den stolz gereckten Stäben der Männlichkeit.

Catrina würde nie zu ihnen gehören. Luad hatte es ihr gesagt. »Meine Magd des frisch gefallenen Schnees«, wie er sie erst an diesem Nachmittag wieder genannt hatte, während seine Hände ihre mondsilbernen Haare gestreichelt hatten. Ja, ich bin tatsächlich eine Schneemagd, dachte sie, unschuldig und rein wie ein gerade entsprungener Gebirgsbach. Sie war Teil des Rituals und gehörte doch nicht dazu, und Luad hatte dafür gesorgt, dass alle das wussten.

Manchmal, wenn die Krieger gierig auf ihren schlanken, doch fraulichen Körper starrten, empfand sie eine innere Unruhe, die sie nicht zu deuten wusste. Doch sie stand unter dem Schutz des Druiden, deshalb wagte niemand der Krieger, sie auch nur zu berühren.

Sie wurde von diesen Menschen akzeptiert, aber sie

war nicht eine von ihnen. Sie sah auch nicht aus wie die Frauen des Stammes, die groß und kräftig waren und meist dunkelblonde oder hellbraune Haare hatten. Sie dagegen war klein und zierlich, und sie hatte ein schmales Gesicht mit delikaten Zügen, und dazu noch die grünen Augen und die leuchtend hellen Haare.

Und sie besaß die Gabe des zweiten Gesichts.

Sie atmete tief ein, um die aufwühlenden Gedanken zu beruhigen, und blickte zurück zur Lichtung. Sie sah die Stammesangehörigen mitten im Ritual, das sie schon oft verfolgt hatte. Der Druide mit seiner hohen Kapuze stand unbewegt wie in Trance am Rand der Lichtung, und auf dem moosigen Boden des Hains wanden sich die vom Feuer beschienenen Gestalten. Nur wenige Schritte von ihr entfernt bebte ein robuster Krieger, als eine der Frauen seinen dicken Phallus in die Hände nahm und in die samtene Tiefe ihres Schoßes führte. Sie paarten sich in stummer Leidenschaft. Die Frau bot den hungrigen Lippen des Mannes ihre vollen Brüste an, während sie ihre kräftigen Beine um seine Hüften schlang und lustvoll stöhnte.

Catrina spürte ein seltsames Zittern, das durch ihren Körper lief, während sie im Schatten stand und gebannt zuschaute. Sie hatte das alles schon oft gesehen, aber heute wurde sie davon gepackt. Heiß pulsierte das Blut in ihren Adern, und dann sah sie wieder des Gesicht des Römers vor sich, und ihr wurde fast übel vor Sorge um ihn. Seine Augen verfolgten sie mit einer Heftigkeit, die sie nicht verstand.

Sie schluckte hart, und ihr Atem kam unregelmäßig. Der Anblick des Kriegers, der seine Männlichkeit tief in die keuchende Frau versenkte und sich dann laut ächzend in ihr verströmte, ließ sie zittern. Sie spürte ein unerklärliches Sehnen in sich. Ihre kleinen festen Brüste kribbelten und rieben sich gegen die weiße Wolltunika, als lechzten sie nach dem heißen feuchten Mund des Kriegers. Die geheime Stelle zwischen ihren Schenkeln zuckte rebellisch, und verschämt spürte sie die Nässe, die ihre Schenkel ölte.

Was geschah ihr? Sie verschränkte die Arme vor den Brüsten, um den süßen Schmerz zu lindern, der sich in ihren seltsam steifen Nippeln sammelte, und schloss die Augen.

Dann stieß Catrina einen leisen Schrei aus, als Luad eine Hand auf ihre Schulter legte. Sie sah in sein dunkles Gesicht, das im Schatten der weißen Kapuze lag.

»Du hältst dich zu sehr zurück, meine Liebe«, sagte der Druide leise. »Die Krieger werden das in einer solchen Nacht als schlechtes Omen werten.«

Seine Hände lagen schwer auf ihren Schultern, dann griff er mit einer Hand in ihre Haare, mit der anderen an ihr silbernes Amulett. Sie zitterte, als sie die Kraft spürte, die vom kostbaren Metall übertragen wurde.

Warum ließ er sie nicht in Ruhe? »Ich bin müde, Luad«, sagte sie. »Kann ich jetzt gehen?«

Seine Finger massierten das Amulett. »Du musst gegen deine Müdigkeit ankämpfen. Du bist ein besonderer Mensch, Catrina. Du hast von den Göttern ein heiliges Geschenk erhalten, die Gabe des zweiten Gesichts.« Seine Hände glitten wieder zu ihren Schultern und kneteten ihren Nacken. »Siehst du noch den Feind, Catrina? Sind die Römer zu uns unterwegs?«

Sie schloss die Augen und erschauerte, als die Kraft sie durchwogte. Leise sagte sie: »Ja, Luad, ich sehe den Feind.« Dann fiel ihr ein, dass sie in ihrer Vision einen Mann ihres eigenen Stammes gesehen hatte, der neben dem römischen Anführer geritten war. Plötzlich platzte sie heraus: »Wo ist Brant heute Abend? Ich sehe ihn nicht bei den Kriegern.«

Luad lächelte dünn. »Brant erfüllt seine Pflicht. Er ist zur Steinstadt geritten, um den Rotschopfsoldaten zu sagen, dass ein Zug von Frauen und Kindern von einem benachbarten Stamm angegriffen wird. Deshalb sind die Römer so hastig aufgebrochen.«

»Dann stimmt die Geschichte des Zuges mit den Frauen und Kindern gar nicht? Handelt es sich um eine Falle?« Catrinas Stimme war kaum lauter als ein Flüstern.

»Natürlich ist es eine Falle«, antwortete Luad. »Aber wieso hast du von Brant gewusst? Hast du ihn in deiner Vision gesehen?«

Catrina schloss wieder die Augen. Ja, da war der Krieger Brant auf seinem zotteligen Bergpony. Er ritt immer noch an der Seite des Römers. Brant lächelte ihm zu und flüsterte seine Lügen, während der Römer mit den blauen Augen aufmerksam zuhörte und Brants Doppelspiel nicht durchschaute. Unbewusst ballte Catrina die Fäuste und versuchte, ihn zu erreichen, durch den Dunst zu gelangen, der sie von ihm trennte.

Dann sah sie plötzlich wieder klarer. Ja, da war er, der Mann ihrer Träume. Er starrte sie an, und sie wartete atemlos darauf, dass er sie erkannte. Aber seine wunderschönen Augen schienen nichts zu sehen. Voller Entsetzen stellte Catrina fest, dass er blind war.

Mit einem Schrei des verzweifelten Mitgefühls langte sie durch die Dunkelheit, um ihm zu helfen. Tief in ihrem zitternden Körper spürte sie einen schmerzhaften Stich. Nein, er durfte nicht sterben! Instinktiv griff sie an ihr Amulett.

Sie zwang sich, die Augen zu öffnen, gefangen in den Gefühlen, die sie aufwühlten. Benommen sah sie die stummen Gestalten, die sich in den tanzenden Schatten ruckartig bewegten. Sie starrte auf die angemalten Muskeln des starken keltischen Kriegers Cernwi, der eine willige Frau auf seine Hüften zog. Juchzend ließ sie sich auf seinen Schaft nieder. Sie pfählte sich, warf den Kopf in den Nacken und rieb die rosigen Spitzen ihrer Brüste an seinem harten, eingeölten Brustkorb. Sie schlang die Schenkel um seine stoßenden Lenden und grub ihre Finger in seine zerzausten Haare.

Catrina wurde wieder bewusst, wie die Feuchtigkeit sich zwischen den Schenkeln ausbreitete und das glitschige Gewebe pulsierte. Wie würde es sein? Was würde sie empfinden, wenn ein Mann wie Cernwi, kräftig aber simpel, sie umarmte und ihren Körper verehrte, indem er den massiven harten Schaft in die geheime Stelle versenkte, die jetzt so hungrig nach Leben pochte?

Luad stand hinter ihr. Auch er beobachtete Cernwi und die Frau. Catrina hörte, wie Luad zischend die Luft einsog, als der wuchtige Krieger seinen Samen ausstieß. Im nächsten Augenblick spürte Catrina die Hände des Druiden auf ihren Brüsten. Ihr stockte der Atem, starr vor Schreck. Seine Hände glitten unter die weiche weiße Wolle ihres Gewands. Noch nie hatte er sie so angefasst. Seine Handflächen waren kühl.

Seine Finger griffen sanft an ihre zarten Nippel, sie zogen und zupften an den rosigen Knospen. Tiefe Röte schoss in Catrinas Gesicht, als sie spürte, wie sich die Warzen unter Luads kundigen Berührungen versteiften. Sie sah den heißen, gierigen Ausdruck seiner Augen und rannte davon, erfüllt von einem Gefühl, verraten worden zu sein.

Seit vielen Jahren war sie mit Luad unter ihren Stammesleuten in den nördlichen Wäldern und Hügeln unterwegs gewesen. Für einen Priester war Luad noch jung, auf dem Höhepunkt seiner Manneskraft. Catrina hatte immer akzeptiert, dass er an den Ritualen teilnahm, die er initiiert hatte, und dass er auf dem Höhepunkt die eine oder andere Frau nahm.

Catrina war auch stets davon ausgegangen, dass er sein Vergnügen zelebrierte und den bereitwilligen Stammesfrauen seine Manneskraft mit kühler

Zurückhaltung angedeihen ließ. Er war sehr beliebt bei ihnen, denn er war von großer, kräftiger Statur und hatte lange, fließende Haare und ein glatt rasiertes Gesicht.

Aber jetzt begriff sie plötzlich, dass der Druide nicht anders war als die anderen Männer, dass er ebenso hungrig nach einer gewissen Erfüllung gierte – und diesmal sollte sie die Frau sein, die ihm Befriedigung verschaffte.

Er hatte sie rasch wieder eingeholt. Er packte sie an der Hüfte und zog sie an sich. Sie spürte seine harte Männlichkeit durch den dünnen weißen Umhang. Er nahm ihre Hand und raunte: »Berühre mich, Catrina. Fühle die Kraft in mir.«

Voller Entsetzen begriff sie, dass er ihre tauben Finger zwischen die Falten seines Umhangs führte, zu seinem strotzenden Mannesfleisch, das stolz von seinem Körper abstand. Er drückte ihre zitternde Hand gegen den heißen samtenen Stab, und sie sah, wie Luads gierige Augen leuchteten und hörte seinen keuchenden Atem.

Er drückte ihre zögernden Finger um den zuckenden Schaft, und Catrina stöhnte auf, als sie den nackten Stab fühlte. Luad schüttelte sich vor Lust, er schloss die Augen und rieb ihre Finger über seine steinharte Erektion.

Wieder sprang Catrina von ihm weg, und überrascht stellte sie fest, dass sie die zierlichen Hände zu Fäusten geballt hatte.

Luad, der Druide, hatte sie die ganze Zeit schon für sich reserviert …

Wieder empfand sie Verrat. Sie rieb die Hand, die ihn berührt hatte, an ihrem Gewand ab, als hätte sein wütend erregtes Fleisch sie beschmutzt. Ihr Herz klopfte schmerzhaft, als sie sich gegen den Stamm einer knorrigen Eiche lehnte. Mit ein paar Schritten war der Druide wieder bei ihr.

Langsam sagte er: »Du verweigerst dich Luad, dem Priester, Catrina?«

Catrina befeuchtete ihre trockenen Lippen. In einer trotzigen Geste ruckte sie den Kopf hin und her, dass ihre langen seidigen Haare von einer Seite zur anderen flogen. »Ich habe das zweite Gesicht, mein Herr Luad«, sagte sie rasch. »Ich muss mich für mich halten, sonst werde ich die Gabe der Götter für immer verlieren. Das hast du selbst immer gesagt.«

Die Brauen des Druiden zogen sich zusammen, während er darüber nachdachte. Catrina hielt den Atem an, sie stand zum fliehenden Sprung bereit. Widerwillig sagte Luad: »Das stimmt. Aber du darfst dich um meine Not bemühen, ohne dich selbst zu beschmutzen, denn ich bin ein Druide. Komm, ich zeige es dir, Catrina.«

Sie drückte sich hart gegen den Baumstamm und spürte die raue Rinde im Rücken. Ihr Gesicht war bleich vom stummen Widerstand. Dann stieg ein herber Duft in ihre Nase; sie hob den Blick und sah Eda, eine der attraktivsten Frauen des Stammes, die langsam aus dem Feuerschein der Lichtung trat. Ihr Gewand war von den Schultern gerutscht, so dass die vollen Brüste nackt waren, die dunklen Nippel lang und steif.

Hüftschwenkend näherte sie sich dem Druiden. Sie warf einen verächtlichen Blick auf Catrina und legte ihre Hände auf Luads Schultern.

»Mein Herr.« Ihre Stimme klang tief und verführerisch, aber auch ein wenig lallend. Sie musste dem süßen Met kräftig zugesprochen haben, dachte Catrina. »Das Ritual dauert noch an, ich möchte die Gelegenheit nutzen.«

Sie rieb ihre Brüste am derben Stoff von Luads Umhang. Catrina bemerkte, wie er auf Edas schwere Brüste starrte, dann fragte er heiser: »Welche Gelegenheit willst du nutzen, Eda?«

Eda ließ sich vor ihm auf den Boden sinken und blickte ehrfürchtig hoch. »Ich möchte Euch ehren, Herr.« Ohne auf seine Antwort zu warten, teilte sie seinen Umhang und stieß ein Juchzen des Entzückens aus, als sie seinen erigierten und vor Wollust zuckenden Phallus sah.

Sie warf noch rasch einen spöttischen Blick auf Catrina, ehe sie den Kopf neigte und die purpurne Eichel küsste, während sie mit einer erfahrenen Hand über den behaarten Hodensack streichelte. Luad zischte erregt.

Eda hob den Kopf und lächelte ihn an. »Ist es Euer Wille, Herr, dass ich Euch Vergnügen bereite? Ich versichere Euch, ich kann Euch mehr Befriedigung bieten als Eure kleine Magd. Sie weiß noch nicht, was man mit einem Vollblutmann anfangen kann.« Grinsend wandte sie sich an Catrina. »Das stimmt doch, oder?«

Röte flammte auf in Catrinas Gesicht. »Es stimmt, dass es mir an Erfahrung mangelt, Eda. Kannst du dich denn noch an die Namen all der Krieger erinnern, mit denen du dich heute Abend gepaart hast?«

Einen Moment lang verbiss sich Edas Gesicht in wütender Verärgerung, dann zwang sie sich zu einem Lächeln. »Eifersüchtig, Catrina? Ich glaube, in deinen Adern fließt Eis, kein Blut. Aber wenigstens wirst du nie erfahren, was du vermisst.«

Sie brach ab, denn die Finger des Druiden krallten sich in ihren dichten kupferroten Haaren. »Mach deine Arbeit, Eda. Ah, ja …«

Lächelnd senkte Eda wieder den Kopf und wischte mit der Zunge über die glatte, samtene Eichel. Der Druide schüttelte sich, und sein Penis wurde noch größer. Eda öffnete weit den Mund und zog den Schaft zwischen ihre feuchten heißen Lippen.

Catrina wartete nicht länger, um zu sehen, was noch geschehen würde. Sie zwang sich umzudrehen, rannte von der Lichtung und in den Wald hinein, dem klaren Bach entgegen. Sie warf sich auf den Boden und tauchte ihr Gesicht in das kalte Wasser. Das Blut brodelte in ihren Adern, und die kleinen Brüste prickelten heiß.

Eda hatte Recht. Sie, Catrina, war die Außenseiterin. Mit ihren hellen Haaren und dem schlanken Körperbau sah sie nicht einmal aus wie die anderen des Stammes. Wenn sie doch nur mehr über ihre Vergangenheit wüsste! Vielleicht könnte sie dann das Gefühl haben, irgendwohin zu gehören. Aber an ihre Kindheit konnte sie sich nicht erinnern; an nichts aus der Zeit, bevor Luad sie aufgegriffen hatte – mit nichts außer ihrem kleinen silbernen Amulett.

Es war ein kalter Frühlingstag gewesen, als Luad sie versteckt hinter einem Felsen bemerkt hatte. Das war der Augenblick, in dem ihre Erinnerung einsetzte. Jede Einzelheit, jedes Wort dieser schicksalhaften Begegnung hatte sich ihr eingebrannt.

Der junge Druide hatte sein zotteliges Pferd angehalten. »Kind, was suchst du hier so ganz allein?«

Sie hatte zitternd geflüstert: »Der Fluss hat mein Zuhause weggerissen und mich auch. Jetzt weiß ich nicht wohin.«

Luad hatte sie stirnrunzelnd betrachtet. Es hatte seit Wochen geregnet, und er hatte davon gehört, dass der große Fluss, der sich durch die Stadt Eboracum wälzte, seine Ufer gesprengt und die Behausungen in den Niederungen mitgerissen hatte. Behutsam hatte er sich erkundigt: »Und deine Leute? Sind sie alle weg?«

Mit einem Seufzer hatte sie geantwortet: »Ja, es gibt niemanden mehr.«

Luad hatte sie aus dem Sattel angestarrt, verblüfft von ihrer zierlichen Gestalt und den langen hellen Haaren. Selbst ihre Kleider waren von erstaunlich guter Qualität, obwohl sie zerrissen und verdreckt waren. Sie unterschied sich gewaltig von den anderen Kindern des Stammes.

»Wie konntest du denn entkommen, Kind«, hatte er gefragt, »wenn alle anderen Opfer des Flusses geworden sind?«

Sie hatte ihn mit ihren großen grünen Augen angesehen. »Ich weiß es nicht. Aber ich wusste, dass es geschehen würde. Ich wusste, das Wasser würde kommen, denn ich habe es im Traum gesehen. Ich habe es ihnen gesagt, aber sie wollten mir nicht zuhören. Dann kam das Wasser und riss alles mit sich, mich auch. Es hat mich gegen einen Felsen geschleudert.«

Ihre Stimme war gebrochen, und ihr Körper war von heftigen Schluchzern geschüttelt worden. Erst jetzt hatte Luad den tiefen Schnitt auf ihrer Stirn bemerkt. Das Blut war längst verkrustet. »Du sagst, du hast das Unglück in deinem Traum gesehen?«

»Ja. Ich sehe in meinem Schlaf oft, was später passiert. Aber niemand will mir glauben.«

»Ich werde dir glauben«, hatte Luad gesagt, die Augen leuchtend hell. »Wer sind deine Leute?«

Sie hatte ihr Schluchzen unterdrückt. »Ich weiß es nicht. Ich erinnere mich nicht mehr, an gar nichts mehr.«

Ja, ihr Kopf war leer gewesen, die Gedanken und die Erinnerung weggeschwemmt von der Flut. Nur ihren Namen wusste sie noch. Catrina. Und alles, was sie bei sich gehabt hatte – von den Kleidern mal abgesehen – war das silberne Amulett gewesen.

Luad hatte sich das Amulett neugierig angesehen. Es war wunderschön, und auf einer Seite war ein Frauenkopf eingraviert. Die dicken Locken ihrer Haare leuchteten wie die Strahlen der Sonne. Eine Göttin, hatte Luad gedacht.

Es war in diesem Augenblick gewesen, dass er sich entschlossen hatte, das auffällige Kind mit den silberblonden Haaren und den grünen Augen unter seinen Schutz zu stellen.

Catrina hatte sich rasch von ihrem Schicksalsschlag

erholt, an den auch noch heute eine kleine weiße Narbe in Pfeilform auf der Stirn erinnerte. Bald wurde Catrina die ständige Begleiterin des Druiden, wenn er durch die nördlichen Hügel ritt. Er wies sie behutsam an, ihre ungewöhnlichen Fähigkeiten zu nutzen.

Luad selbst hatte auch eigene Talente. Er kannte wirksame Mittel gegen das Sumpffieber, und er konnte die schlimmsten schwärenden Wunden mit seinen Salben heilen. Catrina, die auf ihrem Pony stets an seiner Seite ritt, hatte viel gesehen und gelernt.

Aus der Deckung der hohen Gräser heraus hatten sie die entschlossenen Kavalleriepatrouillen der Römer gesehen, die den nördlichen Wall absicherten. Luad hatte Catrina die Sprache der Römer beigebracht, und einmal waren sie in Sichtweite der großen Stadt Eboracum gewesen, der weitläufigen Festung der Legionäre.

Catrina hatte nur staunen können, als sie die breiten Straßen, gefüllt mit Soldaten und Ochsenfuhrwerken, gesehen hatte, die vielen Gassen und Geschäfte, die großen Häuser aus Stein, in denen die Reichen wohnten, und die reetgedeckten Hütten der Armen. Voller Entzücken hatte sie die Barkassen und Galeeren auf dem Fluss gesehen, die ihre wertvolle Ladung vor den Lagerhäusern am Ufer löschten.

Es war eine andere Welt. Zuerst hatte Catrina nicht glauben wollen, dass normale Menschen in solcher Enge leben konnten, aber Luad hatte ihr erklärt: »Glaube mir, sie sind normale Sterbliche, Catrina. Sie bluten wie wir, wenn sie vom Schwert gebissen werden. Bald, wenn uns die Götter hold sind, werden sie alle sterben.«

In letzter Zeit hatte Catrina gehört, wenn die Krieger am Lagerfeuer saßen, dass der römische Hauptmann mit seinen besten Männern übers Meer gefahren war, in einen anderen Krieg. Die verbliebenen Legionäre waren also deutlich geschwächt. Das war der Grund, warum die nördlichen Stämme sich sammelten und auf ihre Chance warteten. Catrina sah der bevorstehenden Auseinandersetzung mit gemischten Gefühlen entgegen. Dies war nicht ihr Stamm, aber sie musste ihm gegenüber loyal sein, denn die blau bemalten Krieger und ihre Frauen hatten sie aufgenommen und ihr und Luad Schutz und Nahrung gegeben.

Und doch – während Catrina sich ins Moos des Flussufers sinken ließ, die grünen Augen dunkel verhangen, musste sie an den Römer denken, von dem sie geträumt hatte. Ihr ganzer Körper pulsierte vor unbekannten Emotionen, die sie nicht begriff. Sie stellte sich vor, wie er sie in die Arme nahm und seinen Mund auf ihren presste. Er war ein schöner Mann, ihr Römer.

Luad, Druide, Heiler und ihr Beschützer, war zu einer Figur der Furcht geworden, denn er wollte den Tod aller Römer. Sie vermutete schon seit einiger Zeit, dass seine magischen Kräfte nicht so gewaltig waren, wie er glauben machen wollte, und dass er sich mehr auf sie verließ, um den Einfluss auf den Stamm zu erhalten.

Sie starrte hinaus in die Dunkelheit des Waldes und spürte ihr Amulett schwer auf ihrer Brust. Ihr Körper vibrierte vor Verzweiflung und Auflehnung.

Die Soldaten ritten durch die Nacht. Der Zenturio fluchte leise vor sich hin, als sein Pferd auf dem schlammigen Grund ins Stolpern geriet. Schon lange hatten sie den Weg verlassen, den seine eigene Legion gepflastert hatte. Jetzt ritten sie in die Dunkelheit, dem unbekannten Gebiet entgegen, das von den britannischen Stämmen durchseucht war.

Alexius, der Zenturio, redete leise und beruhigend auf sein Pferd ein. Neben ihm ritt Brant, der bärtige

Britannier mit seiner schmierigen Lederkappe und dem grob gesponnenen Mantel. Es war Brant gewesen, der Alexius von beabsichtigten Überfällen der wilden Stämme auf einen römischen Treck von Frauen und Kindern berichtet hatte, als er vor einer Stunde vor den Toren von Eboracum aufgetaucht war.

Alexius hatte keine andere Wahl, als sofort aufzubrechen, um den Treck zu schützen. Der Zeitpunkt war denkbar ungünstig; gute Leute waren nach Gallien abgezogen worden, und seine Männer waren fremd in diesem Hügelland. Er hörte einen Legionär laut über den Unsinn des nächtlichen Unterfangens murren. Alexius ritt zu ihm und stauchte ihn zusammen.

Der Missetäter senkte den Kopf. Alexius war bekannt dafür, dass mit ihm nicht zu spaßen war.

Sie begannen den Abstieg in ein schmales Tal. Irgendwo kreischte ein Vogel in der Stille der Nacht. Alexius starrte den britannischen Barbaren kritisch an.

»Bist du sicher, dass dies der richtige Weg ist?«

Der Mann verneigte sich. »Ja, Herr! Ich führe Euch auf den schnellsten Weg – ich schwöre es bei allen Göttern!«

Alexius sah das verschlagene Blitzen in den Augen des Britanniers, und dann warf der Mann einen nervösen Seitenblick in die Schatten. Plötzlich wusste Alexius Bescheid. Die Zeichen gaben nicht viel her – das leise Knacken eines Asts, der fremde Geruch, das nervöse Schielen des Britanniers. Aber für Alexius waren die Beweise klar genug.

Er zog so heftig an den Zügeln, dass sein Pferd auf die Hinterbeine stieg. »Bei Mithras!«, fluchte Alexius. »Alarm! Stellung einnehmen! An die Waffen!«

Noch während er die Befehle erteilte, wusste Alexius, dass es zu spät war. Er konnte schon das erschreckend vertraute Brummen hören, das dem Schlachtgesang der Britannier vorauseilte. Im nächsten Moment war der Feind schon mitten unter ihnen. Mit den bärtigen Gesichtern und den nackten, grell bemalten Oberkörpern rannten sie den Hügel hinunter und schwenkten ihre mit Reiherfedern geschmückten Lanzen durch die Luft. Ihre Hörner schmetterten, und ihr furchterregendes Kriegsgebrüll ging den Römern durch Mark und Bein.

Der Britannier war in der Dunkelheit verschwunden. Alexius, der laut fluchte, hob sein Schwert und ritt dem Feind entgegen. In der schmalen Schlucht war nicht einmal genug Platz für eine ordnungsgemäße Formation, und außerdem waren sie zahlenmäßig heillos unterlegen. Er konnte nur hoffen, einen schnellen Tod zu finden.

Mitten in der Nacht wachte Catrina aus einem schrecklichen Traum auf. Der Schweiß rann von der Stirn in die Brauen. Es war ein böser Traum gewesen, und einen Moment lang konnte sie kaum atmen. Die anderen Frauen um sie herum schliefen auf ihren Strohmatten in der engen Hütte. Plötzlich zuckte Catrina zusammen, denn sie sah, dass Luad sich über sie beugte, die Augen voller Triumph.

Sie wischte sich die Haare aus dem Gesicht, kämpfte gegen ihre Müdigkeit an und flüsterte: »Luad, du hast mich erschreckt. Was ist denn?«

Er legte den Finger über die Lippen. »Steh auf und sieh selbst.«

Ein Zittern der Angst durchlief sie, als sie sich von der Matte erhob. Sie schlang den Umhang eng um den Körper und schritt an Luads Seite zum Eichenhain.

Die Asche der abendlichen Feuer glomm noch. Der beißende Geruch von verkohltem Holz und pikanten Kräutern lag schwer in der Luft. Einige Stammesmitglieder hatten sich im Hain versammelt. Einer von ihnen trat vor und flüsterte mit Luad.

»Lebt er noch?«, fragte Luad.

Der Mann nickte. »Er ist verwundet, aber er lebt. Er weigert sich zu sprechen, aber mit Eurer Erlaubnis, Herr, werden wir seine Gesinnung ändern.« Er wies mit dem Daumen in die Schatten. Catrina spürte, wie sich ihr Magen drehte.

Ein Mann stand da, gebunden an einen Eichenstamm. Ein Soldat. Sie hatten ihm seine Rüstung schon ausgezogen. Die Tunika war verdreckt und blutbeschmiert, und ein schmutziger Verband um den Kopf bedeckte auch seine Augen.

Catrina wusste, dass er blaue Augen hatte.

Luad warf einen Blick auf den Gefangenen und fragte den Mann: »Ist er blind?«

»So sieht es aus, Herr. Er hat einen Schwerthieb abbekommen, quer über die Stirn, dicht über den Augen. Kann aber sein, dass er wieder heil wird.« Grinsend fügte er hinzu: »Wäre schade, wenn er nicht sehen könnte, was wir später mit ihm anstellen.«

Luad nickte zufrieden, während Catrina die Fäuste ballte und voller Entsetzen auf den gefesselten Mann starrte. Der Römer war blind, wie sie in ihrer Vision gesehen hatte. Konnte er ihre Sprache verstehen?

Sie schluckte hart und fragte: »Was wird mit ihm geschehen, Luad?«

Ein triumphierendes Grinsen leuchtete in den Augen des Druiden auf. Er zog Catrina zur Seite, damit die anderen ihn nicht hören konnten. »Das ist meine Gelegenheit, Catrina. Jetzt kann ich meinen Stammesangehörigen zeigen, dass die Kraft der Alten in mir steckt. Der Gefangene gehört mir.«

Catrina wich instinktiv vor ihm zurück, und Luad drehte sich zu dem Mann um, der ihn angesprochen hatte. »Natürlich wird er sterben. In der Nacht des vollen Mondes. Nachdem die Frauen mit ihm fertig sind.«

Zweites Kapitel

Julia lag auf dem weichen Badetuch, die Augen geschlossen, die Ekstase im Leib. Die kundigen Hände rieben und massierten ihre eingeölte Haut. Sie wandte den Kopf mit den langen geringelten Locken.

»Ein bisschen tiefer, Nerissa.«

Die Hände der Sklavin wanderten gehorsam über Julias Rücken und hinunter zu den gespannten Pobacken. Julia seufzte lüstern und fühlte, wie sich die Wärme in ihr ausbreitete. Schließlich erhob sie sich von der Marmorbank und griff nach dem Pokal mit süßem Wein.

Ihr war noch nicht danach, sich anzuziehen, denn im Zimmer war es angenehm warm, dank der wunderbaren Hitze, die von den Gräben im Fußboden aufstieg, und zusätzlich gab es eine gusseiserne Kohlenpfanne, in der es leuchtend glomm. Obwohl es Sommer war, kannte Julia das britannische Wetter gut genug, um kein Risiko einzugehen. In einer Ecke stand eine Palmenöllampe, die das Zimmer in ein gelbes Licht tauchte und die niedrigen Sofas mit den bequemen Kissen aus dem Schatten rissen.

Als Flavius, ihr wohlhabender älterer Geliebter, zum Statthalter von Eboracum ernannt worden war und er sie gebeten hatte, ihn in diese kalte Barbarenstadt im Norden zu begleiten, war das große Zittern über sie gekommen. Aber inzwischen fand sie den Ort als ganz angenehm. Besonders jetzt, da Flavius weit weg war, irgendwo in Gallien, um die dortigen Unruhen zu ersticken.

»Du kannst jetzt gehen, Nerissa«, sagte Julia. »Nein, warte, noch einen Augenblick. Hast du etwas von Alexius gehört?«

Nerissa drückte den Korken zurück in die Flasche

mit dem duftenden Öl. »Es gibt keine neuen Nachrichten, Herrin. Aber in der Stadt kursieren viele Gerüchte. Es heißt, die Römer seien verraten worden. Der Konvoi mit den Frauen und Kindern kam durch, aber Alexius und seine Männer sind in eine Falle gelockt worden.«

»Oh, weh«, sagte die nackte Julia lächelnd, nippte an ihrem Wein und betrachtete ihre goldenen Armringe. »Wie schade.« Sie stellte das Weinglas ab und fuhr streichelnd über ihre Haut, die von den Ölen sanft duftete. Ihre Brüste waren schwer und reif, die Nippel korallenrot. Julia strich sinnlich über die Warzen und bestaunte die harten Spitzen. Wenn sie an Alexius dachte, verspürte sie das vertraute Ziehen in den Lenden. Wie von selbst öffneten sich ihre Schenkel, und ihre beringten Finger huschten über die geheime Stelle zwischen den Beinen und streichelten die glatte, unbehaarte Haut. Nerissa hatte sie, wie immer nach dem Bad, depiliert.

Der harte süße Knopf der Lust sprang ihr entgegen, als sie mit den Fingerkuppen darüber strich. Es kostete sie Mühe, die Hand wegzuziehen. Sie kämpfte gegen ihr Verlangen an. Es war noch viel Zeit für solches Vergnügen. Der ganze Abend lag noch vor ihr.

Ihr Vergnügen stieg noch weiter an, als sie die Nachricht hörte, dass Alexius vermisst wurde. Alexius, der bestaussehendste Legionär der Festung, derjenige, den sie am meisten hasste, weil er es gewagt hatte, sie zurückzuweisen. Sie, Julia, die sich ihm angeboten hatte.

Nerissa wartete noch nervös an der Tür. Julia erinnerte sich an sie, riss sich abrupt aus der Trance und zischte scharf: »Bring mir meinen Umhang, bevor du gehst, du faule Schlampe. Den blassgrünen und die passenden Sandalen dazu.«

Während Nerissa sich sputete, den Auftrag zu erfüllen, wurde Julia das konstante Anschwellen vertrauter Geräusche vor dem hohen Fenster gewahr; das Klirren der Rüstungen, das Schmettern des Schmiedehammers auf dem Amboss, die klackenden Absätze der Wachen, die entlang der Mauer patrouillierten, die das Haus des Statthalters umgab, in dem sie jetzt wohnte. Sie hörte die gleichmäßigen Schritte der Soldaten und den leisen, knappen Wortwechsel bei der Ablösung. Julia hörte den Geräuschen gern zu, denn es erinnerte sie an Zuhause, an die sonnendurchflutete römische Villa, die Flavius ihr gegeben hatte.

Manchmal rief sie einen der Soldaten in ihre Privatgemächer. Flavius, der verliebte Narr, der er war, schaute weg, wenn sie ihre privaten Partys feierte. Als er vor drei Monaten nach Gallien aufgebrochen war, hatte sie ihn gebeten, in Eboracum bleiben zu können, weil ihr die Reise zu beschwerlich sei, und zu ihrer Überraschung hatte er eingewilligt.

»Hier bist du sicherer«, hatte er ernst gesagt.

Sie musste lachen, wenn sie daran dachte. Die einzige Gefahr, die ihr hier drohte, bestand darin, die Lust zu übermäßig zu genießen.

Manchmal wünschte sie sich, Flavius heiraten zu können. Aber sie hatte sich in der Gesellschaft als Schauspielerin hochgearbeitet, und Männer im Senatorenrang durften Schauspielerinnen nicht heiraten. Als Flavius' Ehefrau hätte sie mehr Einfluss. Ihren Trost fand sie darin, dass sie als Ehefrau nicht so viel Spaß haben würde.

Nerissa hielt ihr geduldig den Umhang hin. Julia schlüpfte hinein und verzichtete auf ein Unterhemd. Sie genoss es, die feine Seide auf ihrer empfindlichen Haut zu tragen. Sie band den Gürtel um die Taille, wodurch Brüste und Hüften stärker betont wurden.

Im nächsten Moment fauchte sie die Sklavin an: »Worauf wartest du noch? Geh schon, Mädchen. Richte dem Wachhabenden aus, dass er sich umgehend bei mir melden soll. Ich habe einige Fragen, auf die ich umgehend eine Antwort haben will!«

Nerissa hastete hinaus. Julia schlüpfte in ihre Ledersandalen, die von einem etwas tieferen Grün waren als der Umhang. Sie betrachtete sich in einem silbernen Spiegel und runzelte die Stirn, als sie die Falten um die Augen sah.

Bei Juno, sie musste noch eine Tube dieser wunderbaren Salbe des Ägypters kaufen. Es war eine Mixtur aus Fenchel, getrockneten Rosenblättern und Myrrhe, und wenn sie dem Ägypter glauben wollte, würde ihre Haut so glatt und frisch sein wie die eines jungen Mädchens.

Sie wandte sich vom Spiegel ab und drapierte sich auf eine geschwungene Liege. Ihr Stirnrunzeln schwand erst, als ein junger, heißblütiger Legionär aus Gallien an ihre Tür klopfte. Zögernd trat er ein.

Julia fuhr mit einer Hand über ihre schwarzen Locken, während sie den jungen blonden Mann blinzelnd anschaute.

»Herrin?«, sagte er in das Schweigen hinein.

»Nun, Soldat«, murmelte Julia, »ich habe Euch rufen lassen, weil ich mehr Neuigkeiten über Euren Kommandanten Alexius erfahren möchte.«

»Es gibt keine neuen Nachrichten, Herrin. Zuletzt haben wir gestern Abend von ihm gehört.« Er zögerte, weil er nicht wusste, was er ihr noch sagen und was er ihr besser vorenthalten sollte. Er und die anderen Soldaten in Eboracum waren sowohl fasziniert wie verängstigt von dieser schönen Frau. Als Mätresse des Flavius übte sie großen Einfluss aus, zwar nicht offiziell, aber doch spürbar.

Flavius, der alte Narr, war weg und hatte viele kampferprobte Soldaten mit auf den Feldzug nach Gallien genommen, wodurch die Sechste Division stark geschwächt war. Wenn die Barbaren sich einig waren, würden sie nach Süden stürmen und den aufwendig gebauten Hadrianswall bald überrannt haben.

Es hatte kaum Sinn, mit dem Schicksal zu hadern. Jeden Augenblick konnte Flavius zurück sein, dann war es ein Leichtes, die möglichen Angriffe der Barbaren zurückzuschlagen. Und Julia, von der die Legionäre wussten, dass sie überall ihre Spitzel hatte, würde ihrem alternden Geliebten wieder nächtens, wenn sie ihm das Bett wärmte, alles berichten, was sie in Erfahrung gebracht hatte.

Nur Alexius hatte den Nerv, ihr Widerstand zu bieten. Der junge gallische Legionär bewunderte seinen *primus pilus* Alexius, der sich auf die harte Tour die militärischen Ränge hochgearbeitet hatte. Jetzt war er der Kommandant der ganzen Legion.

Und ausgerechnet Alexius wurde vermisst.

Der junge Krieger räusperte sich nervös. »Unter den Leuten ist die Meinung verbreitet, wir sollten eine Patrouille schicken, um Alexius' Spur aufzunehmen.«

Julia fragte wütend: »Seid Ihr verrückt? Ist die Stadt nicht jetzt schon fast verteidigungsunfähig? Soll Eboracum den Barbaren in die Hände fallen?«

Er zuckte unter ihrem scharfen Tadel zusammen. Sanfter fragte Julia: »Hat Alexius seinen Stellvertretern bestimmte Anordnungen gegeben?«

»Wir sollen wie gewöhnlich das Haupttor sichern, Herrin. Und auf ihn warten, entweder auf seine Rückkehr oder auf seine Nachricht.«

»Na, bitte.« Sie stand langsam auf, und der große blonde Krieger spürte, wie rote Farbe in sein Gesicht schoss. Bei Jupiter, sie ist eine liebliche Frau, dachte er. Als sie über den Steinboden auf ihn zu schwebte, die vollen Lippen ein wenig geöffnet, glaubte er, dass sie so süß duftete wie die Sommerrosen, die er einmal im Süden Galliens gesehen hatte.

Sie blieb einen Schritt vor ihm stehen und sah ihn amüsiert an, während sie mit einem Finger über das derbe Leder seiner Tunika strich. Sie war so süß, diese Frau, so unerwartet zierlich und zerbrechlich. Schwachgoldene Haut und runde, dunkle Mandelaugen. Am liebsten würde er sie an sich drücken, mit den Fingern in die Locken ihrer Haare greifen und sie küssen, bis sie außer Atem war.

Er stand aufrecht da und starrte über ihren Kopf hinweg, und verzweifelt bemühte er sich, das Anschwellen seiner Lenden zu ignorieren.

»Ich gehe davon aus, Soldat, dass Ihr Eure Pflichten kennt«, sagte sie mit verführerischer Stimme.

»Natürlich, Herrin.«

Sie ließ eine Hand fallen und glitt mit den Fingern über die eisernen Muskeln seiner Schenkel. Sie schob die Finger unter den kurzen Lendenschurz und berührte mit der kühlen Hand seinen Hodensack.

»Eine Eurer Pflichten«, hauchte sie, »besteht darin, die Frau des Flavius bei Laune zu halten. Was auch immer dazu erforderlich ist.« Dabei strichen die Fingerspitzen verlockend über die Länge seiner heißen Erektion.

Er stöhnte auf, zog die Frau an sich heran und bedeckte ihr Gesicht mit gierigen Küssen. Julia ließ ihn eine Weile gewähren, aber eigentlich fand sie Küsse langweilig. Es gab nur eins, was sie haben wollte, und das, was ihre Finger ertastet hatten, sollte mehr als ausreichen, ihre Wünsche zu erfüllen. Vorsichtig nahm sie seine großen schwieligen Hände von ihren Schultern, führte ihn zu der niedrigen Liege und legte sich hin, die weichen Seidenkissen im Rücken.

Sie ließ ihn nicht aus den Augen, während sie die goldenen Spangen öffnete, die ihren Umhang auf den Schultern hielten. Der hauchdünne Seidenstoff glitt hinab und entblößte ihre vollen Brüste. Dann zog sie die Beine an und spreizte sie ein wenig. Ihr glattes, enthaartes Geschlecht glitzerte von der Feuchtigkeit ihrer Erregung. Der junge Legionär stieß einen lustvollen Laut aus und stürzte sich auf sie.

»Ja, komm, falle über mich her, Soldat«, spornte sie ihn gierig an und wühlte mit den Fingern in seinen dichten blonden Haaren, während er sich zwischen ihre Beine kniete und die strotzenden Nippel in den Mund nahm. »Nimm mich, stoße in mich hinein und zeige mir, was für ein Barbar du in Wirklichkeit bist.«

Seine Lippen zupften an ihren Brüsten und Zunge und Zähne nagten an den stolzen Spitzen. Sie spürte, wie sein prachtvoller Phallus gegen ihren glitschigen Eingang pochte.

Keuchend vor Erregung strich sie mit den Fingern über seine Schultern und genoss das harsche Gefühl des rauen Leders. Blindlings stieß er zu, ein Gefangener seiner Wollust. Sie ruckte ihm ihre Hüften entgegen und spürte, wie die samtene Eichel zwischen die geschwollenen Labien quoll und dann tiefer in sie eindrang. Im nächsten Augenblick war er tief in ihr, und sie schrie auf.

Er verharrte einen Moment, als hätte er Angst, ihr wehgetan zu haben. Ihre dunklen Augen verengten sich in ungeduldiger Lust, sie klammerte sich rüttelnd an seine Hüften und zischte knirschend: »Reite mich, Soldat! Fülle mich mit deiner prächtigen Waffe! Ah, jaaa …«

Er knirschte mit den Zähnen und pumpte tief in sie hinein, zog sich zurück, pumpte den langen harten Schaft erneut in die enge Passage des bebenden Fleisches, bis Julia nur noch den massiven, lebhaften Penis wahrnahm, der Wellen ungeahnter Lust in ihr freisetzte. Schreiend verkündete sie ihren Orgasmus, der ihren Körper in heftiger Ekstase auf und ab schleuderte.

Der junge Soldat keuchte und grunzte und kam nur wenige Sekunden danach. Schweiß tropfte von seinem Gesicht. Julia streichelte ihn liebevoll und hielt ihn fest umschlungen. Ganz allmählich erstarben die letzten Zuckungen. So wollte Julia es haben. Jung, namenlos, bewundernd. Harte, trainierte Körper, ungeduldiger Penis voller Gier.

In ein paar Minuten würde sie ihn fortschicken und ihm sagen, dass er sie nie wieder belästigen sollte. Aber noch streichelte sie im Nachbeben des Orgasmus durch seine blonden Haare.

Noch ein junger Krieger, den sie auf die Liste ihrer Eroberungen setzen konnte. Sie würde in Flavius' Büro einen Haken hinter seinen Namen anbringen.

Flavius, der alte Narr, der nie richtig gekämpft hatte, war stolz gewesen, als er zum Statthalter ernannt worden war. Er hatte alle seine Männer auf einem langen Stück Pergament aufgelistet, und wenn Julia einen von ihnen etwas näher kennen gelernt hatte, trug sie ein unscheinbares ›J‹ hinter dem Namen ein.

Es gab noch eine Menge Namen, denen dieses ›J‹ fehlte. Männer, die sie noch nicht ausprobiert hatte. Nur von einem hatte sie sich eine Abfuhr eingeholt, und das war Alexius gewesen, dem sie das nie verzeihen würde. Niemals.

Vielleicht war er schon tot, von den Barbaren in den Hügeln des Nordens erschlagen. Schade, dachte sie, dann würde sie nie die Chance haben, ihr Initial hinter seinen Namen zu setzen.

Drittes Kapitel

Es war Abend. Die Sonne begann hinter den Hügeln im Westen unterzugehen und hinterließ einen mit orangefarbenen und scharlachroten Streifen überzogenen Himmel. Lange Schatten krochen wie gigantische Finger über das Moorland. In der sanften Brise wogte das leuchtende Heidekraut.

Im schwachen Dämmerschein kniete Catrina neben Alexius. Er lag in einer winzigen Torfhütte reglos auf einer mit Fell bedeckten Strohpritsche. Auf Luads Anordnung hin waren Beine und Arme an zwei Pfosten gebunden, die neben der Pritsche in den Boden gerammt worden waren. Der Römer hätte sowieso nicht fliehen können, dachte Catrina verzweifelt, denn das Fieber hatte ihn in eine tiefe Bewusstlosigkeit geholt. Der rußige Talgdocht, den sie ans Kopfende der Pritsche gestellt hatte, zischte und flackerte. Das Licht warf unruhige Schatten gegen die Wände der leeren Hütte.

Catrina fasste mit beiden Händen an ihr Amulett und beugte den Kopf. »Große Göttin«, flüsterte sie, »wo immer du sein magst, lass das Licht bei diesem Mann. Lass seine Augen wieder sehen.«

Sie hatte Luad angefleht – zu inständig vielleicht –, den Römer betreuen zu dürfen. Der Druide hatte sie mit argwöhnischen Augen angesehen, und Catrina hatte, um eine feste Stimme bemüht, gefragt: »Du willst doch auch, dass er wieder gesund wird, oder? Für die Nacht des vollen Mondes.«

Er hatte genickt und gemurmelt: »Ich will, dass er seine Sinne beisammen hat.« Aber wie er dabei gelächelt hatte, war wie ein Grinsen aus einem Alptraum gewesen. Catrina war übel geworden.

Der Römer hatten die beiden letzten Tage im Fieber

gelegen, abwechselnd zwischen Bewusstlosigkeit und tiefem Schlaf. Catrina hatte ihm Luads kostbaren Mohnsaft eingeträufelt, um seine Schmerzen zu lindern, dann hatte sie behutsam seine blutdurchtränkte Kleidung abgestreift, den Staub und das Blut von seinem Körper gewaschen und seine Wunde versorgt.

Als Magd des Priesters hatte Catrina oft die Männer des Stammes betreut, wenn sie krank oder verwundet waren. Aber dieser Mann war anders, und der Atem stockte ihr in der Kehle, wenn sie den feuchten Waschlappen über die harten Muskeln seines Körpers rieb und dabei sah, wie seine bronzefarbene Haut mit Narben gesäumt war. Obwohl er nur wenige Jahre älter war als sie, nahm sie an, dass er schon lange ein Krieger war. Sie nahm das Bild seiner kraftvollen Schultern in sich auf, den harten Brustkorb und den flachen Bauch. Er war so stark und doch so hilflos.

Vom Bauch lief eine deutlich sichtbare Linie seidiger Härchen hinunter zu seinem Schoß, und als sie der Linie mit den Blicken folgte, begann ihr Herz beim Anblick des schlaffen Penis zu pochen, denn er sah so vollkommen, so schön und unschuldig aus, wie er reglos auf dem Oberschenkel lag.

Mit zögernden Fingern griff sie danach. Ihre Handfläche strich wie aus Versehen gegen den Beutel mit den Hoden. Der Römer regte sich und murmelte etwas Unverständliches, und Catrina wäre fast vor Schreck gestorben.

Ihre Hand zuckte zurück, als hätte sie sich verbrannt. Sie wechselte den Verband seiner Augen und bestrich die geschlossenen Lider mit einer Salbe. Selbst in seinem elenden Zustand war sein Gesicht wunderschön, dachte sie voller Sehnsucht. Sie wartete darauf, dass er die Augen aufschlug, damit sie sich in ihrer Tiefe verlieren konnte.

»Wird er zur Zeit des vollen Mondes wieder gesund sein?«, fragte Luad an diesem Abend.

Es war ein milder Abend, der bisher wärmste des Sommers, und die Angehörigen des Stammes feierten draußen und labten sich am frisch gerösteten Wild. Catrina zögerte mit ihrer Antwort, aber dann spürte sie Edas fragenden Blick und sagte langsam: »Wenn er rechtzeitig gesund wird, Luad, was geschieht dann mit ihm?«

Der Druide biss gerade in eine Wildschweinrippe, und die Säfte rannen über sein Kinn. Eda beugte sich vor und sagte verächtlich: »Luad hat uns den Römer versprochen. Wir können mit ihm anstellen, was wir wollen. Was hast du denn erwartet, Catrina? Die Soldaten des Adlers haben uns die besten Krieger genommen, die jetzt irgendwo überm Meer als Sklaven gehalten werden. Die Römer haben viel zu verantworten. Wir setzen den Körper des gefangenen Römers ein, unsere Lust zu stillen, und danach übergeben wir ihn der Göttin.«

Der Göttin ohne Namen. Königin der Alpträume.

Edas Augen funkelten gierig. Catrina fauchte zurück: »Ich habe gar nicht bemerkt, dass du in Sachen Männer in letzter Zeit zu kurz gekommen bist, Eda. Ist was nicht in Ordnung mit dir, dass du so viele Männer brauchst, ehe du befriedigt bist?«

Mit einem wütenden Aufschrei stürzte die rothaarige Frau sich mit erhobenen Fäusten auf die zierliche Catrina. Luad warf den schnappenden Hunden den Knochen zu, ehe er Eda scharf zurechtwies. Eda gab klein bei, schmollte aber.

Sie griff nach einem Stück Fleisch, und dabei zischte sie in Catrinas Ohr: »Du bist keine wahre Priesterin. Du gehörst nicht zu unserem Stamm. Eines Tages werden wir dich verstoßen.«

Kurz darauf verschwand Eda, und Catrina wollte ein letztes Mal an diesem Abend nach dem Römer sehen. Langsam und mit schwerem Herzen sammelte sie Kräuter ein, die sie in den kleinen Lederbeutel steckte, dann füllte sie einen Weinschlauch mit klarem Wasser aus dem Bach.

Still ging sie hinüber zur Hütte am Dorfrand, wo sie den Römer wie ein wildes Tier festgebunden hatten. Wenn sie dem hilflosen Gefangenen wirklich genug Mitgefühl entgegengebracht hätte, würde sie ihm die ganze Flasche mit Luads Mohnsaft einträufeln, damit er für immer schlafen würde.

Der Sommerabend war dunkel und samten. Der Mond stand als silberne Sichel über den Bäumen. Catrina atmete den Frieden des Waldes ein und versuchte, Edas Bosheiten zu vergessen. Dann hob sie den Blick und sah voller Furcht, dass in der Hütte ein schwaches Licht brannte.

Hatten die Krieger ihn schon mitgenommen? Bangen Herzens beschleunigte Catrina ihre Schritte und zog das Fell zur Seite.

Der Schrei gefror ihr auf den Lippen. Der Mann lag hilflos auf dem Boden, seine Kleidung neben ihm auf einem Haufen, und die nackte Eda saß rittlings auf ihm, warf den Kopf mit der roten Mähne in den Nacken und rieb sich gierig an seinem harten Phallus. Voller Entsetzen sah Catrina den Schweiß auf der Stirn des Römers, direkt über den verbundenen Augen.

Wütend rief sie: »Eda, hör sofort auf! Er ist krank! Er liegt im Fieber!«

Eda hüpfte auf dem erigierten Penis und rief hechelnd: »Er gehört mir! Ich habe meinen Mann vor drei Jahren durch die Rotkappen verloren, also nehme ich ihn. Er ist kräftig genug – schau dir nur seine Waffe an!« Gierig leckte sie sich die Lippen. Sie stöhnte laut, als sie den harten Schaft gegen sich rieb, ohne ihn in sich aufzunehmen. Er glitt zwischen die Labien und stieß sanft gegen den kleinen Lustknopf.

Catrina sah, wie die Brüste der Frau hin und her schwangen, wie sie sich weit über ihn beugte und mit den steifen dunklen Warzen über den Torso des Römers strich und dabei vor Entzücken stöhnte.

Wütend rief Catrina: »Lass ihn in Ruhe, du Schlampe. Wenn du nicht aufhörst, sage ich Luad, dass du die Opfergabe für die Göttin besudelst.«

Eda spuckte giftig zurück: »Du willst ihn für dich haben, was? Warum gibst du das nicht zu? Ah ...« Während sie sprach, begann ihr Körper zu beben, sie half mit den Fingern nach und gab sich dem Orgasmus hin, der sie erschütterte.

Die Gliedmaßen des Römers, festgebunden mit den Lederriemen, zuckten und zerrten, während Eda sich über ihn warf und wartete, bis die Erschütterungen ihres Körpers abgeklungen waren. Nach einer Weile richtete sie sich auf und blickte auf den erigierten Penis, der von ihren Säften glänzte. Eda fuhr mit ihren langen Finger über den gespannten Schaft und grinste kalt, als ein tiefes Stöhnen über die Lippen des Mannes kam.

Catrina hatte noch nie einen solchen Zorn gefühlt. »Genug, Eda«, zischte sie.

»Ach, du! Such dir selbst einen Mann. Geh und mach deinen Priester glücklich. Der hier gehört mir.«

Catrinas grüne Augen blitzten. »Genug, habe ich gesagt.«

Eda, erschrocken von der scharfen Stimme der zierlichen Person, schwang herum. Catrina hielt das kleine Messer in der Hand, das sie im Medizinbeutel immer bei sich trug, und drückte die Klinge in Edas Nacken.

»Das würdest du dich nicht trauen«, stieß Eda hervor, aber man hörte, dass sie sich ihrer Sache nicht sicher war.

»Du wirst es nie erfahren«, sagte Catrina. Die grünen Augen leuchteten im blassen Gesicht.

Achselzuckend erhob Eda sich vom Römer und streifte die Tunika über. Ihre Augen blitzten hasserfüllt. »Ich hatte Recht. Du willst ihn für dich selbst haben. Haha. Unsere kleine Priesterin ist also doch eine Frau aus Fleisch und Blut.«

Catrina warf die blonde Mähne zurück und zischte: »Verschwinde.«

Eda zögerte noch, dann spuckte sie wütend auf den Boden und stolzierte hinaus.

Catrina verharrte, bis die Schritte draußen nicht mehr zu hören waren, dann ging sie neben dem Mann auf die Knie. Er lag reglos da. Himmel, war er wieder bewusstlos geworden? Wenn er sterben sollte …

Eda hatte ihn völlig entkleidet. Sein splitternackter Körper war nass vom Schweiß.

Catrinas Blick fiel auf seinen erigierten Phallus, der hilflos zuckte. Ihr stockte der Atem. Sie spürte die entflammte Tiefe ihrer Vagina. Sie stellte sich vor, von diesem roten Schaft gepfählt zu sein, und je länger sie sich das vorstellte, desto großzügiger flossen ihre Säfte. Ihre kleinen Brüste waren seltsam heiß und schwer.

Sie streckte zögerlich eine Hand aus und legte sie behutsam auf seine Stirn. Der Verband lag noch über seinen Augen. Atmete er? Er konnte nicht tot sein, sonst …

Seine Stimme ließ sie zusammenzucken. » Bei Mithras«, stöhnte er, »was jetzt denn noch?«

Er sprach ihre eigene Sprache, obwohl er so leise sprach, dass sie sich anstrengen musste, ihn zu verstehen. Catrina legte rasch ein Fell über seinen nackten Körper. »Du musst schlafen, Römer. Ich trage noch ein wenig Salbe auf deine Wunden auf.«

Sie zog das Fell hoch und versuchte, nicht auf den strotzenden Penis zu starren, aber dann hörte sie ihn deutlich sagen: »Du erwartest, dass ich mit diesem Knochen schlafen kann?«

Catrina bemerkte entsetzt, dass sein Mund sich amüsiert verzog, während sein Penis ungeduldig gegen das Fell stieß.

Sie konnte sich nicht länger beherrschen, schob das Fell beiseite und berührte den Penis mit zitternden Fingern. Der Mann stieß zischend den Atem aus. Catrina führte die Hand auf und ab, und der Mann ächzte: »Ah, das ist viel besser.«

Er war ein Opfer für die Göttin, redete Catrina sich ein. Wie in Trance nahm sie den fleischigen Schaft in die Hand und rieb über die samtene Haut. Das Blut schoss ihr in die Wangen, als hätte sich die Hitze des harten Schafts in ihren Kopf übertragen. Sie sah, wie sein Körper sich innerhalb der Fesseln spannte, wie die Hüften sich hilflos hoben und senkten und wie die Testikel im Hodensack auf und ab hüpften.

Er gehörte ihr, und weil sie es oft genug bei den Stammesfesten gesehen hatte, wusste sie genau, was sie zu tun hatte, obwohl es ihr nie jemand gezeigt oder erklärt hatte. Sie rieb ein wenig härter und starrte fasziniert auf die weiche Haut, die den harten Schaft umschloss. Die ersten Tropfen drängten sich durch die kleine Öffnung in der geschwollenen Eichel. Catrina schüttelte sich. In ihrem Schoß spürte sie die seltsamsten Gefühle, die in ein schmerzendes Verlangen mündeten.

Er keuchte laut, und im nächsten Augenblick schoss es aus ihm heraus. Catrina streichelte ihn sanft weiter, bis sie die letzten Tropfen herausgeholt hatte. Sie hielt ihn umschlossen und spürte, wie er weich wurde. Ihr Herz pochte noch wild, als sie das Fell über seinen Körper zog.

»Ihr Britannier habt seltsame Methoden, mit euren Gefangenen umzugehen«, sagte er seufzend.

»Das gehört alles zur Heilung«, behauptete Catrina

und lächelte, weil sie sich so glücklich fühlte. Sie hörte sein Lachen und beugte sich über ihn. Sie berührte seine Wange und küsste ihn sanft. Dann wechselte sie die Verbände und badete seine blinden Augen. Catrina trug die Salbe auf, die sie selbst hergestellt hatte, dann verband sie ihm wieder die Augen, ehe sie ihm den Mohnsaft zu trinken gab, der ihn gut schlafen ließ.

Catrina besuchte ihn regelmäßig, aber sie achtete darauf, ihn nie wieder so intim zu berühren. Er erwähnte auch nie das Geschehen in jener Nacht, in der sie Eda vertrieben hatte. Das Fieber ging, und die Kraft des Römers kehrte allmählich zurück. Wenn sie seine Handgelenke befreite, konnte er sich schon aufrichten. Er brauchte noch ein wenig Hilfe, denn sehen konnte er noch nicht.

Er sagte ihr, sein Name sei Alexius. Sie hatte einige Mühe, den Namen auszusprechen. Er belächelte ihre Versuche und neckte sie. Er fragte sie nicht nach ihrem Namen.

Sie behandelte ihn mit zurückhaltender Kühle, wie es für die Magd des Priesters schicklich war, und Catrina glaubte, sich wieder völlig im Griff zu haben. Aber dann kam der Abend vor dem vollen Mond.

Catrina stellte die Schüssel ab, in der sie ihm die Suppe gebracht hatte, als er sie fragte: »Was wird mit mir geschehen?«

Einen Moment lang konnte Catrina nicht antworten. Was sollte sie ihm auch sagen? Dass Eda und die anderen Frauen sich an ihm bedienen würden? Dass sie ihn danach umbringen würden?

Der Römer brach das Schweigen und fragte gefasst: »Ich werde sterben, nicht wahr?«

Catrina spürte einen Kloß im Hals. Trotzdem gelang ihr eine feste Stimme: »Ist der Tod nicht das ultimative Ereignis im Leben eines Kriegers? Das gilt für deine Leute ebenso wie für meine.«

»Stimmt.« Sie sah, wie er das Gesicht verzog. »Ich wäre lieber im Kampf gefallen.« Er begann die Suppe zu essen. Catrina hatte ihm den Augenverband noch nicht erneuert. Die Wunde auf der Stirn verheilte gut. Trotzdem konnte er noch nicht sehen.

Catrinas Augen wurden feucht vom Mitgefühl. Heiße Tränen liefen über ihre Wangen, und eine tropfte auf seinen Unterarm. Er sah hin, aber natürlich sah er nichts. Er hörte Catrinas Schluchzen. Er stellte die Suppenschüssel ab und legte rasch einen Arm um sie.

»Weine nicht, Kleines«, sagte er sanft.

Catrina rieb die Augen, aber die Tränen rannen weiter. »Ich ... lasse ... dich ... frei«, schluchzte sie. »Ich öffne nachher die Knoten, dann kannst du dich im Schutz der Dunkelheit aus dem Dorf schleichen.«

»Mach keine Dummheiten«, warnte er. Sie wusste, dass er einige Jahre älter war als sie, aber er hatte schon viel von der Welt gesehen und war auch viel erfahrener als sie. »Sie werden gleich wissen, dass du es warst, die mich freigelassen hat. Der Priester wird dich dafür töten.«

Sie schüttelte sich und schmiegte sich an seine Brust. Sie spürte seinen Herzschlag. Morgen um diese Zeit würde er tot sein – wenn ihm die Göttin gnädig war. Er streichelte über ihre Haare.

»Ich habe gewusst, dass sie dich gefangennehmen würden, Alexius. Ich habe versucht, dich zu warnen, aber du bist weiter geritten.«

Erst nach einigen Wimpernschlägen wurde ihm bewusst, was sie gesagt hatte. »Willst du sagen, du hast mich gesehen, obwohl ich noch Meilen entfernt war? Hast du das zweite Gesicht?«

Sie schaute in seine blinden blauen Augen mit den dunklen Wimpern und sagte leise: »Manchmal kann ich Dinge ganz klar sehen. Schon bevor sie dich hergebracht haben, wusste ich, dass deine Augen blau wie das Meer sind.«

»Kannst du denn auch dein eigenes Schicksal sehen?«

»Nein.« Sie zögerte, ehe sie fortfuhr: »Selbst wenn ich es könnte, würde es mir nicht helfen. Es ist das Schicksal meines Stammes, dem eigenen Untergang nicht entgehen zu können, auch wenn wir es vorher wissen.«

Alexius schwieg einen Moment und dachte wieder über das nach, was sie gesagt hatte, dann hob er die Hände und strich sanft über ihr Gesicht. Als er die Narbe auf ihrer Stirn berührte, zögerte er kurz, ehe er mit den Händen durch ihre Haare fuhr. »Ich glaube, du musst wunderschön sein. Welche Farbe hat dein Haar?«

Sie lächelte. »Meine Feinde sagen, dass es gar keine Farbe hat. Wer mir schmeicheln will, vergleicht es mit dem Mondlicht.«

»Ah.« Er ließ die Haare durch seine Finger fließen und atmete den Duft ein. »Deine Feinde – gehört auch die Frau dazu, die mich neulich nachts besucht hat?« Seine Hand ruhte einen kurzen Moment auf dem silbernen Amulett.

Catrina lachte unsicher. »Ja, ganz sicher. Sie heißt Eda und hasst mich.«

»Bist du eine Priesterin, wie sie gesagt hat?«

»Ich bin Luads Magd. So lange er mich ausbildet, lebe ich abseits von den anderen.«

»Heißt das, er belegt dich mit Beschlag?«

»Nein.« Sie senkte den Kopf.

Er schwieg eine Zeitlang. Dann sagte er plötzlich zornig: »Er ist ein Scharlatan, dein Priester. Die echten Druiden sind schon lange ausgestorben. Er weiß das. Er benutzt seinen falschen Zauber, um von den Stämmen leben zu können. Ich wette, er lässt sich vom

Stamm aushalten, ohne etwas zu seinem Unterhalt beizutragen, wie es die anderen Männer tun.«

»Nein, das stimmt nicht!«, rief Catrina. »Luad erhält viele Geschenke. Er ist ein großer Heiler und ein weiser Mann. Er ist ein Priester.«

Der Römer schürzte die Lippen. »Und er treibt's mit dir, dein Priester, was?«

Catrina zischte wütend und holte mit der Hand aus, um ihn zu schlagen. »Du lügst, Römer!«

Mühelos wehrte er ihre Hand ab, dann hörte sie sich keuchen, als er sie an den Schultern packte und die Hände in die losen Falten ihres wollenen Umhangs schob.

Catrina hielt den Atem an und empfand eine unglaubliche Lust, als sie seine warmen Hände auf den kleinen Brüsten spürte. Er nahm sie in die Hand und liebkoste sie.

Catrina fühlte ein Flattern in der Magengrube, das sie ganz benommen machte. Ihr Körper wurde durchgeschüttelt, als er sich vorbeugte und sie auf den Mund küsste. Sie stöhnte und ließ es bereitwillig geschehen, dass seine Zunge das samtene Innere ihres Mundes erforschte.

»A … Alexius«, stieß sie wimmernd heraus, »ich will nicht, dass du stirbst.«

»Dann binde mich los, *mea melitta*«, sagte er. Mit zitternden Fingern gehorchte sie.

Plötzlich war er frei, und sie lag in seinen Armen und stöhnte ihre Not, ihr Verlangen hinaus. Seine Lippen hauchten einen Kuss auf ihre Stirn, und ihre Hände flogen fieberhaft über seinen Körper.

»Geduld, meine kleine Wilde«, flüsterte er in ihr Ohr. »Wir haben Zeit genug.«

Er zog ihr Gewand auseinander und leckte über die entblößten Brüste. Er saugte an ihren zarten rosigen Nippeln und biss sie mit seinen kräftigen Zähnen. Catrina spürte den kurzen harten Schmerz, der in ihrem Schoß zuckte. Hilflos zappelte sie in seinen Armen. Er hob den Kopf und fragte: »Willst du?«

»Oh, ja«, flüsterte sie und starrte in seine blauen Augen, die nicht sehen konnten. »Ich will es mehr als alles andere.«

Er legte sie behutsam auf den Boden und langte nach den Tierfellen, um sie unter ihren zitternden Körper zu schieben. Er beugte sich über sie und küsste sie wieder. Catrina wand sich unter ihm, erregt und verängstigt. Sie wusste, dass sein Penis heiß und hart und hungrig sein würde, und so sehr sie sich danach sehnte, von ihm aufgespießt zu werden, so sehr fürchtete sie sich auch davor.

Plötzlich kniete er zwischen ihren Schenkeln und spreizte sie behutsam. Noch bevor sie ahnen konnte, was er vorhatte, spürte sie seine Zunge zwischen den Labien. Er badete sie in Hitze und Entzücken, als er die Zungenspitze gegen die winzige Knospe ihrer Klitoris rieb.

Sie spreizte die Schenkel und legte sie über seine Schultern, um sein Gesicht tiefer in ihr lechzendes Geschlecht aufzunehmen. Der Römer nagte und saugte, und Catrina glaubte, sie würde jeden Augenblick vor Lust sterben.

Er richtete sich auf und legte die Faust um seinen Penis. Massiv lugte die pralle Eichel aus der Hand, purpurn vor Verlangen. Catrina wimmerte. Alexius rieb die feuchte Eichel gegen ihre steifen rosigen Nippel. Die samtene Härte brachte ihre empfindlichen Warzen zum Schwingen.

Abwechselnd nahm er die prickelnden Nippel in den Mund, er leckte und saugte, bis Catrina glaubte, es nicht länger ertragen zu können. Eine exquisite Folter. Im nächsten Moment drückte er den Penis zwischen ihre Labien, presste den Schaft tiefer hinein und verharrte nach jedem weiteren Stück des Penetrierens.

Er verhielt sich still, das Gesicht hart wie gemeißelt.

Gefährlich. Sie sah die fast brutale Linie seines Mundes, und plötzlich rief sie sich in Erinnerung, dass dieser Mann ihr Feind war. Ein Soldat der Adler.

Ihr Denken setzte aus, als er in sie hineinzustoßen begann. Es gab nichts anderes mehr in ihren Gedanken, nur noch dieser harte Schaft in ihrem Leib. Sie fühlte sich gefüllt, gedehnt, geweitet. Verzückt begann ihr Schoß zu schwingen.

Plötzlich zog er sich aus ihr zurück. Sie schrie entsetzt auf, sie fühlte sich leer, spürte den Verlust dessen, was sie eben noch so sehr genossen hatte.

Er lächelte. »Schon gut, *mea mellita*. Es ist noch lange nicht vorbei.«

Sie keuchte vor fast unerträglicher Sehnsucht, und dann hielt sie die Luft an, als er den harten Phallus wieder in sie hineinstieß. Er streichelte ihr zartes, glitschiges Gewebe mit langsamen, schier endlosen Bewegungen, unter denen sie sich hemmungslos wand. Seine warme Hand glitt über ihren Bauch, dann glitten seine Finger tiefer und strichen über die seidigen blonden Härchen, nass von ihren Säften. Der schwielige Daumen koste den aufgeregt vibrierenden Lustknopf, während er den massiven Schaft weiter ein und aus fuhr.

Keuchend warf Catrina den Kopf in den Nacken. Ihre Füße trommelten ekstatisch auf den Boden, und ihre Hüften ruckten hoch, um den Stößen ihres römischen Liebhabers zu begegnen. Der Schaft schien sie immer mehr auszufüllen; in ihr wurde es unglaublich eng. Sie rieb ihre Brüste gegen sein Gesicht und begann laut zu wimmern, als er die Nippel in den Mund nahm und an ihnen saugte.

Sie hörte ihre eigenen animalischen Laute und ergab sich diesem wunderbaren Fleischstab. Sie bemerkte, dass seine Stöße wilder und unkontrollierter kamen, und wenig später spürte sie, wie er in ihr explodierte.

Es dauerte lange, bis sie wieder gleichmäßig atmen konnte. Ihre Hände streichelten seine Schultern, während ihr Geschlecht noch um seinen allmählich schlaff werdenden Penis pulsierte. Auch Alexius atmete wieder entspannt.

Dann geschah alles sehr schnell. Der Römer atmete tief ein, und noch bevor Catrina bewusst wurde, was mit ihr passierte, hatte er in der Dunkelheit nach den Lederriemen gegriffen, von denen sie ihn befreit hatte, und fesselte sie.

Völlig verdutzt spürte Catrina, wie sich die Riemen um ihre Hand- und Fußgelenke schlossen. Heiser fragte sie: »Alexius, was machst du da?«

Er beugte sich über sie und bedeckte sie mit Tierfellen, damit ihr nicht kalt wurde. Dann tastete er mit den Händen nach seinen Kleidern.

»Ich fliehe«, sagte er.

Das Entsetzen ging ihr durch und durch. Es war, als hätte jemand die Luft aus ihren Lungen gepresst. Hatte er alles geplant, auch ihre Verführung?

Er sagte gelassen: »Du wolltest das doch, oder?«

»Ja, aber nicht so. Das wäre nicht nötig gewesen.« Ihre Stimme brach ab. Vor lauter Entsetzen brachte sie kein Wort mehr über die Lippen.

»Ich habe es dir gesagt«, murmelte er beinahe zärtlich. In der Dunkelheit konnte sie nur seinen Schemen wahrnehmen. »Ich habe dir gesagt, dass es zu gefährlich für dich sei, wenn du mich befreist. Deine Leute würden dir die Schuld geben und dich bestrafen. Jetzt kannst du ihnen sagen, ich hätte dich überwältigt und gefesselt.«

Ihre Schmach sammelte sich in ihrer Brust und lastete wie ein schwerer Sack auf ihr. »Du hast mich ja auch überwältigt«, keuchte sie.

Es entstand eine längere Pause, ehe Alexius sagte: »Wenn du das wirklich glaubst, mein Kleines, dann machst du dir etwas vor. Du glaubst doch nicht, dass die kulturlosen barbarischen Frauen nach meinem Geschmack sind?«

Sie stöhnte vor aufkommender Übelkeit, aber er fuhr ungerührt fort: »Abgesehen davon, ich habe dir genau das gegeben, was du haben wolltest. Die Begegnung mit mir war nichts Neues für dich, schließlich bist du die Hure des Priesters. Verschone mich also mit deinen Klagen. Ich hatte den Eindruck, dass es dir gut gefallen hat.«

Sie zerrte an ihren Fesseln. »Bastard!«, zischte sie. »Römischer Bastard!«

Er zog seine Schuhe an und schnürte sie, und dabei sagte er gelassen: »Denk daran, *mea mellita*, dass sexuelle Begierden immer eine Schwäche sind. Du solltest mir dankbar sein, dass ich dich gefesselt habe. Jetzt kannst du deinen Leuten eine überzeugende Geschichte über meine Gewaltbereitschaft und meine Flucht erzählen.«

Während seine Worte sie peinigten, spürte Catrina den seelischen Schmerz, der ihr Übelkeit verursachte. Er hatte sie Luads Hure genannt. Natürlich! Er hatte Edas Bemerkung gehört. *Geh und mach deinen Priester glücklich.* Daraus hatte er seine Schlüsse gezogen. Während der ganzen Zeit, in der sie ihn gepflegt und versorgt hatte, hatte er über sie gelacht und seine Flucht geplant.

»Du wirst mit deinen nicht sehenden Augen nicht weit kommen, Römer«, fauchte sie ihn an. »Du wirst die ganze Nacht im Kreis durch den Wald laufen, und wenn unsere Krieger dich nicht fangen, werden es die wilden Tiere tun.«

»Meine Augen sehen schon wieder ganz gut«, behauptete er. »Ich kann dein Gesicht nicht sehen, wohl aber die Konturen. Und ich kann Hell und Dunkel unterscheiden. Ich werde den Weg finden, der zur Legion führt, und von dort geht eine gepflasterte Straße nach Eboracum.«

»Ich schreie!«, rief sie. »Ich werde sie wissen lassen, dass du geflohen bist.« Aus Catrina sprach ihr gebrochenes Herz.

»Nein, das wirst du nicht. Aber danke, dass du mir deine Absicht mitgeteilt hast.« Er bückte sich und fand eine Decke. Er riss einen Streifen ab und steckte ihn als Knebel in ihren Mund, wobei er sich bemühte, ihr nicht wehzutun. Catrina versuchte, nach ihm zu schlagen und zu treten, aber ihre Fesseln waren zu starr und gruben sich in ihr Fleisch.

Schließlich richtete er sich auf und blickte mit seinen fast blinden Augen auf sie hinab. Catrina bemerkte, dass er etwas in seiner geschlossenen Faust hielt.

»Es tut mir Leid, dass es so enden muss«, sagte er. »Aber wenn du die Fähigkeit hast, Dinge vorauszusehen, dann hättest du auch sehen müssen, dass ich gefährlich bin.«

Seine Schritte entfernten sich, und Catrina lag da, hilflos gefesselt. Wie ein Messer traf sie sein Vorwurf. *»Schließlich bist du die Hure des Priesters.«*

Erst jetzt erkannte sie, was der Römer in seiner Faust versteckt gehalten hatte. Er hatte ihr Amulett gestohlen.

Viertes Kapitel

Die flackernden Öllampen warfen einen anheimelnden Schimmer über die Wohnquartiere. Sanfte Schatten tänzelten über die warmen Rot- und Blautöne der dekorativen Zierleisten auf den gekalkten Wänden. In einer Ecke des Zimmers brannten Apfelbaumscheite in der Feuerstelle und erfüllten die Luft mit süßem aromatischem Duft. Am anderen Ende befand sich eine breite Türöffnung, durch die Julias Gäste hinter den Marmorsäulen einen Blick auf den samtenen Sternenhimmel der Sommernacht werfen konnten.

Ein Flötenspieler saß im Schneidersitz in einer dunklen Ecke und füllte den Raum mit melodischen Kadenzen, während zwei syrische Sklavinnen, völlig gefangen in der Musik, sinnlich tanzten. Ihre kleinen braunen Brüste waren nackt, die Nippel rot bemalt, und die Lider der dunklen Augen schwarz belegt. Um den Hals trugen sie schwere Anhänger aus Elfenbein; sie zeigten Schlangenköpfe, die zwischen den festen Brüsten pendelten.

Etwa in der Mitte der Zimmers warf eine große bronzene Laterne einen goldenen Schein auf die Gäste, die es sich im Halbkreis auf Liegen gemütlich gemacht hatten und sich an Wein und Konfekt labten. Die Hauptgänge, saftiges Wildschwein und Wildbret in einer pikanten Sauce, waren auf Julias Befehl längst abgeräumt worden. Die Haussklaven bewegten sich unauffällig, wenn sie die Gläser mit zypriotischem Wein auffüllten.

Der Gesprächsstoff ging ihnen aus, nachdem sie alle Gerüchte durchgehechelt hatten. Julia fühlte sich gelangweilt und ruhelos. Aus irgendeinem Grund kehrten ihre Gedanken immer wieder zu Alexius zurück. An diesem Abend war Vollmond, und sie fragte sich, ob der Kommandant der Sechsten Legion noch draußen war, irgendwo in den nördlichen Hügeln, die selbst im Hochsommer so trostlos wirkten.

Sie hätte gern gewusst, ob er tot war. Sie streckte eine Hand nach den saftigen purpurnen Trauben aus, die sie sehr mochte, und während sie die Hand ausstreckte, legte Drusus der Tribun, der neben ihr auf der Liege ruhte, eine Hand auf ihre Schulter. Er tat es auf eine besitzergreifende Art, die Julia irritierte. Sie sah ihn aus zusammengezogenen Augen an.

»Ein feines Fest, Julia«, sagte er leise. »Man kann sich fast wie in Rom fühlen.«

»Kaum«, murrte sie. »Mit diesem unerträglichen Klima und den wilden Barbaren, die täglich aus den Hügeln stürmen können, um über uns herzufallen, hat Eboracum einige unübersehbare Nachteile gegenüber Rom. Gibt es Neuigkeiten über den Kommandanten Alexius?«

»Leider nein.« Drusus schenkte sich Wein ein und lächelte den tanzenden Mädchen zu, als interessierte ihn das Schicksal des *primus pilus* überhaupt nicht.

Julia knabberte an den Trauben. Der süße Saft spritzte zwischen die perfekten weißen Zähne. Natürlich wusste sie, dass Tribune in einem höheren Rang standen als Zenturien, aber trotzdem sonnte sich Drusus in dem Wissen, dass er während Alexius' Abwesenheit der Alleinherrscher in der Stadt war.

Drusus' Vater war ein mächtiger, wohlhabender Senator in Rom; er entstammte einer uralten Familie. Dass sein Sohn eine Aufgabe in der Provinz Britannien erfüllte, war für seine Karriere förderlich. Aber viele Sprossen würde er auf der Leiter nicht mehr erklimmen, dachte Julia verächtlich, denn trotz der noblen Abstammung war er falsch, dumm und hohl.

Seine Hand strich wieder über ihre Schulter und

rieb über die feine Wolle ihrer Tunika. Irritiert schob Julia seine Hand weg.

»Ist etwas nicht in Ordnung?«, fragte Drusus.

»Ich langweile mich.«

In seinen Augen blitzte es gierig. »Sollen wir uns zurückziehen, Julia?«

»Damit ich mich noch mehr langweile?«, gab sie prompt zurück, aber im nächsten Moment bereute sie ihre schroffe Replik, denn sie sah, wie sich Drusus' kalte Augen hässlich verengten. Sie musste vorsichtiger sein, sonst würde Drusus seine einflussreichen Freunde in Rom in Bewegung setzen.

Sie fuhr mit den Fingern über die gespannten Muskeln seines Unterarms und bemerkte, dass seine Haut noch Nardenöl und Myrrhe duftete. Sie zwang sich zu einem verführerischen Lächeln. »Ich hoffe auf was Neues, bevor wir uns zurückziehen. Ein kleines Appetithäppchen vor der Hauptspeise, habe ich mir gedacht.«

Drusus entspannte sich und lächelte. »Ah, du willst Unterhaltung. Was für ein Zufall! Ich habe einen neuen Sklaven. Du und deine illustren Gäste werden sich etwa eine Stunde lang blendend unterhalten fühlen.«

»Macht er Zauberstücke?«

»Nein, eigentlich nicht. Aber er ist sehr, sehr schön.« Drusus legte eine Pause ein, dann fügte er hinzu: »Er war Gladiator in Rom.«

Julias dunkle mandelförmige Augen leuchteten auf. Oh, wie sie das römische Amphitheater vermisste! Gelegentlich gab es auch in Eboracum in der großen Arena gleich hinter der Stadtmauer die eine oder andere Schau, aber sie hielten den Vergleich mit den großartigen Vorführungen in Rom nicht stand.

»Gladiatoren sind sehr teuer«, sagte sie und musterte Drusus neugierig. »Deshalb will Flavius keine Schaukämpfe – er sagt, die Verschwendung sei zu groß, wenn einer getötet wird. Wie kannst du dir einen Gladiator leisten?«

»Meiner war preiswert«, erklärte Drusus und freute sich, Julias Aufmerksamkeit erregt zu haben. »Er weigert sich zu kämpfen.«

Julia rümpfte die Nase. »Wie langweilig! Also gut, bring ihn her, vielleicht können wir wenigstens über ihn lachen.«

Gehorsam verließ Drusus den Raum, und Julia wandte sich den anderen Gästen zu. Aber als Drusus zehn Minuten später mit seinem neuen Sklaven zurückkehrte, legte sich ein Schweigen über die Gäste, und Julia spürte ihren schnellen Puls.

Sie hatte einen alten, vom harten Leben eines Gladiators gebrochenen Mann erwartet, aber er war jung, dieser Sklave, jünger als Drusus und jünger als sie selbst. Er senkte den Kopf, wie es sich für einen Sklaven gehörte, und doch meinte Julia so etwas wie Trotz in seiner Haltung zu erkennen.

Er hatte die sonnengebleichten Haare streng nach hinten gekämmt, was sein knochiges Gesicht noch betonte. Er hatte einen sehnigen, geschmeidigen Körper mit unglaublich breiten Schultern. Bis auf den Lendenschurz war er nackt. Seine Beine waren lang und muskulös, und seine glatte goldbraune Haut glänzte, als wäre sie mit Öl eingerieben.

Julia setzte sich auf. »Wie heißt er denn, Drusus, dein stolzer Gladiator, der sich zu kämpfen weigert?«

»Er heißt Falco.«

»Er muss etwa so nützlich sein wie ein Löwe, der nicht brüllt«, sagte Julia spöttisch, und ihre Gäste lachten pflichtschuldigst. Julia erhob sich von der Liege, ein leichtes Ziehen im Bauch, und näherte sich dem Sklaven.

Sie wusste, dass sie gut aussah, sie trug ihr bestes Kleid, eine wunderschöne cremefarbene Tunika mit einem juwelenbesetzten goldenen Gürtel. Ihre langen

Locken fielen federnd auf die schmalen Schultern. Das Murmeln der Gäste erstarb, als sie vor dem Sklaven stehenblieb. Alle warteten gespannt, was sie tun würde.

Sie fuhr mit den Fingern leicht über die harte Wand seiner Brust, dann kreiste die Handfläche über seinen flachen Bauch. Sie konnte den Verlauf der blonden Haarlinie sehen, die unter dem Lendenschurz verschwand. Sie folgte der Linie mit den Fingern, tauchte unter den Schurz, fuhr durch die krausen Haare und hörte, wie der Sklave die Luft scharf einsog.

Bei Juno, er schien mehr als gut bestückt zu sein. Sein Körper zuckte leicht, als Julia ihre sinnlichen Berührungen fortsetzte. Sie sah in sein Gesicht. Sein wunderschön geschwungener Mund war nur noch eine dünne Linie, und ein Muskel zuckte in seinem glatt rasierten Kinn. Die grauen Augen hielten ihrem Blick stand.

»So«, sagte sie belustigt, »hier haben wir den jungen Falco, jenen Gladiator, der sich zu kämpfen weigert. Wirst du mir den Grund sagen, Sklave, oder weigerst du dich auch, mit mir zu sprechen?«

Ihre Gäste kicherten über Julias Bemerkung, aber Falco sagte ungerührt: »Kämpfen verstößt gegen meinen Glauben, Herrin.«

Julia lachte höhnisch. »Tatsächlich? Es verstößt gegen deinen Glauben? Ich werde dir was sagen, Falco. Ich glaube, du bist gar kein Gladiator. Vielmehr bist du ein Feigling.«

Drusus stand neben ihr und sagte hastig: »Er hat fast zwanzig Kämpfe in der römischen Arena überlebt, Julia. Offenbar war er ein *retiarius,* besonders geschickt mit dem Dreizack und mit dem Netz.«

Julias dunkle Augen leuchteten. Zwanzig Kämpfe. Zwanzig Duelle auf Leben und Tod. Das bedeutete auch, dass er mindestens zwanzig Männer in der Arena getötet haben musste, niedergerungen im Staub und der Hitze, begleitet vom Johlen der aufgeheizten Zuschauer. Als Netzmann hatte er ohne Rüstung gekämpft, nur den Dreizack und das Netz zur Verteidigung gegen den schwer bewaffneten Gegner, den Schwertmann. Er hatte sich nur auf seine Schnelligkeit, sein Glück und seinen Mut verlassen können.

Julia spürte, wie die Wärme in ihr Gesicht stieg, wie ihre Erregung wuchs. In Flavius' Privatloge in Rom hatte sie sich oft bis zum Orgasmus erregt, wenn sie den Gladiatoren zugesehen hatte. Sie hatte sich angewöhnt, den eingeölten Elfenbeinphallus mit in die Arena zu nehmen, versteckt in dem weichen Lederbeutel, und nachdem sie Platz genommen hatte, schob sie sich den Phallus heimlich zwischen die Schenkel, noch bevor die Spiele begonnen hatten. Als Begleiter hatte sie oft einen Lieblingssklaven mitgenommen, einen stämmigen stummen Eunuchen, der gehorsam ihre Nippel zwickte, während die Hitze in ihrem Körper anschwoll und sie die inneren Muskeln am Elfenbeinphallus rieb und ihre Lustschreie im ekstatischen Brüllen des Publikums untergingen.

Das große Finale der Schau waren gewöhnlich die wilden Tiere gewesen, oder auch die Gladiatoren, aber manchmal, wohl um die Lust des Publikums auf Abwechslung zu befriedigen, planten die Spieldirektoren erotische Paarungen – Zwerge mit Riesen, Schwarze mit Weißen.

Dieser junge, schöne Sklave brachte all diese Erinnerungen wieder hoch in ihr. Julias Nippel prickelten und rieben sich am Stoff der cremefarbenen Tunika. Hungrig presste sie die Schenkel zusammen. Sie spürte, wie ihr Fleisch zuckte. »Dreizack und Netz«, murmelte sie.

»Falco, ich möchte dich gern in Aktion sehen. Bald wird es das Fest des Gottkaisers Augustus mit Spielen in der Arena geben. Ich möchte dich ein letztes Mal kämpfen sehen. Gegen einen Gegner deiner Wahl.

Wenn du gewinnst, bist du frei und erhältst einen Beutel voll Geld.«

Drusus stieß alarmiert hervor: »Julia, das ist eine Menge Geld! Und wenn Falco den Wettkampf verliert, wird er getötet, und dann habe ich den Kaufpreis in den Sand gesetzt.«

Wenn man bedachte, wie reich Drusus war, verhielt er sich geizig. »Ich zahle ihm die Belohnung gern«, sagte Julia. »Dieser Mann wird nicht verlieren, wenn er zwanzig Kämpfe in Rom überlebt hat. He, Sklave, was sagst du dazu? Ist dcinc Freiheit einen letzten Kampf wert?«

Falco sah sie lächelnd an. »Leider kann ich darauf nicht eingehen, Herrin. Es verstößt gegen meinen Glauben.«

»Er gehört irgendeiner obskuren jüdischen Sekte an«, erklärte Drusus hastig. »Diese Sekte hat unter den Sklaven und Frauen einen hohen Stellenwert, obwohl er nicht viel darüber erzählt. Sie halten auch ihre Rituale geheim.«

Julia sagte ungeduldig: »Rom hat viele Götter, wie es sich für das mächtigste Volk der Erde auch geziemt. Was sagt denn dein Gott, Falco, dass er dir verbietet, zu Ehren des Gottkaisers Augustus in der Arena deine Pflicht zu tun?«

Falco schwieg. Julias Gesicht wurde rot vor Unmut. Langsam sagte sie: »Ich nehme doch an, dass du die Gottheit des Kaisers von Rom anerkennst?«

Falco sah sie ernst an. Er hielt den Kopf oben, als er sagte: »Ich erkenne ihn als Kaiser an, Herrin, aber nicht als Gott.«

Drusus zischte einen wütenden Protest, und die Zuhörer fielen in entsetztes Schweigen. Rom tolerierte viele Religionen in seinem Reich, doch stets unter der Voraussetzung, dass auch die römischen Gottheiten anerkannt wurden.

Julia sagte scharf: »Dir ist doch klar, dass es ein

schweres Verbrechen ist, wenn man sich nicht vor unseren Gottheiten verbeugt?«

Im stummen Verstehen senkte Falco den Kopf. Julia, deren Blut ob der Schönheit dieses Mannes und seines stillen Trotzes wegen heiß in ihren Adern rauschte, schlug ihm ins Gesicht.

»Ich werde dich dazu bringen! Bei Juno, du wirst in Verehrung auf die Knie fallen und um Gnade winseln, Sklave!«

Das Lampenlicht flackerte, als ein Windstoß vom Hof ins Innere drang. Der Flötist hatte schon länger aufgehört zu spielen, und die beiden Tanzmädchen hatten sich in eine Ecke gekauert. Die Gäste saßen reglos da, sie griffen nicht einmal mehr zu ihren Getränken. Sie alle standen im Bann des aufregenden Geschehens, das zwangsläufig folgen würde.

Julia wandte sich dem großen Haussklaven zu, der leidenschaftslos an der Tür stand, die Arme vor der breiten Brust gekreuzt. »Bring mir die Ketten, Phidias«, befahl sie.

»Ja, Herrin.«

In einer schattigen Nische am hinteren Ende des luxuriösen Zimmers brannte ständig ein Licht unter den gemalten Abbildern der Hausgötter. Der schöne blonde Sklave gab keinen Laut von sich, als Julias Sklaven ihn vor dem Altar auf die Knie zwangen. Drusus selbst überwachte den Vorgang, wie die Arme seines Sklaven auf den Rücken gedreht, so weit wie möglich hoch gedrückt und dann in Ketten gelegt wurden.

Julia betrachtete alles ganz genau, besonders das Spiel der bis zum Äußersten gespannten Muskeln in Armen und Schultern. Niemand sagte ein Wort, auch die Haussklaven erledigten ihre Arbeit geräuschlos. Das lastende Schweigen legte sich wie eine nasse Decke über den Raum.

Julia befeuchtete ihre Lippen, ehe sie sagte: »Jetzt

verneige dich vor der Göttin Roma, die in unserem ganzen Weltreich verehrt wird, Sklave.«

Falco sagte mit fester Stimme: »Das kann ich nicht, Herrin. Tut mir Leid.«

Julias Hände ballten sich zu Fäusten. »Es wird dir noch viel mehr Leid tun, das verspreche ich«, zischte sie. »Wenn du auch nicht in der Arena für unsere Unterhaltung sorgen willst – hier wirst du es tun.«

Mit einem Schnipsen der Finger befahl sie die syrischen Mädchen zu sich, denen sie knappe Befehle ins Ohr flüsterte. Dann ließ sie sich mit vor Zorn sprühenden Augen zurück auf die Liege sinken, Drusus an ihrer Seite. Sie trank einen Schluck Wein und spürte, wie er ihr zu Kopf stieg und wie ihr Blut träge wurde vom sexuellen Verlangen. Auch ihre Gäste waren entflammt; Julia sah es in deren Augen. Dies versprach fast so gut zu werden wie in einer römischen Arena.

Sie beugte sich vor und stützte die Arme auf die Lehne der Liege.

Sie protestierte nicht, als Drusus ihre vollen Brüste streichelte und mit der Hand unter ihr Gewand schlüpfte. Ihre steifen Nippel reckten sich seinen Fingern entgegen. Drusus zwickte sie, und Julia spürte einen plötzlichen Schmerz, der direkt zu ihrem heißen Schoß zuckte. Sie lächelte. Der Abend erwies sich als viel aufregender, als sie erwartet hatte.

Ihre Sklaven brauchten keine Anweisungen. Der große Numidier hatte Falcos Lendenschurz vom Körper gerissen, und als der blonde Sklave hilflos auf dem Boden kniete, konnten die Zuschauer die unglaubliche Schönheit seines geschmeidigen, muskulösen Körpers ungehindert betrachten.

Der Numidier zog die in Ketten gelegten Beine des Gladiators auseinander, und Julia zuckte zusammen, als sie seine Männlichkeit erblickte, den dunklen, schweren Hodensack und die Länge seines Penis, der ihr selbst im schlaffen Zustand das Wasser im Mund zusammenlaufen ließ.

Wie sie geahnt hatte, war er phantastisch bestückt. Sie wollte unbedingt wissen, welche Ausmaße er in der Erregung haben würde. Bei diesem köstlichen Gedanken spürte sie ihre eigenen Säfte rinnen. Als Drusus seine Hand unter dem Gewand zwischen ihre Schenkel wandern ließ, rieb sie sich leidenschaftlich gegen die forschenden Finger.

Die beiden syrischen Tanzmädchen hatten damit begonnen, nach Moschus duftendes Öl in Brust und Schultern des Gladiators zu massieren, wobei ihre Anhänger aus Elfenbein zwischen den festen Brüsten baumelten. Der Penis wurde zusehends dicker. Eines der Mädchen griff mit aufgeregten Fingern danach und leckte sich sehnsüchtig die Lippen.

Julia rief scharf: »Nein, nicht!«

Überrascht schauten sie zur Herrin. Bei früheren Spielen dieser Art hatte Julia sie nach Belieben verfahren lassen. Aber diesmal hielt Julia sie auf. »Ich möchte gern sehen«, erklärte sie, »ob er zu seiner vollen Härte kommt, ohne dass ihr ihn anfasst. Vielleicht ist sein Gott ja wirklich so mächtig.«

Der Sklave hatte den Kopf gesenkt, entweder aus Verzweiflung oder aus Resignation, das erkannte Julia nicht. Ah, wie sie sich nach seinem Phallus sehnte! Ihr Geschlecht schnappte schon nach ihm.

Die Mädchen fuhren fort, ihn zu kneten und zu streicheln, sie rieben die Hände über sein Gesäß und über die kräftigen Schenkel, wobei sie die wippende Erektion widerwillig ignorierten.

Julia hielt den Atem an, als sie diese großartige Länge sah, die hilflos zuckte. Auch die Mädchen konnten kaum den Blick vom dicken, seidigen Stamm wenden, und eines von ihnen sank vor ihm auf die Knie, wodurch das dünne Röckchen sich in der Mitte teilte und den Blick auf die Scham unter dem kleinen schwarzen Haardreieck freigab. Kaum eine Handbreit von seinem Gesicht entfernt spreizte sie frech die Schenkel, und während sie dem Gladiator in ihrer eigenen Sprache ermunternde, lockende Worte zuraunte, begann sie langsam, sich selbst zu streicheln.

Julia sah, dass der Gladiator sich sehr still verhielt, aber die Sehnen in den bronzenen Schultern traten deutlich hervor, und der massive Penis zitterte vor Verlangen. Sämige Nässe sammelte sich auf der gespannten Kuppe. Dann bemerkte sie, dass er die Augen geschlossen hatte, um das syrische Mädchen nicht ansehen zu müssen, das sich dicht vor ihm am Rand des Orgasmus befand.

Wütend rief Julia: »Wenn er sich weigert hinzusehen, dann musst du ihn bestrafen! Hart bestrafen!«

Unter ihrem Gewand stießen Drusus' Finger in ihren sich schmerzlich zusammenziehenden Lustkanal. Beharrlich rieb er über die nassen, geschwollenen Labien, während sie gebannt und mit hungrigen Blicken auf den imposanten Phallus des Sklaven starrte. Er war lang und dick. Oh, wie gern sie ihn in die Hand genommen hätte, wie sie danach dürstete, sein pochendes Gewicht zu spüren.

Die syrischen Mädchen liefen hinaus, um eine Rute zu holen, die aus dünnen Birkenzweigen bestand. Sie stellten sich hinter den knienden Sklaven und traktierten dessen Rücken und die beiden prallen Gesäßbacken mit leichten Schlägen und wechselten sich dabei ab.

Julias Gäste starrten nicht weniger gebannt auf die erotische Szene. Auf einen Wink von Julia begann der numidische Haussklave, die Öllampen zu löschen. Nur die eine Lampe über dem Gladiator ließ er brennen, damit dessen bronzene Gestalt deutlich sichtbar blieb.

Die Gäste nutzten das schummrige Licht. Man hörte das gedämpfte Stöhnen einer Frau, die von ihrem Nachbarn auf der Liege zu einem langgezogenen Orgasmus gerieben wurde, und in der dunkelsten Ecke massierte sich ein Mann unter seiner Tunika, bis er sich in stummer Ekstase ergoss.

Julia spürte, wie ihre Gier sich im Bauch sammelte und unerträglich wurde, während sie den Rutenschlägen der beiden Mädchen zusah. Die Backen hatten eine rosige Farbe angenommen, und der strotzende Phallus zuckte ungezügelt. Oh, wie Julia sich danach sehnte, sich vor ihn zu knien und …

»Falco!«, rief sie plötzlich. »Versprich mir jetzt, dass du am Tage des Augustus für mich in der Arena kämpfst, dann kannst du dich die ganze Nacht lang mit meinen Dienerinnen vergnügen!«

Die Mädchen warteten gespannt auf seine Antwort. Sie konnten ihre Lust auf den schönen blonden Sklaven kaum verhehlen.

Falco wandte den Kopf und sah Julia an. »Eure Frauen interessieren mich nicht, Herrin.«

Julia spürte, wie Drusus sich an sie drängte. Sein harter Penis presste sich durch die Tunika gegen ihren Leib.

»Ach, was du nicht sagst!«, rief Julia spöttisch. Ihre Geduld mit dem Gladiator war zu Ende. »Du hättest mir gleich sagen sollen, dass du Männer bevorzugst.« Sie winkte dem stummen Numidier zu. »Nimm ihn dir vor, Phidias. An diesem Abend gehört er dir.«

Es wurde mit einem Schlag still im Raum. Selbst die syrischen Mädchen wichen zurück in die Schatten, während der dunkelhäutige Numidier vortrat und seinen Lendenschurz ablegte. Er war schon erigiert und lächelte still vor sich hin. Er griff nach einer schmalen Flasche und ließ Öl in seine Handfläche träufeln. Langsam rieb er das Öl über die Länge seines pulsierenden Phallus. Dann kniete er sich dicht hinter den Gladiator.

Die Stille im Zimmer, die nur ab und zu von einem

tiefen Luftholen unterbrochen wurde, geriet plötzlich aus den Fugen. Draußen auf dem marmornen Säulenweg waren die klackenden Geräusche von genagelten Schuhen zu hören, gefolgt von einem kurzen Disput, der damit endete, dass jemand das Losungswort zischte.

Es dauerte lange, bis Julia begriff, dass ihr abendliches Fest ein jähes Ende finden sollte. Noch bevor sie sich aus Drusus' Umarmung befreit und sich von der Liege erhoben hatte, wurde die Außentür gewaltsam aufgestoßen, und eine gleißende Fackel beleuchtete das erotische Tableau im Zimmer.

Begleitet von vier *optios*, die ebenfalls brennende Fackeln trugen, trat ein großer, dunkelhaariger Zenturion ins Zimmer, das Gesicht seltsam ausdruckslos.

Julia sprang auf und stieß einen Schrei aus.

Alexius war zurück.

Fünftes Kapitel

Es war Markttag in Eboracum. Die kleine zivile Siedlung, die sich am Rand der großen Festung entwickelt und ausgebreitet hatte, brummte vom geschäftigen Treiben der vielen Menschen – mehr Menschen, als das verwunderte hellhaarige Mädchen in dem abgetragenen grauen Mantel je in seinem Leben gesehen hatte.

Catrina war mit einer wahren Flut von Leuten in die Stadt gespült worden: Kaufleute, Stammesmitglieder aus den Hügeln und Händler mit breiten Ochsenfuhrwerken, die mit ihren Waren hoch beladen waren. Catrina war wie benommen von der fremden Umgebung, von den Holzhäusern um sie herum, vom Lärm der Straßenhändler, die lautstark ihre Waren anboten, und vom Gestank des beunruhigten Viehs.

Es war sieben Nächte und sieben Tage, seit der Römer Alexius sie verraten und ihr Amulett gestohlen hatte.

»He, du! Aus dem Weg, verdammte kleine Barbarin!«

Ein Händler mit seinem Fuhrwerk brüllte und fluchte, als Catrina nicht gleich zur Seite sprang. Sie war tatsächlich mitten über die Straße gegangen. Ihre Wangen brannten. Sie fand Zuflucht im Türeingang eines Weingeschäfts, wo sie ihren Mantel enger um sich schlang. Sie war keine Barbarin! Die Stämme des Waldes und der Hügel hatten ihre eigenen alten Traditionen, ihre eigenen Weisheiten, stärker und urwüchsiger als die oberflächliche, glitzernde Präsentation des militärischen Roms.

Aus ihrem sicheren Standort verfolgte sie das Treiben auf der Straße. Fluchen und Schimpfen in allen Sprachen des Weltreichs drang an ihre Ohren.

Der Strom der Leute schien nicht abreißen zu wollen, Bettler und Medizinmänner, Jongleure und Zauberer, sogar ein Bärenführer schlenderte mitten über die Straße, sein blindes Tier im Schlepptau. Catrina hatte Mitleid mit dem wilden Tier, die Mittagssonne brannte unerbittlich auf den dicken Pelz. Sie empfand ein starkes Heimweh nach ihren kargen Hügeln, die ihr wahres Zuhause waren.

Plötzlich schien sich die Straße von einem Moment zum anderen zu leeren. Man hörte das Getrappel von Pferdehufen auf der mit Steinen gepflasterten verstaubten Straße, und Catrina presste sich noch tiefer in den Schutz des Hauseingangs hinein, als ein kleiner Trupp römischer Kavallerie vorbei ritt. In der Sonne blinkten ihre Rüstungen. Die Menge wich voller Angst vor den Soldaten zurück.

Catrina zwang sich, in die grimmigen Gesichter zu sehen und hoffte – gleichzeitig fürchtete sie es auch – denjenigen zu finden, wegen dem sie in die Stadt gekommen war.

Er war nicht dabei. Aber sie wusste, dass er hier war, irgendwo in dieser fremden Stadt. Als die Pferde verschwunden waren, blickte sie über den Fluss ans gegenüber liegende Ufer, wo die aus blassen Kalksteinen errichtete Festung in der Sonne glänzte, Heimat der Sechsten Legion und unübersehbarer Beweis für die römische Macht. Irgendwie musste Catrina Zugang zur Festung finden, mitten hinein ins Zentrum des Feindes.

Luad der Priester war außer sich vor Wut gewesen, als er von der Flucht des Römers erfahren hatte, aber in der Wut schwang auch Furcht mit. Er fürchtete mit dem Verlust des Amuletts auch den Verlust an Respekt. Deshalb hatte er ihr aus ganzem Herzen zugestimmt, als Catrina vorgeschlagen hatte, dem Römer in die Stadt zu folgen. Am Abend vor ihrer Abreise in den Süden hatte er ihr ein schlankes, gefährlich aussehendes Messer mit einer seltsamen Inschrift auf dem Griff gegeben.

»Der Name des Römers ist im Griff eingeritzt«, hatte Luad ihr gesagt, als er ihren besorgten Blick gesehen hatte. »Du kennst deine Aufgabe, Catrina. Du musst den Römer Alexius zurück zum Stamm bringen, damit wir uns an ihm rächen können. Aber wenn dir das nicht gelingen sollte …« Er rieb bedeutungsvoll über die scharfe Klinge, ehe er ihr das Messer reichte.

Catrina hatte stumm genickt und das Messer in den kleinen Lederbeutel mit den Salben und Kräutern gesteckt. Sie trug ihn an ihrem Gürtel immer bei sich.

Sie hatte Glück gehabt, dass Luad nicht geahnt hatte, was wirklich in der Nacht vor der Flucht des Römers geschehen war. Catrina bewahrte den Verrat tief in ihrer Seele, auch wenn ihr klar geworden war, wie dumm und naiv sie sich verhalten hatte. Die Worte des Römers verfolgten sie immer noch. *»Du glaubst doch nicht, dass Barbarinnen nach meinem Geschmack sind? Schließlich bist du nur die Hure des Priesters …«*

Sie würde alles tun, wirklich alles, damit der Römer für seine Beleidigungen zahlen musste.

Mit Mühe riss sie sich aus ihren Träumereien und verfolgte wieder das Geschehen auf dem Markt. Voller Neid betrachtete sie zwei elegant gekleidete Römerinnen, in schicklichem Abstand ihre Dienerinnen. Der verhasste Alexius würde es nicht wagen, diese Frauen so geringschätzig zu behandeln, wie er es mit ihr getan hatte.

Eine der Frauen sah Catrinas Blicke und starrte verächtlich zurück. Sie sah die selbst gesponnenen Kleider und das ungeflochtene Haar des Mädchens und wandte sich verärgert an ihre Begleiterin.

»Wirklich«, sagte sie laut, »jeden Tag sehen wir mehr und mehr von diesem wilden Stammesvolk hier – man kann sie gegen den Wind riechen. Sie sind nichts als Bettler und Diebe. Man müsste was gegen diese Plage unternehmen.«

Sie gingen plaudernd und lachend weiter, ehe sie im Geschäft eines Goldschmieds verschwanden. Catrina sah ihnen mit heißen Blicken nach, das Herz voller Aufruhr. Wie können sie so verächtlich über andere Menschen reden?, dachte sie. Catrina badete sich jeden Morgen im kleinen Fluss, der durch den Wald plätscherte, und die anderen Stammesfrauen taten das auch. Auch ihre Kleider, so verschlissen und abgetragen sie auch sein mochten, waren frisch gewaschen. Sie waren es, die feinen Römerinnen, die sich mit ihren Parfüms einsprühten, was Catrinas feinen Geruchsinn beleidigte. So sahen also die Frauen aus, an die Alexius gewöhnt war.

Sie atmete tief ein, und dann begriff sie plötzlich. Sie würde auch so aussehen müssen. Schön auf die römische Art. Gepflegt, elegant, frisiert, duftend. Nicht mehr die kleine Wilde aus den Hügeln, sondern eine Frau, vor denen Männer begierig auf die Knie fielen. Selbst Alexius, ihr Feind. Ihre Augen glühten bei diesem Gedanken. Ja, sie sehnte sich danach, ihn zu demütigen, genauso, wie er sie gedemütigt hatte.

In diesem Moment rumpelte ein Ochsenkarren, der Fässer mit geräuchertem Rindfleisch geladen hatte, über die überfüllte Straße und zerstreute die Fußgänger nach beiden Seiten. Catrina, die wie in Gedanken zum Fuhrwerk sah, spürte plötzlich eine starke Ahnung von Gefahr. Ihr Herz setzte einige Schläge lang aus. In diesem Moment sah sie direkt hinter dem Karren einen kleinen Jungen, der sich von der Hand der Mutter gerissen hatte.

Catrina, fast blind vor Angst, warf sich dem Jungen entgegen und stieß ihn zur Seite. Keinen Wimpernschlag später brach der Karren zusammen, und die Fässer krachten auf die Straße, sprangen hoch und rollten polternd weiter. Die meisten fielen genau auf die Stelle, wo eben noch der kleine Junge gegangen war.

Plötzlich war Catrina von einer aufgeregten Menschentraube umgeben. »Woher hast du wissen können, dass das passieren würde, Mädchen?«, rief eine Frau. »Was hat dich auf die Gefahr aufmerksam gemacht?«

Der Besitzer war aschfahl, als er sein zusammengebrochenes Fuhrwerk schräg auf der Straße liegen sah. »Ein Rad ist gebrochen. Das muss ganz plötzlich geschehen sein. Wie hast du es sehen können?«

Die Leute drängten sich immer dichter um sie. Catrina war bewusst, dass sie sich auffällig verhalten hatte. Am liebsten hätte sie sich in ein Mauseloch verkrochen. Aber es war schon zu spät, die Leute ließen sie nicht in Ruhe.

»Sie hat das zweite Gesicht!«, murmelte eine Frau, und dann machte dieses Wissen die Runde von Mund zu Mund. Einige Stimmen wurden feindselig. »Dieses Barbarenmädchen hat das zweite Gesicht! Sie ist geschickt worden, uns auszuspionieren! Oder sie soll uns mit einem Fluch belegen! Nehmt sie fest, sonst vernichtet sie uns alle!«

Catrina, das Gesicht bleich vor Angst, wollte weglaufen, aber auch dafür war es zu spät. Zwei untersetzte Männer packten sie, und so sehr sie sich auch zur Wehr setzte, so sehr sie biss und kratzte und trat, so wenig Erfolgsaussichten hatte sie gegen die kräftigen Kerle.

»Lasst mich los!«, schrie sie.

»Eine kleine Wilde aus den Hügeln, die unsere Sprache spricht?« Die beiden Männer schüttelten verwundert den Kopf. »Sieh dir nur ihre verschlissenen Kleider an! He, mit der werden wir unseren Spaß haben, was? Wenn wir mit ihr fertig sind, geben wir sie an die Behörden weiter.«

»Lasst mich los!«, zischte Catrina wieder, aber ihre Befreiungsversuche wurden schwächer. Alexius. Der Name des Römers hatte sich in ihrem Kopf eingebrannt wie ein giftiger Dorn. Oh, Alexius, das würde dir gefallen, wenn du wüsstest, wie rasch mein Racheauftrag sein Ende gefunden hat.

An diesem Tag befand sich auch Julia in der Stadt. Sie hatte einiges beim teuren griechischen Juwelier am Südwestufer des Flusses eingekauft und ließ sich nun von der Sänfte zurück zur Festung tragen. Dann hörte sie den unverkennbaren Lärm des Pöbels.

»Halt!«, rief sie den Trägern zu. Sie stand auf und trat aus der Sänfte, um besser sehen zu können.

Der Abschaum des *vicus* hatte eine neue Unterhaltung gefunden. Julia, die beiden bulligen Träger an ihrer Seite, schob sich durch die Gaffer. Dann sah sie das Mädchen und hielt den Atem an.

Das Mädchen, eine Eingeborene, wie Julia nach einem flüchtigen Blick auf die Kleider sah, war von unglaublicher Schönheit. Ein kleines, delikates Gesicht und lange, seidige blonde Haare. Und Kampfgeist hatte sie auch; wie eine Irrsinnige setzte sie sich gegen die Männer zur Wehr, die sie gepackt hielten, und schleuderte ihnen Flüche mit einer solchen Inbrunst entgegen, dass Julia belustigt und bewundernd die Augenbrauen hob. Sie trat einen Schritt zurück und schaute zu.

Julia litt noch an der arroganten Zurechtweisung des Zenturion Alexius, nachdem der vor ein paar Nächten so unerwartet zurückgekehrt und ihr kleines köstliches Fest ruiniert hatte. Er hatte sie auf seine herablassende, bestimmende Art streng getadelt und ihr vorgeworfen, das Ansehen Roms in Verruf zu bringen.

Julia, die vor Ärger brannte und gleichzeitig ein tiefes Verlangen nach diesem unerreichbaren Kommandanten empfand, hatte eisig geantwortet: »Ach, du bedauerst wohl, das Beste verpasst zu haben, was, mein lieber Alexius? Schade, dass du den Barbaren ein wenig zu spät entkommen bist. Aber du brauchst nur ein Wort zu sagen, dann arrangiere ich eine Wiederholung nur für dich.«

Kalt hatte er sie von oben bis unten gemustert. Sie hatte die frische Narbe auf seiner Stirn bemerkt, aber sein starrer Blick aus den blauen Augen war so hart und unerbittlich wie eh und je. Noch jetzt lief es ihr heiß über den Rücken, wenn sie sich in Erinnerung rief, wie verächtlich er auf ihren zerknautschten hauchdünnen Umhang geschaut hatte.

»Bemühe dich nicht«, hatte er gesagt. »Ich kann mir nicht vorstellen, jemals so verzweifelt zu sein. Als Kommandant der Festung untersage ich dir, solche Unterhaltungen zu inszenieren. Ich werde es nicht dulden, dass das Ansehen der Sechsten Legion auf diese Weise in den Schmutz gezogen wird.«

Zu Julias Ärger hatte Drusus sich schweigend verhalten, obwohl er eigentlich höher gestellt war als Alexius. Wahrscheinlich war er wütend und verlegen, in einer so peinlichen Situation erwischt worden zu sein, dachte Julia. Alexius hatte ihn auf diese kalte Weise angeschaut, ehe er sich umgedreht und mit seinen Begleitern hinausgegangen war.

Julia stieß einen unhörbaren Fluch aus. Sie hatte sich von der Schmach noch nicht erholt. Aber sie würde es ihm irgendwann heimzahlen.

In der Zwischenzeit hatte sie den schönen jungen Gladiator von Drusus gekauft. Ihre Gedanken beschäftigten sich schon mit den köstlichen Quälereien, die sie ihm angedeihen lassen wollte. Und nun, da sie dieses schöne blonde Barbarenmädchen sah, eröffneten sich ihr eine Menge neuer Möglichkeiten.

Entschlossen trat sie wieder vor. »Macht Platz, ich will sie mir ansehen«, befahl sie. Die beiden Männer, die Catrina gepackt hielten, erkannten in der Frau die Geliebte des abwesenden Tribuns Flavius. Sie verneigten sich vor ihr und ließen das Mädchen los.

»Sie ist eine Hexe, Herrin«, murmelte der eine Mann. »Sie ist bestimmt gekommen, der Stadt zu schaden.«

Julia ignorierte ihn und betrachtete das keuchende Mädchen mit den hellen Haaren und den trotzig sprühenden grünen Augen. Eine auffallend schöne Barbarin.

Sie streckte eine Hand aus und fasste das Mädchen an. »Ich glaube, es ist besser, wenn du mit mir kommst«, sagte Julia ruhig. »Ich lebe auf der anderen Flussseite.«

Das Mädchen ruckte den Kopf hoch, und ihre Blicke trafen sich. Trotz des Dilemmas, in dem sie steckte, behielt sie Trotz und Stolz bei. An dem Mädchen war etwas Besonderes, erkannte Julia, sie war mehr als nur eine wilde Schönheit. Ob sie wirklich das zweite Gesicht hatte, wie sie durch die Rufe aus dem Pöbel vernommen hatte?

Das Mädchen fragte in ihrem gebrochenem Latein: »Ihr wohnt in der Festung?«

»Ja, dort lebe ich«, sagte Julia und hob leicht die fein gezupften Augenbrauen. »Und ich glaube, dass wir uns gegenseitig helfen können. Natürlich nur, wenn du mit mir kommen willst.«

Das Mädchen atmete zitternd durch. Der Pöbel stand noch um sie herum. Leise sagte sie: »Wollt Ihr das wirklich tun? Mich mitnehmen?«

»Ja, natürlich.« Rasch, bevor jemand etwas einwenden konnte, fasste sie das Mädchen am Arm und zog sie von der misstrauischen Meute weg. Dabei flüsterte sie Catrina ins Ohr: »Du wirst deine Fähigkeiten in Zukunft besser vorsichtiger einsetzen, nicht wahr? Sage mir – was bringt dich in unsere Stadt?«

Das Mädchen blickte Julia so intensiv an, als wollte es sich jede Einzelheit des Gesichts einprägen. Wieder empfand Julia ein gewisses Unbehagen. Es schien, als könnte das Mädchen in Julias Gedanken schauen.

Catrina sagte leise, aber entschieden: »Ich will lernen, so schön zu sein wie Ihr.«

Julia musste über die Inbrunst lächeln, mit der das Mädchen diesen Satz aussprach. »Mit deinem Aussehen wird das kein Problem sein«, sagte sie. Dann fiel ihr etwas anderes ein. »Du bist doch nicht in die Stadt gekommen, um eine Kurtisane zu werden?«

Catrina sah sie verständnislos an, und Julia sagte: »Das ist eine Frau, die sich an Männer verkauft.«

Das Mädchen sah Julia aus großen Augen an. »Ich habe nicht die Absicht, mich zu verkaufen. Aber ich möchte jedes Geschick erlernen. Ich möchte, dass Männer vor mir knien. Ich habe es satt, eine Barbarin genannt zu werden.«

»Und du willst, dass ich dir diese Dinge beibringe?«, vergewisserte sich Julia.

»Wenn Ihr glaubt, dass das möglich ist.« Die Stimme des Mädchens klang fest, aber Julia konnte sehen, dass sich die kleinen Brüste unter dem fadenscheinigen Mantel immer noch hoben und senkten. Wie ein schönes wildes Tier, das von der Jagd erschöpft ist, dachte Julia.

Sie lächelte. »Ich glaube schon, dass es möglich ist. Wirklich, du hast genau zur richtigen Stelle gefunden.«

»Ich weiß«, antwortete das hellhaarige Mädchen ruhig. »Das wusste ich vom ersten Moment an, als ich Euch gesehen habe.«

Erneut empfand Julia das gewisse Unbehagen. Sie nickte kühl, aber ihr Herz raste. Ein unschuldiges Barbarenmädchen von außergewöhnlicher Schönheit und offenbar einigen besonderen Fähigkeiten. Ein Glücksgriff.

Plötzlich schien das Leben überhaupt nicht mehr so langweilig zu sein.

Catrina lag auf der mit Seidenstoff überzogenen Liege und fühlte sich seltsam erregt. Ihr war bewusst, dass sie verwöhnt wurde wie nie zuvor in ihrem Leben, als sie sich den ersten Tag im Haus der Herrin Julia in Erinnerung rief.

Zuerst hatte sie ihre Furcht bekämpfen müssen, als sie an Julias Seite den Fluss überquert hatte, und dann gab es einen weiteren kritischen Moment, als sie durch den Eingang der Festung traten. Der Anblick der strengen Wachen, der Lärm der Schmiede und die barschen Befehle, die vom Exerzierplatz herüber schallten, verwirrten ihre Sinne.

Julia hatte sie nur freundlich angelächelt und ihren Arm untergehakt, als sie die Straße mit den Unterkünften entlang gingen. Sie erreichten Julias Haus ohne Zwischenfall. Es war ein wunderschönes Haus, und das einzige Geräusch, das man hörte, war das Plätschern des Brunnens im Hof.

Irgendwo in der Nähe spielte ein Flötist seine melancholischen Weisen. Catrina atmete tief ein, während sie den Luxus des Hauses in sich aufnahm, die wunderbare Einrichtung und die bezaubernde Atmosphäre. War das die römische Lebensart? Dann wollte sie mehr davon …

Jetzt war früher Abend. Draußen schimmerte der Himmel so sanft wie der Schlag eines Taubenflügels. Erfrischt und gebadet, in einen blassblauen Seidenumhang gehüllt, ließ Catrina sich auf einer Liege nieder, neben sich auf dem Tisch einen Becher Wein und eine Schüssel mit Obst. Außer ihr war niemand im Zimmer. Catrina spürte, wie der ungewohnte Alkohol in ihren Adern zu rauschen begann. Sie hatte eine bestimmte Ahnung, dass bald etwas Entscheidendes geschehen würde.

Sie war auf dem richtigen Weg, fand Catrina. Ihre Göttin war noch bei ihr, obwohl sie das Amulett verloren hatte. Sie würde bald lernen, wie sie den Krieger

Alexius mit seinen eigenen Waffen schlagen konnte. Er befand sich in der Nähe, irgendwo in der Festung.

Nachdem Nerissa sie gebadet und eingeölt hatte, war Julia, begleitet von einer schweren Parfümwolke, ins Badezimmer gekommen, hatte sich neben Catrina gesetzt und gefragt, ob sie mit allem zufrieden war.

Catrina hielt die Herrin für die schönste Frau der Welt; ihre Haut schimmerte wie blasses Gold, wobei sie mit verschiedenen kosmetischen Mitteln nachgeholfen hatte. Die Lippen waren voll und rot, und die Augen leuchteten.

Ihre Haare waren eine Mähne aus glänzenden schwarzen Locken, die bei jeder Bewegung um den Kopf tanzten. Julia beugte sich vor und streichelte versonnen über Catrinas Hand. Catrina fühlte sich eigenartig und spürte sinnliche Schauer, als sie gewahrte, dass Julia ihren nackten Körper mit funkelnden Augen betrachtete, besonders die rosigen Spitzen ihrer Brüste.

Nerissa hatte den Raum verlassen, um mehr Badetücher zu holen. Julia beugte sich noch ein Stück weiter vor, und Catrina schämte sich, weil ihre Brustwarzen anschwollen und unter Julias starrenden Blicken zu prickeln begannen. Julia lächelte und nahm sie in die Hand, sie drückte die Nippel und freute sich über Catrinas spontane Reaktion.

»Hast du das ernst gemeint, was du gesagt hast, Catrina? Ich meine, dass du alles lernen willst, was dazu gehört?«

Catrina hielt den Atem an und sah in Julias dunkle Augen. »Oh, ja, das habe ich ernst gemeint. Ich möchte es mehr als alles andere in der Welt.«

»Und du willst alles tun?«

Catrina sagte spontan: »Ja, alles.«

Alles, um mich an Alexius rächen zu können.

Julia atmete zufrieden seufzend aus. »Meine Liebe, wenn wir alle Lektionen hinter uns haben, wird es keinen Mann in dieser Festung geben, der dir widerstehen kann. Deine Lektionen werden so früh wie möglich beginnen. Aber jetzt sollst du dich ausruhen. Ich verspreche dir, du könntest in keinen besseren Händen sein.«

Sie wandte sich zu gehen, und Catrina blickte ihr lange nach. Sie spürte die Erregung durch ihre Adern pochen, und sie wusste, dass es nicht nur am Wein lag.

Jetzt war es Abend geworden, und sie befand sich ganz allein im geräumigen warmen Zimmer, in das Nerissa, das Dienstmädchen, sie geführt hatte. Alles war so fremd, so luxuriös im Vergleich zu den Torfhütten ihres Stammes, in denen sie bisher gelebt hatte, und doch kam ihr diese Umgebung irgendwie vertraut vor, als ob sie hierhin gehörte.

Ihre Haut prickelte und duftete von den Ölen, die Nerissa einmassiert hatte, und die blassblaue Seide war kühl und sinnlich, wo sie ihre Haut berührte. Dies war ein Ort der wunderbaren Geheimnisse, angefangen von den Bodenplatten, unter denen es warm war, bis zum klaren kalten Wasser, das aus dem Schlangenkopf des Brunnens im Zentrum des mit Steinen ausgelegten Hofes sprudelte. Und sie hatte noch so viel zu lernen ...

Allmählich versanken die letzten Sonnenstrahlen, und Catrina lag in einer weichen, sinnlichen Dämmerung. Sie hörte das Wasser des Brunnens plätschern. Ein wenig benommen vom schweren, süßen Wein streckte sie ihre Glieder auf der geschwungenen Liege und fragte sich, was sie als nächstes tun sollte. Sollte sie jemanden rufen oder in Ruhe abwarten? Der Gedanke, sich wieder mit der Herrin Julia zu unterhalten, erregte sie auf seltsame Weise.

Sie fragte sich, ob sie sich ihr anvertrauen und fragen sollte, ob sie etwas über einen großen dunkelhaarigen Krieger namens Alexius wüsste. Aber es gab über tausend Legionäre in dieser Festung.

Die Erinnerung an Alexius, ihren Feind, beunruhigte sie, deshalb verdrängte sie ihn mit aller Kraft aus ihren Gedanken. Sie legte sich zurück auf die Kissen und schloss die Augen. Sie spürte, wie der Wein durch ihre Adern rauschte. Doch dann hörte sie ganz in der Nähe einen leisen Laut, und ihr Körper versteifte sich.

Am anderen Ende des Zimmers befand sich ein niedriges Fenster, dessen Läden geschlossen waren. Catrina nahm an, dass es zum Hof führte. Aber während sie hinsah, bemerkte sie, wie die Läden von der anderen Seite langsam von unsichtbarer Hand geöffnet wurden, und jetzt erkannte Catrina, dass sich dahinter nicht der Hof erstreckte, sondern ein anderes Zimmer, ähnlich wie das, in dem sie lag. Das Zimmer war schummrig beleuchtet, während ihr eigenes im Dunkel lag, deshalb konnte Catrina die beiden tanzenden Mädchen sehen, gefangen in der Flötenmusik, die leise und wehmütig erklang.

Staunend richtete Catrina sich auf, um die Mädchen beobachten zu können. Sie schienen nichts von dem Gast im Nachbarzimmer zu wissen und tanzten mit einer sinnlichen Anmut, die Catrina atemlos machte. Sie wurden im sanften Lampenlicht gebadet, so dass Catrina sehen konnte, dass sie eine dunkle Haut hatten und bis auf ein kurzes Röckchen und die goldenen Armringe nackt waren.

Die seidigen schwarzen Haare fielen locker auf ihre kecken Brüste. Die schönen Gesichter wurden von großen dunklen Augen beherrscht. Die Mädchen trugen beide einen Anhänger aus Elfenbein, der an einer goldenen Kette zwischen den Brüsten baumelte. Staunend sah Catrina, dass sie ihre Nippel rot bemalt hatten. Die Mädchen lächelten sich verschwörerisch zu, die Arme ausgestreckt, sich wie zufällig berührend. Man sah ihnen an, dass sie Lust an der Schönheit der anderen fanden.

Im nächsten Augenblick stockte Catrina der Atem, als sie sah, was im Nachbarzimmer geschah.

Ein Mädchen berührte die feste braune Brust des anderen, ohne den Tanzrhythmus zu unterbrechen, dann sah Catrina, wie das Mädchen die Hand um die Brust der Partnerin schloss und zart am roten Nippel zupfte, bis er hart hervorstand. Das andere tanzende Mädchen vergalt lächelnd Gleiches mit Gleichem, und als alle Nippel erigiert standen, bewegten die Tänzerinnen sich aufeinander zu. Es schien, als wollten sich die roten Spitzen küssen.

Fasziniert schaute Catrina zu und spürte ein heftiges Begehren im Schoß, während ihre eigenen Nippel sich härteten und zu kribbeln begannen. Sanft stießen sie gegen den dünnen Stoff des Gewands.

Wie fühlte es sich an, die warmen Zitzen einer anderen Frau zu berühren? Bei diesem Gedanken spürte sie, wie die geheime Stelle ihres Körpers, die der Römer in Besitz genommen hatte, in köstlicher Erregung zu pochen begann. Ihr Blick ließ nicht von den Mädchen im Nachbarzimmer ab, denn jetzt umarmten sie sich, und ihre goldenen Armreife schwangen zusammen wie Musik. Nun küssten sie sich.

Verwundert sah Catrina zu, wie die kleinen rosigen Zungen miteinander wetteiferten, wie die Lider sich über die dunklen Augen legten und die Brüste noch heftiger aneinander rieben.

Catrina bemerkte, dass ihr Atem stoßweise und fast schmerzhaft kam. Sie war an das Paaren von Mann und Frau unter freiem Himmel und vor anderen gewohnt, denn das geschah in ihrem Stamm bei jedem Ritual. Aber nichts hatte sie auf diese sinnliche Szene vorbereitet, und hechelnd stellte sie fest, dass diese dekadente Abart sie ungeheuer erregte und das Blut in ihren Adern verdickte.

Das war ein Beispiel für die Verderbtheit der Römer, vor der Luad sie immer gewarnt hatte. Aber sie wollte viel mehr sehen, viel mehr erleben!

Während die Mädchen sich küssten, gewahrte Catrina, dass ihr seidener Umhang plötzlich auseinander fiel. Ihre zitternden Finger griffen an ihr erregten Nippel und zwickten sie. Die Funken sprangen hinunter zu ihrem verkrampften Schoß. Ihr Dreieck fühlte sich feucht an, feucht und geschwollen. Instinktiv presste sie die Schenkel zusammen, als wollte sie ihr Verlangen zurückdrängen, aber gleichzeitig spürte sie die Nässe, die sich in ihrem Schoß sammelte.

Eines der Mädchen brach den Kuss ab und ließ sich anmutig auf eine Liege in der hinteren Ecke des Zimmers fallen. Die Partnerin lächelte glücklich und kniete sich zwischen die Schenkel des liegenden Mädchens. Sie schob die Beine weit auseinander und begann die Freundin mit geschickten Fingern leicht zu reizen.

Das Tanzmädchen auf der Liege war nackt unter dem kurzen Röckchen. Catrinas Wangen brannten vor Erregung, als sie die geöffneten Labien sehen konnte, glitzernd vor Feuchtigkeit unter dem flaumbeckten Venusberg. Catrina schluckte schwer und starrte gebannt auf die Szene, wie das eine Mädchen den Kopf senkte und mit der rosigen Zungenspitze in die Spalte stieß.

Das Mädchen auf der Liege wimmerte laut, fasste die eigenen Brüste an und zog und zupfte an den roten Spitzen.

Catrina, deren Brüste sich unter dem kurzen Atmen heftig hoben und senkten, musste plötzlich wieder an den verhassten Alexius denken und an jene Nacht im Wald, als er sie verzaubert hatte und mit seinem kräftigen Phallus in sie eingedrungen war. Sie schüttelte sich und konnte das hungrige Pochen in ihrem Leib kaum noch ertragen.

Mit einer Hand langte sie nach unten. Es war wie ein Schock, als ihre vorsichtig tastenden Finger die Nässe zwischen den Labien spürten. Behutsam ließ sie die Finger kreisen und forschen.

Luad der Priester hatte sie gemahnt, sich nie selbst an dieser geheimen Stelle zu berühren, sonst würde sie ihre Gabe verlieren. Aber es mochte durchaus sein, dass Luad ihr ein Märchen aufgetischt hatte, dachte Catrina rebellisch. Warum hatte er ihr solche köstliche Lust vorenthalten wollen? Sie stöhnte vor Entzücken auf, als die Fingerkuppe gegen die heiße kleine Knospe stieß. Wie ein Blitz schoss die Lust durch ihren Körper. Sie drückte ihre zitternde Hand gegen die pochende Vulva, als wollte sie den süßen Schmerz des Verlangens, der ihren Leib erfasst hatte, damit lindern.

Alexius. Oh, Alexius. Mein Römer – mein Feind.

Dann wurde ihr Blick wieder vom erotischen Spektakel der beiden Mädchen angezogen, die sich gegenseitig Lust bescherten. Catrina keuchte laut. »Nein«, flüsterte sie, »Himmel, nein! Ich glaube, ich träume.«

Die beiden Mädchen hatten ihre Positionen verändert und sich in eine eigenwillige Lage begeben. Sie lagen jetzt aufeinander, aber das obere Mädchen lag falsch herum und mit dem Kopf zwischen den Schenkeln des unten liegenden Mädchens, das wiederum seinen Kopf gegen das Dreieck der Freundin drückte.

Catrina traute sich kaum zu atmen, so sehr schlug der Anblick sie in den Bann. Die Mädchen leckten sich gegenseitig an der Stelle, die Catrina gerade mit dem Finger entdeckt hatte. Ah, was für ein Gefühl das sein musste!

Sie glaubte, vor Verlangen sterben zu müssen; ihr Blut pochte schwer durch ihre Adern.

Plötzlich wurden die Fensterläden krachend zugeworfen. Catrina blieb in ihrem erregten Zustand allein in der Dunkelheit ihres Zimmers zurück.

Sie konnte es nicht glauben. Die Stille war fast greifbar; sie hörte nur ihr Herz laut schlagen. Ihr Körper war heiß und klamm vom Schweiß, und überall kribbelte es auf ihrer Haut. Sie brauchte irgendeine Erleichterung von dieser schrecklichen Spannung, die sie erfasst hatte.

Dann hörte sie ein Geräusch, und sie wirbelte herum. Ein Mann stand in der offenen Tür. Das schwache Licht ließ die Konturen seines kräftigen Körpers erkennen. Er trug nichts außer einem Lendenschurz aus dünnem Leinen sowie eine glitzernde, etwas unheimlich aussehende Goldmaske, die den oberen Teil des Gesichts bedeckte. Sein schwarzes Haar lag dicht am Kopf an, und die glatte eingeölte Haut glänzte in den dunklen Schatten wie Ebenholz.

Catrina erschauerte vor Furcht, als sie den muskulösen Körper betrachtete, aber in die Furcht schlich sich auch eine klammheimliche Erregung und Vorfreude, denn der Mann trat jetzt näher. Er hatte die strotzenden Arme vor dem gewaltigen Brustkorb verschränkt, und sie konnte sehen, dass seine Mundwinkel sich leicht zu einem Lächeln hoben.

Wer war er? Was wollte er hier? Von der goldenen Maske ging eine unbestimmte Bedrohung aus, dachte Catrina, aber dann konzentrierte ihr Blick sich wieder auf den nackten Torso und auf die spärlich bekleideten Lenden. Sie sah die Schwellung seiner Genitalien und erkannte das Leuchten sexueller Erregung in den dunklen Augen hinter der Maske.

Hatte er den schönen jungen Tänzerinnen auch zugesehen? Oder – und jetzt röteten sich ihre Wangen vor Scham – hatte er ihr zugesehen, wie sie ihren erhitzten Körper gestreichelt hatte? Vielleicht, dachte sie verzweifelt, war er irgendein dunkler, vorzeitlicher Gott, der ihr Flehen nach Erleichterung gehört hatte. In diesem seltsamen, dekadenten Haus war vielleicht alles möglich.

Der Mann lächelte und sagte mit tiefer Stimme: »Ihr braucht etwas, Herrin Catrina?« Er langte hinter sich und holte die Lampe aus dem Eingangsbereich und stellte sie vorsichtig auf den kleinen bronzenen Tisch im Zimmer. Dann schloss er die Tür.

»Oh, ja, ja«, hauchte Catrina. Ihre Worte kamen wie ein Flüstern heraus, denn ihr Mund war trocken vor Erregung, ihr ganzer Körper prickelte vor lustvoller Erwartung.

Der Mann lächelte wieder und zog leicht am Knoten des Lendenschurzes, der sich lockerte und zu Boden fiel.

»Möchtet Ihr das vielleicht haben?«, murmelte er und trat einen Schritt näher heran.

Catrina stieß einen gedämpften Laut der Überraschung aus. Er musste irgendein fremder Dämon sein. Die alten Stammesmitglieder erzählten sich von solchen Geschöpfen in früherer Zeit.

Sein massiger Penis war schon steif, er ragte steil aus den Lenden auf, und darunter hing ein schwerer Sack mit seinen Hoden. Catrina musste einige Male schlucken, als sich ihr Blick auf den langen, dicken Schaft fixierte, durch den sich pochende Adern schlangen. Die straff gespannte Eichel reckte sich ihr hoffnungsvoll entgegen. Langsam nahm der Mann den Schaft in die Hand und rieb ihn genüsslich. Dabei leckte er sich die Lippen. Er ließ den Phallus wieder los, und Catrina sah, wie er voller Vitalität auf und ab schwang.

Catrina spürte in sich einen schweren, pulsierenden Schmerz, als sie stumm zu dem Mann aufsah, ihre grünen Augen dunkel und hitzig, voller Hingabe. Sie wollte nichts anderes, als diesen köstlichen harten Stab tief in sich zu spüren, er würde sie mit seiner maskulinen Kraft ausfüllen, sie dehnen und strecken und laben.

Wie in einem Traum sank sie atemlos zurück in die

seidigen Kissen der Liege, die zitternden Lippen leicht geöffnet. Der durchsichtige blaue Umhang glitt von ihren Schultern und entblößte die zarten Brüste in ihrer rosigen Erregung. »Ja, oh, ja«, flüsterte sie und streckte die zierlichen Arme aus. »Ich will dich. Jetzt, sofort.«

Im blassgelben Licht der Lampe bewegte der nackte Mann sich auf sie zu, und bei jeder Bewegung schwang der einsatzwillige Penis mit. Catrina griff mit ihrer Hand danach und berührte ihn unsicher mit den Fingerspitzen, als der Mann sich neben sie kniete, dann legte sie die Hand um den Schaft. Er fühlte sich heiß und seidig an und bebte, als hätte er ein eigenes Leben. Mit einem sehnsüchtigen Seufzen legte Catrina sich hin, und wie von selbst glitten ihre Schenkel auseinander, als wollte sie dem dunklen, fremden Besucher ihre Weiblichkeit zeigen.

»Seid Ihr sicher, Herrin, dass Ihr für mich bereit seid?«

Entweder war er ein Gott aus der Welt der Geister, oder sie befand sich in einem tiefen Traum. Beides war Catrina Recht. »Mehr als bereit«, murmelte sie und lächelte hoch in das maskierte Gesicht.

Seine Augen glänzten hinter der Maske. Er beugte den Kopf und leckte mit langen, langsamen Strichen über ihre Brüste. Sie genoss seine kräftige, entschlossene Zunge. Er zog die steifen Nippel in seinen heißen, feuchten Mund und stieß mit Zunge und Zähnen dagegen, bis sie die Arme um seine breiten Schultern legte und bewundernd über seine glatte, gespannte Haut rieb.

Der Mann murmelte Worte in einer Sprache, die Catrina nicht verstand, als er ihre Hüften ganz nach vorn zur Liege zog. Er spreizte die Schenkel so weit es ging und streichelte die empfindlichen Innenseiten mit seinen großen starken Händen. Dann senkte er den Kopf zwischen ihre Schenkel und fuhr mit der

Zunge über die geschwollenen Labien. Catrina keuchte immer lauter. Er stieß jetzt mit der steifen Zungenspitze gegen ihre Klitoris, und Catrina ruckte die Hüften vor, ließ den Schoß rotieren und presste sich der forschenden Zunge entgegen. Oh, wie sie sich nach Erleichterung sehnte!

Lächelnd hob ihr Götterdämon den maskierten Kopf, damit sie seine von ihren Säften glänzenden Lippen sehen konnte. Er nahm den Schaft in die Faust, ging zwischen ihren Schenkeln auf die Knie, rieb die Eichel zwischen den Labien auf und ab und stieß dann vorsichtig in sie hinein. Dabei ließ er ihr verzücktes Gesicht nicht aus den Augen.

Sechstes Kapitel

Julia beobachtete den Fortschritt von Catrina und Phidias durch ein listig angebrachtes Guckloch, das die beiden Zimmer miteinander verband. Julia hatte dem Seufzen und Stöhnen des Barbarenmädchens beim Betrachten der syrischen Sklavinnen schon mit Lust zugesehen. Julia, erfahren in solchen Dingen, hatte den genau richtigen Zeitpunkt abgepasst, ehe sie den willfährigen Phidias ins dunkle Zimmer schickte. Er hatte sich schon die goldene Maske umgelegt, eine der viele Schätze, die sie aus ihren Tagen am römischen Theater mitgebracht hatte.

»Ich bin bereit, Herrin«, sagte er grinsend.

Julia sah ihn an und nickte bestätigend. Ja, er war bereit. Und wie. Auch er hatte die syrischen Mädchen beobachtet, und sie sah die Wirkung an seinem Lendenschurz, der von der Schwellung darunter ausgebeult wurde. Julia selbst spürte ein kaum kontrollierbares Verlangen und war versucht, ihre Pläne zu ändern und sich selbst vom Sklaven bedienen zu lassen.

Aber nein. Kontrolle gehörte zum Spiel. Das würde das Barbarenmädchen auch bald erfahren.

Was den armen Falco anging, so empfand sie fast Mitleid mit ihm, aber schließlich hatte er sich sein Schicksal selbst zuzuschreiben. Er war jetzt bei ihr, halb nackt und in Ketten, damit er nicht weglaufen konnte. Seit jener ersten Nacht, als er sich ihr widersetzt hatte, musste er ihr auf Schritt und Tritt folgen, denn sie war entschlossen, ihn zum Nachgeben zu zwingen. Dabei ging es ihr nur zum Teil darum, dass er ihre Hausgötter anerkannte. Sie wollte ihn brechen, wollte ihn um Gnade winseln hören, wollte ihn und seinen schönen Körper erniedrigt sehen.

Sie verlangte nach ihm mit einer dunklen, hungrigen Gier, fast so intensiv, wie sie nach Alexius verlangte. Die Gedanken an die beiden begehrenswertesten Männer der Festung ließen sie ganz schwach werden. Die beiden zusammen und sie ... Es war ihre Lieblingsphantasie.

Falco kniete hinter ihr auf dem Boden, den Kopf gebeugt, als der Numidier das Zimmer betrat, in dem Catrina lag. »Schau zu«, zischte sie Falco zu. »Schau ihnen zu, sonst wirst du es bereuen.«

Sie konnte ihre Erregung nicht verhehlen, als sie durch das Guckloch ins Nebenzimmer schaute und alles beobachtete. Wie sie Phidias aufgetragen hatte, näherte er sich der staunenden Catrina nur zögernd. Julia hielt den Atem an, als ihr Haussklave den Lendenschurz ablegte und Catrina mit zitternden Fingern den harten Schaft anfasste.

Sie war perfekt, dieses britannische Mädchen, wild, lüstern, schön, eifrig und doch voller Unschuld.

Julia selbst befand sich in einer verzweifelten Lage. Gierig beäugte sie den vom Öl glänzenden Körper des Gladiators. Auch er verfolgte das Geschehen im Nebenzimmer, und Julia sah an der Beule des Lendenschurzes, dass der Anblick nicht ohne Wirkung blieb.

Noch wollte sie ihn nicht. Sie wollte warten, bis er sie anflehte.

Sie zog an der Glocke, um die beiden syrischen Mädchen zu sich zu rufen. Julia mochte die Tanzmädchen, sie waren Zwillinge. Vor vier Jahren hatte sie sie von einem ruinierten Senator in Rom gekauft. Julia hatte ihnen neue Namen gegeben, Lerche und Nachtigall, weil sie so schöne helle Stimmen hatten. Es hatte ihr großes Vergnügen bereitet, den beiden Mädchen die Lebensweise im Haus eines Tribuns beizubringen.

Als die Mädchen eintraten, raunte sie ihnen zu, was genau sie zu tun hatten. Lerche und Nachtigall nickten eifrig und flankierten die Herrin kniend, als Julia sich seufzend in die Kissen sinken ließ. Die Mädchen kosten ihre Brüste mit Lippen und Zungen, ehe sie sich der pulsierenden Vagina annahmen.

Julia stöhnte ekstatisch, sie wand sich auf der breiten Liege und wusste, dass es nicht lange dauern würde, bis sie die ersehnte Erleichterung spüren würde. Ah, sie war fast da!

Dann hörte sie Falco keuchen. Sie schlug die Augen auf und sah den Schweiß auf seiner Stirn und den zuckenden Penis unter dem Lendenschurz.

Sie versagte sich die eigene Erfüllung, löste sich von den jungen Sklavinnen und setzte sich auf.

»Bindet den Gladiator los«, befahl sie den Mädchen.

»Aber Herrin ...«

»Tut, was ich sage!«

Sie wusste, dass sie ein Risiko einging. Aber dieses hier wollte sie eingehen, denn kein Mann würde vor dieser Szene davonlaufen. Sie richtete sich weiter auf, um den knienden Sklaven besser sehen zu können, und sah zu, wie die Mädchen ihm die Ketten abnahmen und den Lendenschurz aufknoteten. Darunter zuckte der heiße, harte Penis.

Julia lächelte. Was für ein Schaft! Seiden, kräftig, stolz und starr. Die Eichel so reif, dass sie zu platzen schien. Eines nicht so fernen Tages würde sie ihn besitzen. Wenn er genug gelitten und gebüßt hatte.

Sie gab den Mädchen zu verstehen, dort fortzusetzen, wo sie aufgehört hatten, legte sich wieder hin und spreizte einladend die Schenkel. Gleichzeitig sah sie wieder durchs Guckloch.

Sie war froh, dass Phidias daran gedacht hatte, eine Lampe mit ins Zimmer zu nehmen. Im sanften goldenen Licht konnte sie alles genau sehen. Der Numidier schob seinen stolzen Schaft in Catrina hinein und knetete die kleinen Brüste. Catrina verzog in unbändiger

Lust das Gesicht, die grünen Augen weit aufgerissen. Sie krümmte den Rücken und begegnete den Stößen des Sklaven auf halbem Weg.

Julia wandte sich an den Gladiator. »Sieh mich an, Falco«, flüsterte sie heiser, erregt vom Streicheln und Massieren der beiden Mädchen. »Bist du nicht scharf auf mich? Würdest du deinen harten Penis nicht gern in meine saftige Tiefe stoßen? Immer wieder zustoßen, bis du dich nicht mehr zurückhalten kannst und dich wild pumpend in mich ergießt?«

Es war zuviel für Falco. Sein Penis zuckte, und die gespannte Eichel pochte vor Verlangen. Ächzend packte Falco den Schaft mit der Faust und bewegte sie fieberhaft auf und ab. Der ganze Körper geriet in Zuckungen, und der schaumige Samen sprühte über die Bodenfliesen. Beinahe gleichzeitig stieß Julia gegen die sanft mahlenden Finger von Lerche und zog Nachtigalls Gesicht an ihre Brust. Sie hielt das Mädchen fest umschlungen, während der Orgasmus sie durchrüttelte.

Als sie sich erholt hatte, kniete der Gladiator weiter schweigend da, obwohl sein Körper noch von der Intensität des Erlebnisses geschüttelt wurde. Er hatte den Kopf schamvoll gesenkt. Julia rief leise seinen Namen, und er schaute auf, die grauen Augen trübe.

»Das war aber sehr dekadent von dir«, sagte sie belustigt. »Das war ja eine klassische Selbstbefleckung. Ich dachte, du hättest mehr Kontrolle über dich, Falco.« Sie wandte sich an Lerche und Nachtigall. »Meine Vögelchen«, sagte sie, »kettet ihn wieder an. Ich glaube, im Augenblick hat er nicht die Kraft, sich euch zu widersetzen.«

Die Mädchen taten wie geheißen. Julia sah, wie sich das kalte Metall um die goldene Haut des Gladiators schloss. Sein Penis hatte sich beruhigt, eine träge fette Schlange zwischen den kräftigen Schenkeln. Sie würde ihn nur zu gern in die Hand nehmen und zusehen, wie er sich wieder streckte und mit neuem Leben füllte.

Plötzlich stand Lerche neben ihr. »*Patrona*«, flüsterte sie aufgeregt. »Im Nebenzimmer – schnell!«

Catrina presste sich gegen den schweren Körper des Numidiers, ihr Gesicht gerötet von der Lust, die er ihr verschaffte. Bei jedem Stoß in ihren entflammten Leib klammerte ihre Vagina sich um die herrliche Länge seines Schafts, und jedes Zurückziehen begleitete sie mit einem leisen Seufzer der Enttäuschung. Sie grub die zierlichen Finger in seine muskulösen Schultern. In ihrem Leib schien sich alles zusammen zu ziehen, und wenn der Mann mit der Goldmaske sanft über ihre Nippel strich oder mit dem Daumen über die klopfende Klitoris rieb, dann spürte sie ein Aufwallen in sich, das fast schmerzhaft war, so groß war ihre Erregung.

Dann, endlich, als sie nur noch eine bebende Masse gierigen Verlangens war, lächelte der Mann und stützte sich mit beiden großen Händen auf der Liege auf. Sein gewaltiger Körper spannte sich wie ein Bogen, als er den Penis bis zum Rand ihrer pulsierenden Vagina herauszog.

Er schaute in ihr gerötetes Gesicht und begann mit kräftigen, pumpenden Stößen, die ihren Kopf von allem befreiten, was nichts mit diesem großartigen Erleben zu tun hatte, so dass sie nur noch von diesem knochenharten Schaft beherrscht wurde, der sie ins süße Reich von Lust und Leidenschaft beförderte.

Catrina sammelte ihre verbliebene Kraft und stemmte sich ihm entgegen, sie mahlte ihren Schoß gegen seine Stöße, und wenn sie sich ein wenig anhob, massierte der Schaft bei jeder Bewegung den pochenden Kitzler, bis sie in einem lang anhaltenden Orgasmus explodierte.

Das Zimmer wurde erfüllt von ihren hellen Schreien des nie erlebten Entzückens.

Der große Numidier kam rasch danach und stöhnte laut und ächzend seinen Höhepunkt hinaus. Catrina, deren Atem noch rasselte, schaute glückstrunken auf zu ihm, während der Schaft noch in ihr steckte und noch ein wenig zuckte. Der geheimnisvolle Maskenmann beugte sich zu ihren Brüsten und nahm sie abwechselnd in den Mund.

Wenn dies die römische Lebensart war, dachte Catrina, dann war sie hier genau richtig.

Die Tür öffnete sich und ließ einen Schwall kühle Luft herein. Julia schlüpfte ins Zimmer.

»Gut gemacht, meine Liebe«, sagte sie. »Deine erste Lektion hast du mit Glanz und Gloria bestanden. Findest du nicht auch, Phidias?«

Catrina sprang auf die Füße und schlang den dünnen Umhang fester um sich, während der Mann liegen blieb und befriedigt lächelte.

»Sie hat sich außergewöhnlich gut eingeführt, *patrona*«, sagte der Mann und nahm vorsichtig die Goldmaske vom Gesicht. Er verbeugte sich vor seiner Herrin.

Sprachlos schaute Catrina von Julia zu ihrem Liebhaber und wieder zurück. Der Mann mit der Maske war also kein Gott oder Dämon, er war ein Haussklave und hatte ihr auf Julias Geheiß hin dieses Vergnügen bereitet.

»Lektion?«, platzte es aus ihr heraus. Ihre Wangen brannten noch, während der Rest ihres Körpers sich plötzlich kalt anfühlte. »Ich glaube, ich verstehe nicht ganz. Habt Ihr die ganze Zeit zugesehen?«

»Natürlich, meine Liebe. Schließlich habe ich das alles für dich arrangiert, wobei mir die wunderschönen Tänzerinnen geholfen haben. Und auch Phidias.« Sie blickte in Catrinas Gesicht und fragte: »Es hat dir doch Spaß gemacht, oder?«

Sie schien so besorgt zu sein, dass Catrina lachen musste. Spaß war wirklich maßlos untertrieben für den sinnlichen Genuss, der ihr widerfahren war. Trotzdem fand sie es beunruhigend, dass alle ihr zugeschaut hatten, sie empfand plötzlich Scham.

Hatte Julia sie auch wegen ihrer Naivität ausgelacht, genau wie der verhasste Alexius gelacht haben musste, als er in die Nacht hinausgegangen war? Seine schneidenden Worte klangen ihr immer noch im Ohr. *»Du glaubst doch nicht, dass Barbaren nach meinem Geschmack sind?«*

Catrina bemühte sich um Haltung. Sie sammelte sich, schob die blonden Haare aus dem Gesicht und sagte: »Natürlich habe ich es genossen. Aber – verzeiht – ich habe nicht gewusst, dass ich zur Unterhaltung aller beigetragen habe.«

Julia lächelte. Das britannische Mädchen war nicht nur schön mit seinen grünen Augen und blonden Haaren, sie hatte auch Geist und Temperament. Sie trat auf Catrina zu und strich besänftigend über ihre Hand.

»Liebe Catrina, sei nicht verletzt. Natürlich habe ich zugeschaut. Ich musste doch sehen, wie es dir gefällt. Du hast dich in meine Obhut begeben, da ist es meine Pflicht, mich von deinem Fortschritt zu überzeugen.«

Sie bemerkte das Zögern des Mädchens, deshalb setzte Julia nach. »Denk doch einmal darüber nach, Catrina. Es steht dir natürlich frei, mein Haus wieder zu verlassen. Aber du solltest dich an deine Situation erinnern, die dich zu mir geführt hat. Denkst du noch an die Szene in der Straße?«

Julia sah, wie ein Schatten der Angst auf das kleine, fein geschnittene Gesicht des Mädchens fiel. Gut. Catrina erinnerte sich noch sehr gut an den Pöbel, an die derben Bauern, die dicht davor gewesen waren, sie als Hexe in Stücke zu reißen.

»Diese Kerle haben dich auch noch nicht vergessen,

Catrina. Ich bitte dich, bleibe bei mir. Hier bist du in Sicherheit, denn niemand traut sich, die Hand gegen mich zu erheben. Und du willst doch etwas über die römische Lebensweise lernen, nicht wahr? Glaube mir, wir werden gemeinsam noch viel Vergnügen haben.«

Das Mädchen hob den Kopf und hielt Julias Blick stand. »Ich möchte gern bleiben«, sagte Catrina. »Ich möchte alles über die römische Lebensweise erfahren.« Dann atmete sie tief durch, als wollte sie zu einem Entschluss finden. »Ich suche einen Mann«, sagte sie leise.

Julia verstand sie falsch und legte ihre Hände auf die Schultern des Mädchens. »Ah, du willst einen wohlhabenden, einflussreichen Beschützer suchen. Ja, natürlich, das kann ich gut verstehen. Du bist von einer berauschenden Schönheit, und ich bin sicher, du könntest jeden Mann der Festung zu deinen Füßen haben. Wir bringen dir noch einige Sachen bei, wie eine feine Dame sich schminkt, wie sie sich kleidet. Lerche und Nachtigall werden mir helfen. Und gemeinsam können wir dir auch beibringen, auf wie vielfältige Weise die römischen Frauen ihre Männer verwöhnen.«

Sie nahm Catrinas Hand und zog sie hinaus in den schwach beleuchteten Hauseingang. Catrina war sich bewusst, dass Julia sie falsch verstanden hatte und versuchte, die richtigen Worte zu finden. »Nein! Ich suche nicht irgendeinen Mann, sondern …«

Wieder unterbrach Julia sie. »Natürlich nicht. Du möchtest einen besonderen Mann haben, und sehr reich soll er sein. Oh, du wirst deinen Entschluss, bei mir zu bleiben, nicht bereuen, das verspreche ich dir.« Dann sah sie sich um und sagte in einer völlig veränderten Tonlage: »Falco, was hast du denn hier zu suchen?«

Ein junger blonder Sklave stand in den Schatten des

Türeingangs. Seine Arme waren auf dem Rücken aneinander gekettet. Catrina, ganz in ihren Gedanken verhaftet, starrte ihn staunend an. Er sah so schön und zugleich so traurig aus. Warum war er gefesselt? Unbehagen überfiel sie. Was ging sonst noch in diesem seltsamen Haus vor?

Julia schien ihre starrenden Blicke bemerkt zu haben und fragte: »Oh, Catrina, dir gefällt mein ungehorsamer Gladiator?«

Catrina spürte, wie die Blicke aus den grauen Augen ihr durch Mark und Bein gingen. »Warum ist er gefesselt?«

»Weil Falco sehr aufsässig war. Er hält sich für besser als alle anderen. Aber das ist er gar nicht, stimmt's, Falco? Du bist wie wir alle.« Sie leckte über eine Fingerspitze und fuhr damit über das Gesicht das Sklaven. Catrina schüttelte sich, als sie sah, wie er die Augen schloss.

Seufzend wandte sich Julia wieder an Catrina. »Eines Tages wirst du Falco richtig kennen lernen. Aber jetzt musst du müde sein. Ich zeige dir dein Schlafzimmer, und morgen schmieden wir Pläne.«

Irgendeine böse Vorahnung schlich sich in Catrinas Gedanken ein, aber dann rief Julia die Sklavin Nerissa, die Catrina auf ihr Zimmer brachte.

Julia war müde. Angenehm müde, aber ihr Körper sagte ihr, dass sie nach den Auswüchsen des Abends Ruhe brauchte. Falco war für die Nacht am sichersten in den Sklavenquartieren des großen Hauses aufgehoben, aber als sie gerade Phidias rufen wollte, um den Gladiator fortzubringen, sagte er mit seiner ruhigen, festen Stimme: »Ihr solltet das Mädchen gehen lassen. Sie ist schön und unschuldig, sie ist kein Spielzeug.«

Julia wirbelte zu ihm herum, verärgert über seine

Einmischung. »Was bildest du dir ein? Ich kann dich noch härter bestrafen, wenn du das willst.«

Gelassen antwortete er: »Natürlich könnt Ihr das. Mir macht das nichts aus.«

»Aber es macht dir was aus, wenn ich auch die anderen Mitglieder deiner Sekte jage. Es gibt auch viele von ihnen hier in Eboracum, nicht wahr? Frauen und Sklaven und andere Habenichtse, die von sich behaupten, Christus zu huldigen. Soll ich sie bestrafen, wie einst Nero sie in der römischen Arena bestraft hat?«

Falco wurde bleich.

»Ah«, sagte Julia, »ich sehe, dass du weißt, wovon ich spreche. Also verhalte dich brav, Gladiator, und nimm dir keine weiteren Frechheiten heraus.«

Er schwieg, und Julia wusste, dass sie wieder die Oberhand hatte. Sie lächelte. »Ich glaube, ich sollte dich und deine Fähigkeiten in Zukunft besser einsetzen. Du sprichst Griechisch so gut wie Latein, nicht wahr? Kannst du in beiden Sprachen auch schreiben?«

»Ja, Herrin.«

»Nun«, sagte sie mit blitzenden Augen, »dann habe ich eine höchst interessante Beschäftigung für dich.«

Nachdem Nerissa gegangen war, lag Catrina wach in der Dunkelheit ihres großen Schlafzimmers und lauschte den fernen, unvertrauten Geräuschen der Festung. Ihr breites Holzbett mit der weichen, mit Wolle gefüllten Matratze und den schweren Decken wirkten fremd und erdrückend auf sie, die bisher gewohnt war, auf fellbedeckten Farnen zu schlafen. Ihre Gedanken ließen sie nicht zur Ruhe kommen; der erste Tag in dieser seltsamen, faszinierenden Stadt mit all den sensationellen Gefühlen hatte sie überwältigt.

Ihr Körper prickelte noch von den Liebkosungen des maskierten Mannes. Sie errötete, als ihr einfiel, dass sie ihn für eine übernatürliche Macht gehalten hatte. Julias Haussklave hatte ihr köstliches Vergnügen bereitet und sie von den sexuellen Spannungen befreit, die sich die ganze Zeit in ihr aufgebaut hatten. Aber er war nicht wie Alexius gewesen.

Als die Erinnerungen sie umfingen, spürte sie wieder den Zorn über Alexius' kalten Verrat, sie spürte ihn wie einen körperlichen Schmerz. Sie drückte eine Hand gegen die Stirn, wie um sich zu beruhigen, und versuchte an nichts zu denken als an die Stille, die sie umgab. Draußen auf dem Innenhof, dem Zentrum von Julias Haus, konnte sie den Brunnen plätschern hören, und irgendwo in der Ferne sang eine Nachtigall, wodurch sie an die Nähe der Wälder erinnert wurde, wo ihr wirkliches Zuhause lag.

Catrina griff unter ihr Kissen, wo sie den kleinen Lederbeutel versteckt hatte. Sie berührte die Klinge des Messers, auf dessen Griff der Name Alexius eingeritzt war. Der Name ihres Feindes.

Dichter Dampf hob sich aus dem erhitzten Wasser des Kaldariums, und von der hohen Decke mit seinen schönen Fresken wurde das Planschen und Lachen der militärischen und zivilen Elite von Eboracum zurückgeworfen, die sich bevorzugt im luxuriösen Badehaus aufhielt. Es war gebaut worden, um in den Menschen an den Grenzen des Weltreichs die Erinnerung an das bequeme Leben in Rom wachzuhalten.

Es war früher Abend, und es waren viele Leute da, die Alexius kannte. Falls er um diese Zeit nichts Dringendes zu erledigen hatte, kehrte er ins Badehaus ein, um sich im warmen Wasser zu entspannen, mit Freunden guten Wein zu trinken und sich eine Massage zu gönnen, bei der er gewöhnlich die letzten Neuigkeiten erfuhr.

Viele Leute kamen, um an den Geräten zu üben, sie unterwarfen sich dem Gewichtstraining und übten Ringergriffe. Aber die körperliche Fitness war kein Problem für Alexius. Das harte militärische Exerzieren und das ausgiebige Training hatten seinen Körper gestählt.

Angenehm entspannt zog er sich aus dem warmen Wasser und schlang ein Tuch locker um seine schlanken Hüften. Gemächlich begab er sich zu dem kleinen Trepidarium, wo er sich immer von seinem eigenen Masseur einölen und durchkneten ließ. Es war ein gutes Gefühl, nach der schweren körperlichen Arbeit und dem konstanten Druck, dem er sich als Kommandant der Festung ausgesetzt sah, völlig entspannt zu sein, wenn der Schweiß und die Anstrengungen des Tages von harten, kundigen Händen wegmassiert wurden.

Weil es im kleinen Raum ziemlich düster war, glaubte er sich allein, als er sich auf die Marmorbank sinken ließ, aber dann wurde ihm klar, dass schon jemand da war. Er hörte seinen Namen; die Stimme kam aus einem schattigen Alkoven. Alexius drehte sich um und erkannte den bürgerlichen Magistrat Elenius, der sich mit zwei anderen ernannten Magistraten die Verantwortung für die Stadt teilte.

»Nun, Freund Alexius, wie geht es Euch?«, grunzte der übergewichtige schwitzende Mann, dessen schlaffes Fleisch unter den knetenden Fingern seines Masseurs hin und her schwappte. »Ich habe Euch noch nicht gesehen, seit Ihr den angemalten Barbaren in den Hügeln entkommen seid. Wart Ihr schon da, um das Dorf dem Erdboden gleichzumachen? Bei Jupiter, ich würde das tun, wenn ich an Eurer Stelle wäre.«

Alexius lächelte höflich und legte sich bäuchlings auf das weiche Tuch, das sein Masseur auf die Marmorbank gelegt hatte. »Sie sind nicht so leicht zu stellen, diese britannischen Stämme. Selbst wenn wir die halbe Legion in die Hügel schickten, würden sie sich noch in den Wäldern und Höhlen verstecken können.«

Elenius schnaufte. »Aber Ihr seid der Kommandant der Sechsten. Ihr werdet die Barbaren doch nicht so einfach davonkommen lassen? Ihr solltet gegen sie ausziehen und sie alle massakrieren, mein junger Freund. Ich schwöre bei den Göttern, ich würde das tun!«

Alexius nickte höflich. Elenius war dick und kahl, er war ein Mann mittleren Alters, und es war kaum vorstellbar, ihn Lanzen schwingend auf einem Pferd zu sehen. Alexius legte den Kopf auf die Arme, während der Masseur sich um seinen muskulösen Körper kümmerte.

Er hörte nur mit halbem Ohr hin, als Elenius weiter schwafelte, wie er mit den britannischen Stämmen umgehen würde. Alexius ließ sich treiben und genoss das luxuriöse Gefühl des absoluten Wohlbehagens. Es war ein langer Tag gewesen; viele Vorräte waren angeliefert und am Flussufer gelöscht worden. Er hatte den Bestand überprüfen und die neuen Mengen feststellen müssen, er hatte die Lieferanten zu bezahlen und musste sich auch noch um den täglichen Kleinkram kümmern, der in einer isolierten Festung anfiel.

Hinzu kam, dass seine Männer einen Erdwall um die Stadt errichteten. Die Festung selbst konnte gut verteidigt werden, aber wenn die Barbarenkrieger aus dem Norden einfielen, würden sie zuerst die Stadt überfallen, und dabei würden viele Zivilisten geschlachtet werden. Dass es einen solchen Angriff geben würde, davon war Alexius überzeugt, denn es verdichteten sich die Gerüchte über Roms derzeitige Schwäche.

Leute wie Elenius, die zu Hause auf bequemen Stühlen saßen, hielten Rom und jede Garnison im

Weltreich für unbesiegbar. Alexius, der in Gallien gegen die wilden teutonischen Stämme gekämpft hatte, die nicht aufhörten, die Nordgrenze des Imperiums zu bedrohen, wusste es besser.

»… solltet sie alle massakrieren«, murmelte Elenius wieder. »Nehmt eine Schwadron mit in die Hügel und räuchert sie aus, die Wilden.«

Alexius rollte sich auf die leise Aufforderung des Masseurs hin auf den Rücken und seufzte wohlig, als der Mann die dicken Muskelpakete der Oberschenkel zu walken begann. Vielleicht hatte Elenius Recht. Vielleicht sollte er sie ausräuchern. Alexius schloss die Augen. Es war nur natürlich, an den Eingeborenen Rache zu nehmen, denn sie hatten seiner Einheit eine gemeine Falle gestellt, in der viele seiner Männer ihr Leben gelassen und andere Verwundungen erlitten hatten. Alexius hatte das Trachten nach Vergeltung auch schon von anderen in der Stadt und in der Festung gehört.

Aber immer, wenn Alexius an die wilden Barbaren in ihren Höhlen dachte, sah er das Mädchen vor sich, das ihn geheilt hatte. Und das war der Grund für seine Zurückhaltung.

Verdammt, dachte er, er kannte nicht einmal ihren Namen, und er wusste auch nicht, wie sie aussah. Doch er würde nie die Berührung ihrer sanften Hände vergessen, wenn sie ihre beinahe wunderheilende Salbe aufgetragen hatte. Oder ihre leise, fröhliche Stimme, als sie versucht hatte, seinen Namen auszusprechen. Instinktiv wusste er, dass sie schön war. Ihr Körper war sanft und schmiegsam gewesen, als er sie genommen hatte. Sie hatte sich ihm geöffnet wie eine junge Frühlingsblume der Sonne, sie war scheu aber leidenschaftlich, und als er in ihren weichen Leib eingedrungen war, hatte ihr Körper köstlich reagiert. Ihre süßen Explosionen hatten ihn das Atmen vergessen lassen.

In seinem Leben hatte Alexius viele Frauen gekannt. In der strikten Hierarchie der römischen Gesellschaft standen dem mächtigen, gut aussehenden *primus pilus* der Sechsten Legion alle schönen Frauen zur Verfügung, ob verheiratet oder nicht. Ihm ging ein gewisser Ruf als Liebhaber voraus, den seine Kameraden, halb neidisch, halb bewundernd, verbreitet hatten. Seine offenkundige Entschlossenheit, sich nie zu lange mit einer Frau einzulassen, schien für alle eine Herausforderung zu sein. Seit er sich der Legion angeschlossen hatte, kannte er nur eine Regelung, was Frauen betraf: Er nahm sein Vergnügen und bereitete ihr Vergnügen – und damit waren sie quitt.

Aber das Barbarenmädchen in den Hügeln, das in seinen Tagen der Blindheit wie ein Traum über ihn gekommen war, hatte ihn seltsam berührt. Ihre leisen Schreie der Lust und Verwunderung, als er ihre kleinen, festen Brüste gestreichelt hatte, hatten ihn mit einer Zärtlichkeit erfüllt, die er nie zuvor empfunden hatte. Die Wildheit ihres Höhepunkts hatte ihn völlig überrascht; er erschauerte heute noch, wenn er daran dachte. Vielleicht war sie wirklich noch Jungfrau gewesen, wie sie behauptet hatte; eine Jungfrau mit einer ungeheuren Ausstrahlung, und er war der Erste gewesen …

Er hatte sie grausam behandelt. Hatte ihr gesagt, dass sie alles bekommen hatte, was sie hatte haben wollen. Dass Barbarenfrauen nicht nach seinem Geschmack waren – was überhaupt nicht stimmte. Er hatte ihren verletzten Stolz gespürt, obwohl er sie nicht hatte sehen können, als er ihr gesagt hatte, dass er gehen wollte.

Er hatte keine andere Möglichkeit gehabt. Ihr Stamm hätte sie getötet, wenn der Verdacht aufgekommen wäre, sie hätte die Schuld an seiner Flucht gehabt. Deshalb hatte er sie gefesselt zurückgelassen, auch wenn sie ihn deshalb abgrundtief hassen musste, aber seither war sie ihm nicht mehr aus dem Kopf gegangen.

Er spürte, wie sein Phallus sich hob, als er an die lüsterne Unschuld ihrer Berührungen dachte. Sein Masseur, der seine Arbeit beendet hatte und das Öl seiner Finger an einem Handtuch abwischte, ignorierte taktvoll die Erregung des Kommandanten. Alexius seufzte und versuchte, das Mädchen aus seinen Gedanken zu verdrängen.

Er wünschte, er wüsste, wie sie aussah. Er wünschte, er könnte sie noch einmal treffen. Auch wenn er zu wissen glaubte, dass sie ihn hasste.

Dann wurde er in die Wirklichkeit zurückgeholt, als er unverwechselbare Geräusche aus der anderen Ecke des schwach beleuchteten Raums hörte. Sein Masseur war gegangen und hatte ihm einen Krug gekühlten Weins und eine Schüssel mit Feigen auf dem niedrigen Tisch neben der Bank zurückgelassen, und während Alexius ein wenig eingedöst war, die Gedanken meilenweit weg, hatte Elenius eine Sonderbehandlung verlangt. Er hatte eine Lieblingsmasseuse im Badehaus, die sich jetzt in ihrer kurzen Tunika über ihn beugte und mit der ihr eigenen Behandlung fortfuhr.

Elenius' Penis befand sich noch im Ruhezustand, bemerkte Alexius mit einem Auge. Ganz offensichtlich benötigte der korpulente Magistrat mit seiner rosigen Wampe einige Zeit, um das schätzen zu können, was die Frau mit ihm anstellte.

Alexius konnte sehen, dass sie sich alle Mühe gab. Die dunkelhaarige Frau lockerte die Tunika und ließ die vollen Brüste heraus, mit denen sie über Elenius' behaarten Brustkorb strich. Sie fuhr mit der Zunge über die Innenseiten seiner Schenkel, während sie den schlaffen, bleichen Penis leicht mit der Hand rieb, ehe sie ihn in den Mund nahm und sanft und beherzt saugte – ohne Ergebnis.

Alexius lag ausgestreckt da, hob den Kopf an und

stützte ihn mit einer Hand ab. Er griff nach dem Badetuch und zog es über seine Lenden, denn er hatte gesehen, wie die Frau verstohlen zu ihm geschaut hatte, die Augen glänzend ob seines vielversprechenderen Spielgeräts.

Aus den Augenwinkeln musste Elenius gesehen haben, dass Alexius sich mit dem Tuch bedeckt hatte. Er richtete den Oberkörper auf, keuchte von der Anstrengung und rief: »Wollt Ihr auch ein Mädchen, mein Freund Alexius? Ihr braucht es nur zu sagen.«

Alexius lächelte. »Nein, aber danke für das feine Angebot. Eines Tages komme ich vielleicht darauf zurück, aber jetzt muss ich mich auf den Weg machen.«

»Ich weiß, ich weiß. Militärische Pflichten und so … ahhh …« Seine Stimme ging in ein Jammern über. »Mädchen, ich habe dir doch schon immer gesagt, du sollst mit den Fingern … ja, das ist die richtige Stelle …«

Alexius hatte die Beine schon von der Bank geschwungen. Er wollte die neue Tunika über den Kopf werfen, die ihm der Masseur hingelegt hatte, aber dann sah er, wie die schwarzhaarige Frau Öl auf ihre Finger träufelte und mit einem Finger zwischen die schwappenden Backen glitt. Elenius ächzte vergnügt, und endlich erwachte auch sein Penis zu neuem Leben.

»Ja, Mädchen, gut so. Jetzt nimm ihn tief in den Mund und wackle ein bisschen mit dem Finger … ah, ja, genau richtig.«

Das Mädchen ging mit dem Kopf weiter nach unten und wischte mit der Zunge über den heißen kleinen Stamm. Nach ein paar Minuten legte sie eine Pause zum Luftholen ein, und als Elenius protestierte, murmelte sie mit verführerischer Stimme: »Gönnt mir einen Moment Erholung, Herr! Bei einer so stattlichen Waffe bleibt mir kaum Luft zum Atmen. Er ist fast zu groß für eine Frau allein.«

»Eh, ich kann stolz auf ihn sein, was?«, murmelte Elenius und griff an die rosigen Brustspitzen der Frau. »Schnell, Mädchen, mach weiter!«

Alexius musste ein Grinsen unterdrücken. Er bückte sich, um seine Schuhe zu schließen, und hörte weiter das Schnaufen des dicken Mannes und die lutschenden Bemühungen der Frau. Es kostete Alexius einige Überwindung, sich umzudrehen und zu gehen.

Aber Elenius rief: »Alexius, mein Freund! Geht noch nicht. Das Mädchen wird sich Euch auch vornehmen!«

Die Frau, die neben Elenius kniete, sah Alexius bewundernd an. »Für Euch, Kommandant, kostet es nichts«, raunte sie und fuhr mit der Zungenspitze über die reifen Lippen.

Alexius lächelte sie an. »Nein, danke, Elenius, ich muss wirklich gehen.«

»Seid Ihr denn noch im Dienst?«

»Offiziell nicht, aber heute gibt es eine kleine Feier zum Jahrestag der Ankunft unserer Legion in Britannien, deshalb muss ich da sein.«

Elenius nickte verstehend. »Ah, eine Party!«

Alexius grinste. »So ungefähr.«

»Das kann ich gut verstehen. Aber bevor Ihr geht, Alexius – habt Ihr von dem wilden Barbarenmädchen gehört, das diesen Wirbel veranstaltet hat?«

Alexius spürte, dass sein Herz plötzlich schneller schlug, aber seine Stimme blieb kontrolliert, als er fragte: »Was für ein Barbarenmädchen?«

»Eh, es hat fast einen Aufstand wegen ihr in der Stadt gegeben. Heute am Nachmittag. Es heißt, sie hätte das zweite Gesicht. Und alle sagen, sie sei eine Schönheit – lange blonde Haare, ganz helle Haut, hinreißende Figur. Also, wie eine Barbarin sieht sie ganz und gar nicht aus.«

Alexius blieb stehen, die Hand schon an der Tür.

»Wie kommen die Leute darauf, dass sie das zweite Gesicht haben soll?«

»Weil sie ein Kind vor dem sicheren Tod bewahrt hat. Es hat einen Unfall mit einem überladenen Fuhrwerk gegeben. Ihr wisst ja, was an Markttagen in der Stadt los ist. Offenbar hat das Mädchen vorausgesehen, dass das Rad des Fuhrwerks brechen würde, deshalb hat sie den Jungen im letzten Moment weggezogen. Einen Wimpernschlag später, und der Junge wäre zu Tode gequetscht worden.«

Alexius schluckte. Er versuchte, seine Gedanken zu ordnen. »Und wo ist das Mädchen jetzt?«

»Bei Julia.« Elenius gluckste anzüglich, während er mit den Händen über die Brüste der Frau strich. »Die arme Julia. Sie hat wahrscheinlich geplant, das Mädchen in ihre dekadenten Spiele einzuführen. Wie enttäuscht sie sein wird, wenn wir das Mädchen abholen.«

»Abholen?«

»Ja, natürlich. Wir müssen sie doch festnehmen. Das Mädchen ist eine Hexe, vielleicht eine Spionin. Wenn sie so schön ist, wie sie alle sagen, werden wir uns noch ein bisschen mit ihr amüsieren, ehe wir sie dem Mob vorwerfen.«

Alexius nickte nachdenklich. »Und wann wollt ihr sie festnehmen?«

»An diesem Abend noch, bevor Julia von unseren Plänen erfährt. Ah, meine Liebe, das machst du hervorragend! Ja, weiter, weiter. Du bist ja ein ganz verruchtes Biest ... bei Jupiter, hör bloß nicht auf! Alexius, Alexius, du willst doch nicht schon gehen?«

Aber Alexius hatte sich endgültig vom Geschehen im Alkoven abgewandt und schritt die Treppe hinunter auf die Straße, tief in Gedanken versunken.

Siebtes Kapitel

Am nächsten Tag hatte Julia alle Hände voll zu tun. Am Morgen überzeugte sie sich zunächst davon, dass ihre faszinierende Besucherin noch tief schlief, dann ging sie, mit einigen Dienern im Gefolge, zum Einkaufen. Sie wählte die frischesten der importierten Köstlichkeiten aus und bestellte mehrere Amphoren des neu eingetroffenen Falerners. Sie suchte auch einen griechischen Kaufmann auf, den sie seit längerem kannte und der in einer dunklen Gasse seinem Geschäft nachging. Nach einer halben Stunde trat sie mit einem dick in Seide verpackten Gegenstand wieder auf die Straße.

Den Nachmittag nutzte sie, einige Freunde im vornehmen Südostteil der Stadt zu besuchen. In diesem Viertel wohnten die wohlhabendsten Bürger, die Beamten, die ehemaligen Militärs und die ehrbaren Kaufleute; sie alle waren *honestiores,* Menschen von Adel und Ansehen.

Gestank und Lärm der übrigen Stadt drangen nicht bis hierhin; die Bürger bewohnten große, offene Steinhäuser mit weitläufigen Gartenanlagen und einem wunderschönen Blick über den Fluss und über das Waldland, das die Stadt im Halbkreis umschloss.

Julia liebte es, Freunde zu besuchen. Einige der Menschen in ihrem Umfeld blickten auf sie hinab, obwohl sie Flavius' Gefährtin war, aber sie wussten auch, dass sie Schauspielerin gewesen war und Flavius sie deshalb nie würde heiraten können. Julia interessierte sich nicht für diese hochnäsigen Leute, meistens für sie sowieso sterbenslangweilig, steife Matronen, die ihre Ehemänner auf den Außenposten begleitet hatten und die Tage zählten, bis sie wieder nach Rom gehen konnten. Julia dagegen genoss ihr

Leben in Britannien; es bot ihr eine Menge großartiger Möglichkeiten.

Nacheinander besuchte sie ihre Freundinnen und erklärte ihren Plan für diesen Abend. Lächelnd sah sie, wie ihre Augen immer mehr strahlten.

Als Julia ihre Mission beendet hatte, war es früher Abend. Auf dem Rückweg, dicht vor der Brücke, die zur Festung führte, mussten die Sänftenträger absetzen und warten, bis berittene Soldaten die Brücke überquert hatten. Ungeduldig trommelte Julia mit den Fingern. Sie zuckte zusammen, als eine vertraute Stimme durchs Fenster klang.

»Oh, Herrin Julia! Ich wüsste gern, welches Unheil du heute noch anrichten willst.«

Sie musste den Blick heben, um Alexius hoch auf seinem wunderschönen Rappen ansehen zu können. Sie errötete leicht. »Ich habe gerade einige gute Freundinnen besucht, Hauptmann. Oder willst du mir auch dieses kleine Vergnügen verbieten?«

»Oh, ich möchte dir überhaupt kein Vergnügen vorenthalten, meine liebe Julia«, sagte Alexius, während seine blauen Augen sie nachdenklich musterten. »Jedenfalls nicht, wenn du meine Männer nicht in deine verderbten Spiele einbeziehst.«

Julia brannte vor Wut. »Es ist dir gestattet, deinen Männern jederzeit Gesellschaft zu leisten, Hauptmann. Man kann nie wissen – vielleicht gefällt es dir sogar. Es muss sehr frustrierend sein, so ein untadeliges Leben zu führen.«

Alexius lachte und nahm das unruhige Pferd kürzer an die Zügel. Julias Blicke fielen auf seine kräftigen muskulösen Schenkel, die sich unter der Tunika deutlich abzeichneten. Durch seine Kraft gelang es ihm auch fast mühelos, das Tier zu besänftigen. Sie würde sich nur zu gern von ihm zügeln lassen, wenn sie diese Schenkel um ihren Leib spüren würde. Ihr wurde ganz heiß bei dem Gedanken.

»Ich führe kein untadeliges Leben«, sagte er ernst, »aber ein diskretes. Das solltest du bei Gelegenheit auch mal versuchen. Dies ist der ideale Zeitpunkt, damit zu beginnen – du weißt doch, dass heute das Fest der Bona Dea gefeiert wird. Ich nehme an, du und die anderen Frauen in Eboracum wisst, dass in dieser Nacht männliche Gesellschaft verboten ist?«

Julia lachte wütend. »Aber natürlich, Hauptmann. Ich werde mich bemühen, den Abend in frommer Besinnung zu verbringen, wie es sich für eine schickliche römische Frau gehört.«

»Das freut mich zu hören«, sagte Alexius und lächelte milde, »obwohl es mir schwerfällt zu glauben.« Er strich über den seidigen Hals des Pferdes und sagte dann: »Ich habe gehört, du hast einen neuen Gast?«

»Ist das auch ein Verbrechen?«, fauchte sie. »Muss ich dir denn alles auf die Nase binden?«

»Wenn es sich um die Ordnung der Festung dreht, dann ja«, erwiderte er. »Welche Pläne hast du mit dem Mädchen?«

»Sie möchte die römische Lebensart kennen lernen«, sagte Julia.

Alexius' Augenbrauen hoben sich ungläubig. »Die römische Lebensart? Das hört sich faszinierend an. Könntest du ein wenig mehr ins Detail gehen?«

Schnaufend ergänzte Julia: »Sie möchte einen Mann haben, Hauptmann. Ein reicher, mächtiger Beschützer. Hast du was dagegen?«

»Überhaupt keine Einwände«, antwortete Alexius. »Aber du solltest vorsichtig mit dem sein, was du dem Mädchen beibringst.«

»Wieso dieses Interesse?«, mokierte sich Julia. »Hast du selbst ein Auge auf sie geworfen, Hauptmann?«

Es entstand ein kurzes Schweigen, und Julia blieb fast die Luft weg, als Alexius sagte: »Vielleicht. Wer weiß?«

Mit einem spöttischen Salut ritt er sein Pferd der Festung entgegen. Die untergehende Sonne legte einen leuchtenden Schein über seine vollen schwarzen Haare.

Julia sah ihm nach. Sie bemerkte erst jetzt, dass ihre Knöchel weiß hervorstanden. Verdammt seien der Mann und seine Arroganz. Wenn sie ihn nur nicht so heiß begehrte.

Sie sank zurück in die Kissen, schloss die Augen und stellte sich vor, wie er sie mit seinem harten sinnlichen Mund küsste, wie sein noch härterer Penis ungeduldig zwischen ihre Schenkel drang …

Sie klopfte gegen die Seite der Sänfte, damit die Träger sie endlich nach Hause brachten.

Wie Alexius schon gesagt hatte, war heute Abend das Fest der Guten Göttin. Alle Frauen sollten im Haus bleiben und männlicher Gesellschaft entsagen, um den Kopf frei zu haben für reine Gedanken über eheliche Pflichten und um den Ruhm Roms zu verinnerlichen. Was Alexius nicht wusste – Julia hatte den Abend schon bis ins kleinste Detail geplant. Es sollte ein ungewöhnlicher Abend werden, und das Mädchen würde dabei sein.

Catrina war spät wach geworden. Die Sonne fiel durch die Schlitze in den Fensterläden, und noch schläfrig richtete Catrina sich auf. Es dauerte eine Weile, bis sie wusste, wo sie sich befand. Sie hatte verschlafen! Rasch schob sie die langen, zerzausten Haare aus ihrem Gesicht und wusch sich mit dem Wasser aus dem Krug, den sie auf dem Boden sah. Sie wünschte, jetzt in ihrem klaren Bachwasser baden zu können.

Jemand, wahrscheinlich die freundliche Nerissa, hatte ihr saubere Kleider und das Frühstück ins Zimmer gebracht. Auf einem Teller lagen kleine frisch gebackene Weizenscheiben, mit Honig bestrichen, und daneben stand ein Becher mit Schafsmilch.

Catrina warf sich die lange cremefarbene Tunika über und fuhr mit einem silbernen Kamm immer wieder durch ihre Haare, bis sie glänzten. Dann knabberte sie an den kleinen Weizenscheiben, obwohl sie nicht wirklich hungrig war.

Das Zimmer wurde von der Morgensonne durchflutet. Sie lauschte, aber sie hörte niemanden im ganzen Haus. Plötzlich lief ein Schauer über ihren Rücken, als ihr bewusst wurde, dass sie hier im Herzen der Festung ganz auf sich allein gestellt war. In einem Anfall von Panik, weil sie sich wie eine Gefangene fühlte, rannte sie zur Tür, doch sie war nicht verschlossen, wie sie befürchtet hatte. Also konnte sie sich frei bewegen. Sie trat auf den Flur und zog die Tür hinter sich zu.

Türen überall. Das Haus war so groß, so leer, so einschüchternd. Catrina atmete tief durch und begab sich auf Entdeckungstour. Sie sah sich ein Zimmer nach dem anderen an und blieb wie angewurzelt stehen, als sie den Raum wiedererkannte, in dem sie gestern Abend die herrlichen Gelüste erlebt hatte. Ihr Körper begann wieder zu prickeln, als sie an Phidias dachte.

Langsam ging sie weiter, verwundert über die Weitläufigkeit des Hauses. Alle Zimmer waren groß und wunderbar eingerichtet, aber ohne Anzeichen von Leben. Dann hörte sie jemanden hinter einer geschlossenen Tür husten, und spontan zog sie die Tür auf.

Sie sah einen großen Raum mit Regalen vor sich, in denen unzählige Schriftrollen lagen – eine römische Bibliothek. Sie wusste es sofort – Luad hatte ihr davon erzählt. Als sie noch jünger war, hatte Luad ihr zu erklären versucht, was man unter ›Schreiben‹ verstand.

»Hat es was mit magischen Inschriften zu tun?«, hatte sie verblüfft gefragt.

»Nein, es hat nichts mit Magie zu tun. Es ist eine

kluge Erfindung, Worte auf Pergament zu verewigen.«

Catrina hatte ihn stirnrunzelnd angesehen. Die Stammesangehörigen verließen sich allein auf die Erinnerung der Alten. Die Priester verstanden sich auf kurze Inschriften, für die sie meist ungelenke Zeichnungen verwandten, aber sonst wurden Geschichten aus der Vergangenheit von Generation zu Generation mündlich überliefert. Worte auf Pergament erkennen zu können hörte sich für Catrina wie Hexerei an.

Sie trat tiefer hinein in den seltsamen Raum, und erst dann bemerkte sie, dass jemand dort saß. Ein junger Mann saß an einem Schreibtisch vor dem Fenster. Die Morgensonne strahlte seine hellen Haare an. Der Mann schrieb mit Federkiel und schwarzer Tinte, und Catrina sah, dass die breiten Brauen sich voller Konzentration zusammenzogen.

Er schaute auf, als er die zögernden Schritte hörte, dann lächelte er sie an. Es war ein warmes Lächeln, das ihr ans Herz ging. Catrina erkannte in ihm den schweigenden Mann, der Julia gestern Abend begleitet hatte. Ja, natürlich. Er war angekettet gewesen.

Aber jetzt war er nicht angekettet. Er lehnte sich auf seinem Stuhl zurück, und Catrina sah, dass er eine weite Tunika aus feinem Stoff trug, und im Halsausschnitt befand sich ein Schlitz, durch den sie seinen mächtigen Brustkorb sah. Er war ein sehr schöner Mann, dachte Catrina. Sie betrachtete ihn lange, nahm die Konturen seines glatt rasierten Gesichts in sich auf, die langen blonden Haare, die sich in seinem Nacken kräuselten. Seine Schultern waren breit und muskulös, und auf den Unterarmen sah sie glitzernde blonde Härchen. Die Augen lagen weit auseinander, sie waren grau und blickten freundlich.

»Ich grüße Euch, Herrin«, sagte er in ihre Betrachtungen hinein. »Sucht Ihr jemanden?«

Catrina riss sich zusammen. »Nein, eigentlich nicht.« Sie lächelte verlegen. »Obwohl ich wahrscheinlich jemanden fragen müsste, was ich an diesem Morgen tun soll. Ich bin nämlich ein Gast in diesem Haus. Ein Gast der Herrin Julia.«

Bildete sie es sich ein, oder fiel ein Schatten über sein schönes Gesicht wie eine Wolke über das Moorland?

»Julia ist ausgegangen, glaube ich.« Dann legte er den Federkiel hin. »Wie lange bleibt Ihr?«

Sie durchquerte das Zimmer, bis sie bei ihm stand, dann blickte sie auf die Pergamentseiten auf seinem Schreibtisch. »Ich weiß es noch nicht. Was macht Ihr da?« Sie berührte eines der vergilbten Dokumente und sah, dass in einer Ecke ganz unten eine Illustration zu sein schien.

Rasch bedeckte der junge Mann die Seite mit einem unbeschriebenen Pergament. Er errötete und antwortete rasch: »Nichts Wichtiges.«

Catrina fühlte sich zurückgewiesen. »Ich nehme an, das ist römische Schrift. Ihr müsst sehr klug sein, dass Ihr das lesen und schreiben könnt. Ich wünschte, ich könnte das auch.«

Der Mann schien fast erleichtert aufzuatmen. »Wie, Ihr könnt nicht lesen?«

»Nein.« Sie sah ihn trotzig an, weil sie glaubte, dass er sich über sie lustig machte. »Ihr haltet mich wahrscheinlich für eine Närrin, aber bei meinen Leuten ist es nicht erforderlich, Worte festzuhalten. Wir bewahren unser Wissen in unseren Köpfen und Herzen auf.«

»Ich halte Euch natürlich nicht für eine Närrin. Jetzt fällt es mir wieder ein. Man hat gesagt, Ihr wärt eine Britannierin, aber Ihr seht fast wie eine Römerin aus.« Dann rezitierte er beinahe verträumt:

Obwohl von himmelsblauen Britanniern groß gezogen
hat sie das Temperament der römischen Rasse …

Er sah ihre Verwirrung und fuhr fort: »Das ist aus einem Gedicht des großen römischen Dichters Martial. Setzt Euch, dann können wir eine Weile reden, wenn Ihr Zeit habt. Wie heißt Ihr?«

Catrina setzte sich auf die andere Seite des Schreibtischs und sah ihn argwöhnisch an. Er war von so großer Schönheit, dass ihr ganz warm wurde. Und ein wenig atemlos. Er war nicht gefährlich oder bedrohlich wie der verhasste Alexius, sondern freundlich. Seine Haut schimmerte golden, und wenn er lachte, wölbten sich seine Lippen so sehr, dass sie sie am liebsten geküsst hätte. Bei diesem Gedanken errötete sie. Sie schlug die Augen nieder und war entsetzt über ihre Lüsternheit.

Auf dem Tisch stand ein Krug mit Wasser; er schenkte ihr einen Becher ein. Sie war froh, dass sie ihren Lippen befeuchten konnte. Sie hatte auch eine trockene Kehle. »Ich heiße Catrina.«

Er betrachtete sie eine Weile mit seinen grauen Augen, dann sagte er schließlich: »Seltsam. Das ist ein römischer Name. Was bringt Euch hierhin, Catrina? Dies ist kein Ort für jemanden wie Ihr.«

Sie war verdutzt. Was meinte er damit? Vielleicht wollte er ihr damit zu verstehen geben, dass sie eine unkultivierte, ungehobelte Barbarin war! Sie blickte ihn trotzig an und fragte: »Warum sollte ich nicht hier sein?«

»Ich wollte Euch nicht zu nahe treten«, sagte er ruhig. »Niemals würde ich das wollen.«

Die Art, wie er sie anschaute, beunruhigte sie auf seltsame Weise. Sie verschränkte die Hände in ihrem Schoß und sagte rasch: »Aber warum seid Ihr hier, Falco?« Sie sah ihn wieder in seinen Ketten vor sich, der Blick der Demütigung in seinen Augen. »Ihr kennt Euch mit Lyrik aus und könnt lesen und schreiben. Warum seid Ihr ein Sklave?«

»Ich hatte eine gute Bildung genossen«, sagte er.

»Aber das trifft auf viele Sklaven zu. Mein Vater war ein wohlhabender griechischer Kaufmann, aber er stand vor dem Bankrott, als einige seiner Schiffe untergingen. Er musste mich verkaufen, sonst wäre die ganze Familie ins Gefängnis geworfen worden.«

»Er hat Euch verkaufen müssen?« Catrina war entsetzt. »Als Sklave?«

Er schüttelte den Kopf. »Nein, er hat mich an die Gladiatorenschule in Rom verkauft.« Sein Mund wurde dünn, als er sich daran erinnerte. »Ich habe gut gelernt und wurde ein erfolgreicher Gladiator. Aber dann geschah etwas mit mir, und ich wollte nicht mehr kämpfen. Nicht für das Vergnügen der sadistischen Zuschauer.«

Catrina lehnte sich impulsiv vor. »Aber das ist schrecklich, dass Eure eigene Familie Euch verkaufen musste!«

»In Rom geschieht das oft. Alle möglichen Dinge geschehen in Rom.« Seine Stimme klang traurig, aber nicht verbittert. »Und was ist mit Eurer Familie, Catrina? Weiß man, dass Ihr hier seid?«

»Ich habe keine Familie. Der Stamm, bei dem ich lebe, hat mich aufgenommen und für mich gesorgt.« Ihr Blick fiel auf den Federkiel, und sie fragte spontan: »Falco, glaubt Ihr, dass ich das Lesen und Schreiben erlernen kann? Oder muss man dazu sehr klug sein, so klug wie Ihr?«

Er lachte. »In Rom können einige der dümmsten Menschen lesen und schreiben, und einige von ihnen nennen sich Dichter. Natürlich könnt Ihr es lernen, Catrina. Wenn Ihr möchtet, bringe ich Euch bei, wie man Buchstaben schreibt.«

Er hob den Federkiel auf, tauchte ihn in die Tinte und drückte ihn ihr in die Hand. Sie fühlte sich glücklich, als er ihr die Hand führte, dass schwungvolle Buchstaben entstanden. Seltsam war, dass sie das Gefühl hatte, nicht etwas wirklich Neues zu lernen, als hätte sie diese Fertigkeit schon einmal besessen. Die Zeit verflog.

»Ihr seid gut«, sagte er ernst. »Ihr lernt sehr schnell.«

Dann öffnete sich die Tür, und Lerche und Nachtigall platzten herein.

»Hier seid Ihr, Herrin Catrina«, rief Lerche fröhlich. »Wir haben den Auftrag unserer Herrin, uns um Euch zu kümmern, während sie außer Haus ist. Aber zuerst müssen wir uns den Gladiator vornehmen.«

Catrina bemerkte, dass Falco blass geworden war, seit die halb nackten Dienerinnen eingetreten waren. Er flüsterte ihr leise zu: »Geht jetzt, bitte.«

Aber Nachtigall war rasch an seiner Seite und drückte die nackten festen Brüste gegen seinen Arm. »Aber Ihr müsst bleiben, Herrin Catrina. Unsere Herrin hat gesagt, wir sollten jede Gelegenheit nutzen, Euch was beizubringen.«

Im nächsten Moment setzte sie sich auf Falcos Knie und fuhr mit den Fingern durch seine blonden Haare. Lerche sah sich inzwischen die vielen Pergamente auf Falcos Schreibtisch an, genau jene, die der Sklave eben so rasch zugedeckt hatte, als Catrina sich dafür zu interessieren begonnen hatte.

»Wie weit bist du mit deiner Arbeit, mein liebster Falco?«, fragte Lerche mit süßer Stimme. »Hast du unserem Gast diese Gedichte gezeigt?«

Falco versuchte, sich aus Nachtigalls Umarmung zu lösen. »Das Mädchen kann nicht lesen.«

Lerche lachte. »Wie schade. Aber sie kann sich doch an den Illustrationen erfreuen, oder nicht? Seht mal, Catrina, damit beschäftigt sich unser gut aussehender Gladiator! Er übersetzt für unsere Herrin Gedichte aus dem Griechischen ins Lateinische. Ist er nicht ein kluger Kopf? Und was für Gedichte das sind!«

»Nein!«, stöhnte Falco und versuchte, die Pergamente mit seinen Armen zu schützen.

Lässig beugte sich Nachtigall vor und schob Catrina ein Pergament zu. Catrina, verwirrt und verwundert über Falcos sichtbare Pein, schaute sich die Seite aufmerksam an – und errötete voller Scham.

Es war eine primitive Zeichnung in Tinte. Eine Frau auf allen vieren, die eine grotesk überzeichnete Männlichkeit leckte. Hinter der Frau stand ein anderer Mann, der breit grinste und seinen Penis in beiden Händen hielt, offenbar bereit, von hinten in die Frau einzudringen.

»Die Worte sind noch besser«, sagte Lerche und lachte melodisch. »Deshalb müssen wir uns regemäßig davon überzeugen, dass Falco auch wirklich arbeitet und sich nicht dem heimlichen Laster hingibt. Es bedarf schon Willenskraft, dass ein so gesunder, vitaler junger Mann wie er sich auf diese frivolen Gedichte konzentriert und sich von ihnen nicht ablenken lässt.«

Sie stieß ein anzügliches Lachen aus und griff mit einer Hand unter Falcos Tunika. Sie schob sie bis zu den Hüften hoch. Catrina stieß einen keuchenden Laut aus und hielt sich an der Tischkante fest.

Denn jetzt konnte sie Falcos entblößten Penis sehen, ein dicker Schaft des Verlangens, der sich in Lerches Hand hungrig reckte. Catrina spürte, wie Flüssigkeit sich in ihrer eigenen geheimen Stelle zusammenzog.

Falco murmelte mit leiser, verzweifelter Stimmung: »Nein, nicht, bitte. Nicht so.«

Nachtigall grinste und zeigte ihre ebenmäßigen weißen Zähne, die einen schönen Kontrast zu ihrer braunen Haut bildeten. »Alle zwei Stunden, hat die Herrin gesagt. Wir müssen überprüfen, lieber Falco, dass du deiner Arbeit in voller Konzentration nachgehen kannst.«

»Und wir müssen auch sicher sein, dass du uns nicht betrügst, indem du dir selbst Freude bereitest«, fügte Lerche kichernd hinzu. »Oh, schau mal, liebste Nachtigall, das musst du dir unbedingt anhören –

Herrin, ich würde so gern deine seidigen Schenkel spreizen, um deine glänzende Schatztruhe zu finden

– ah, Falco, hat es dir gefallen, diese Stelle zu übersetzen?«

Plötzlich griff sie seinen dicken Schaft und rieb ihn auf und ab. Catrina starrte gebannt auf das Leiden des jungen Mannes, er hatte sein Gesicht verzogen, die Augen geschlossen und knirschte mit den Zähnen. Dann senkte Lerche den Kopf und streckte ihre kleine rosige Zunge heraus, mit der sie geschickt über die pralle Eichel glitt.

»Ah, Gladiator«, flüsterte Nachtigall, küsste sein Gesicht und rieb ihre nackten Brüste gegen seinen Oberkörper, »was für eine feine Erektion du doch hast! Ich wette, in der römischen Arena warst du der Liebling der Frauen. Hast du ihnen nachher zu Willen sein müssen? Haben sie dich mit Gold bezahlt, damit du ihnen im Bett Gesellschaft leistest?«

Er war zu dick für Lerches Mund, aber sie versuchte es immer wieder und rieb dabei mit der Hand. Catrina, angewidert von der Erniedrigung des jungen Mannes, konnte trotzdem ihre Blicke nicht abwenden. Falco hatte den Kopf in den Nacken geworfen und stieß gepresste Laute aus, und dann sah Catrina, wie es aus ihm herausschoss. Die Mädchen fingen seinen Erguss mit ihren Brüsten auf.

»Ah, das ist gut, Gladiator«, murmelte Lerche. »Du hast so viel Milch für uns.« Sie leckten ihn sauber und zogen die Tunika wieder nach unten.

Catrina schaute hilflos zu. Sie spürte ihre eigenen Nippel vor Verlangen schmerzen. Sie wollte zu Falco gehen und ihn umarmen und trösten.

Warum ließ er das mit sich geschehen? Warum wehrte er sich nicht? Er war stark und mutig, und er hasste, was sie mit ihm anstellten, selbst wenn es ihm ein ungebetenes Vergnügen bescherte. Auch sie hasste es, ihn so erniedrigt zu sehen, aber zugleich wäre sie auch gern bei Lerche und Nachtigall dabei gewesen …

Sie schlug die Augen auf. »Hat Euch das gefallen, Herrin Catrina?«, fragte Nachtigall grinsend. »Das nächste Mal seid Ihr dran.«

Catrina sprang von ihrem Stuhl auf. »Womit?«

»Mit Eurem Bad«, antwortete Lerche kichernd. »Unsere Herrin hat uns aufgetragen, uns den ganzen Tag um Euch zu kümmern. Wir sollen Euch noch schöner machen, als Ihr schon seid.«

Sie geleiteten sie aus dem Zimmer. An der Tür drehte Catrina sich noch einmal um und sah, dass Falco ihr mit tiefer Verzweiflung im Blick nachschaute. Aber dann zog Lerche sie weiter und sagte leise: »Es gefällt ihm wirklich sehr. Glaubt mir, er hat noch nie so viel Spaß in seinem Leben gehabt.«

Der Nachmittag verging ohne jede Langeweile für Catrina. Die beiden syrischen Mädchen hielten sich an das, was die Herrin ihnen aufgetragen hatten. Nach einem leichten Essen – Obst und süßer Honigkuchen, den sie mit Wein hinunter spülten – führten Lerche und Nachtigall sie ins Bad. Beim Einölen spürte sie die zierlichen Hände auf ihrer nackten, kribbelnden Haut. Catrina bemühte sich, das Bild des zuckenden Phallus aus der Bibliothek zu verdrängen, den die beiden Zungen so kunstvoll verwöhnt hatten.

Sehr erfolgreich war ihr Bemühen nicht. Es war wahnsinnig schwierig, kühl und gelassen zu bleiben, wenn die vollen Brüste mit den roten Spitzen so dicht vor ihrem Gesicht pendelten, während die Hände leicht und reizend über ihre Haut strichen. Catrina fühlte sich benommen vor sexuellem Verlangen, als sie von vier kundigen Händen massiert wurde.

Wieder musste sie an Falco denken. Warum arbeitete er an den Gedichten? Er hatte sie vor ihr verstecken wollen, also war er nicht stolz auf seine Arbeit. Warum hatte er sich überhaupt darauf eingelassen? Gut, er war ein Sklave, aber selbst Sklaven konnte man nicht alles zumuten.

Catrina fragte sich, wie lange Falco diese Behandlung noch hinnehmen würde. Und wie weit sie diesen erotischen, dekadenten Lebensstil annehmen würde oder wollte. Sie musste einräumen, dass bisher die Fleischeslust ihr Verhalten gesteuert hatte.

Plötzlich fiel ihr ein, was der verhasste Römer Alexius ihr in jener Nacht seiner Flucht an den Kopf geworfen hatte. ›*Wenn du wirklich glaubst, ich hätte dich dazu gezwungen, dann machst du dir selbst etwas vor. Ich habe dir genau das gegeben, um was du mich gebeten hast.*‹

Sie schloss die Augen und erschauerte. Sie hasste ihn aus ganzem Herzen für das, was er ihr angetan hatte. Sie musste ihr Amulett zurückholen, um ihre verlorene Kraft wiederzugewinnen. Und wenn sie den Römer gefunden hatte, würde sie ihn so erniedrigen, wie er sie erniedrigt hatte. Sie wollte ihn auf den Knien sehen, wollte ihn um Gnade betteln hören.

Erst dann würde sie ihm sagen, wer sie war. Und sie würde Furcht in seinen Augen sehen …

Der Gedanke an den schönen, gefährlichen Römer hatte sie wieder erregt. Ihr Geschlecht war ganz feucht geworden, und sie spürte ein leichtes Klopfen in ihrem Schoß.

Die syrischen Mädchen kicherten und redeten in ihrer eigenen Sprache miteinander, während sie die Fläschchen mit den kostbaren Ölen verschlossen und wegstellten. Sie wiesen Catrina an, sich auf den Rücken zu legen, und während sie eine bequeme Lage suchte, strichen Lerches Brustspitzen über ihre eigenen. Catrina spürte, wie ihre Nippel sich versteiften und wurde ob des Beweises ihrer Erregung ganz verlegen. Die Mädchen wiederholten, sie müsste ganz still liegen bleiben.

Dann begriff Catrina warum.

Eines der Mädchen hatte einen kleinen Tontopf in der Hand. Als sie den schmalen Ziegenhaarpinsel aus dem Topf zog, glänzte er knallrot. Plötzlich wusste Catrina, was die Zwillinge beabsichtigten. Sie wollten ihre Nippel ebenso schamrot anmalen wie ihre eigenen. Catrina stieß einen entsetzten Laut aus und hob sich auf einen Ellenbogen.

»Oh, nein, das könnt ihr nicht machen …«

Nachtigall stand gebückt über ihr, den kleinen Pinsel in der Hand. »Aber es ist der Befehl unserer Herrin«, sagte sie, senkte die Stimme und fügte verschwörerisch hinzu: »Sie hat uns gesagt, Ihr wünscht Euch sehnlichst, dass Männer Euch begehren. Stimmt das denn nicht?«

Catrinas Gedanken überschlugen sich. Oh, ja, das stimmte. Sie wollte von Männern begehrt werden, besonders von ihrem Feind Alexius, wenn sie ihn endlich gefunden hatte.

Das Schweigen zog sich hin, aber schließlich sagte sie kaum hörbar: »Gut, macht es …«

Der Pinsel kitzelte ihre Nippel und ließ das Gewebe steif und hart werden. Sie war sich ihrer völligen Nacktheit und des heißen Pochens zwischen ihren Schenkel nur zu bewusst. Catrinas Blick fixierte sich auf den Anhänger, der zwischen Nachtigalls hoch angesetzten Brüsten pendelte. Der Schlangenkopf war schlank und lang, und die geschlitzten Augen schienen sie listig anzusehen.

Die Mädchen lächelten fröhlich, während sie gemeinsam an Catrina arbeiteten – Nachtigall malte die Brustwarzen an, und Lerche spielte verträumt mit Catrinas Bauchnabel. Die Farbe ließ ihre Haut prickeln, und Catrina spürte einen scharfen Stich, der lustvoll durch ihren Körper zuckte. Nachdem Nachtigall fertig war, beugte sie sich über sie und küsste sie auf den Mund.

Die Lippen des Mädchens schmeckten süß und waren wunderbar feucht. Catrina zitterte und spürte die eindringende Zunge in ihrem Mund.

»Du bist so lieb und so süß«, murmelte Nachtigall und strich mit der Zunge über Catrinas Ohrläppchen. »Und so schön. Ich möchte dich glücklich machen.«

Achtes Kapitel

Nach der Begegnung mit Alexius war Julia aufgewühlt, und sobald sie zurück im Haus war, befahl sie Phidias zu sich. Er sollte sie so intensiv verwöhnen, dass in ihren Gedanken kein Platz mehr blieb für den arroganten Römer.

Auf Phidias war Verlass. Sie lag auf dem Rücken, und er hielt ihre Beine auf seinen kräftigen Schultern, drang tief in sie ein und begann mit kühlen, berechnenden Stößen, nur auf ihre Lust bedacht. Es dauerte nicht lange, und Julia explodierte, während Phidias ungerührt weiter zustieß, bis die letzten Zuckungen in Julias Leib erstarben.

Jetzt lag sie im fast dunklen Raum neben ihrem willfährigen Sklaven auf den seidenen Kissen und beschäftigte sich verspielt mit dem schlaffen, aber noch immer langen Penis des Numidiers, und schmiedete Pläne.

Catrina.

Lerche und Nachtigall hatten sich den Tag über um sie gekümmert. Später wollte Julia zu ihr gehen, um herauszuhören, wie es ihr in der Obhut der syrischen Mädchen gefallen hatte. Über welche andere magische Fähigkeiten verfügte Catrina sonst noch? Konnte sie einen Zaubertrank brauen? Konnte sie Julia helfen, Alexius zu demütigen?

»Das britannische Mädchen hat dir gefallen, was?«, fragte sie Phidias, während sie über die harten Muskeln seiner Oberschenkel streichelte. »Möchtest du sie noch einmal haben?«

Er leckte sich die Lippen. »Oh, ja, meine Herrin. Sie war eine dankbare Aufgabe.«

»Ist sie vielleicht besser als ich?«, fragte sie halb im Scherz, aber doch mit gerunzelter Stirn.

»Oh, nein«, beeilte sich Phidias zu antworten. Er schüttelte den Kopf. »Niemand könnte besser sein als Ihr, süße *patrona.*«

Julia lächelte zufrieden.

Im nächsten Moment hörten sie den Lärm auf der sonst ruhigen Straße. Das Trampeln schwerer Stiefel, knapp und laut erteilte Befehle, dann das bestimmende Klopfen gegen die Tür.

Julias Stirn legte sich in Falten. »Wer kann das sein, um diese Zeit? Phidias, sieh mal nach.«

Aber noch bevor er an der Tür war, flog Nerissa außer Atem und aufgeregt herein.

»Oh, Herrin, es ist der *optio* des Kommandanten! Offenbar hat der Kommandant von der Aufruhr gestern in der Stadt erfahren, in den Catrina verwickelt war. Es scheint, es hat sich herumgesprochen, Catrina hätte magische Kräfte, deshalb will der Kommandant sie sofort sehen.«

Julia sprang auf die Füße, ihr Körper steif vor Wut. »Verdammt sei er«, murmelte sie »Mischt er sich denn in alles ein, was ich tue?« Sie lief durchs Zimmer, stieß die Fensterläden auf und starrte hinaus auf die Straße.

Sie hörte das vertraute Scheppern der Rüstungen und das ungeduldige Murmeln der wartenden Soldaten, auf deren Harnischen sich der Schein der Fackeln, die sie trugen, widerspiegelten. Julia wandte sich wieder an Nerissa.

»Wenn sie wegen Catrina gekommen sind, müssen sie sich gedulden. Geh zu ihnen und sage, das Mädchen sei noch nicht bereit. Der *optio* des Kommandanten wird sich gedulden müssen.«

Nerissa biss sich auf die Unterlippe. »Das wird ihn nicht erfreuen, Herrin. Er ist eifrig bemüht, den Auftrag rasch auszuführen. Ich glaube, er ist neu in der Festung.«

Julias Augen glitzerten. »Wirklich?« Sie schaute wieder hinaus und erkannte den *optio* an seinem

Helmbusch. Plötzlich fiel ihr ein, dass ihre Informanten schon vor ein paar Tagen davon gesprochen hatten, Alexius hätte einen neuen jungen Assistenten, der aus Londonium in den Norden beordert worden war. Plötzlich lächelte sie.

»Warte mal«, sagte sie zu Nerissa. »Ich glaube, ich werde selbst mit dem *optio* sprechen.«

Catrina versuchte, ganz ruhig zu bleiben, als Nerissa zu ihr kam und sagte, der Kommandant der Festung wollte sie sehen, aber innerlich zitterte sie. Nerissa erzählte ihr nichts über den Kommandanten, sie erwähnte nicht einmal seinen Namen, aber Catrina hatte ein klares Bild von ihm. Ein starrköpfiger, furchteinflößender alter Mann mit weißen Haaren.

»Was ist, wenn ich mich weigere, zu ihm zu gehen?«, fragte sie Nerissa.

Die junge Sklavin runzelte die Stirn. »Ihr habt keine Wahl. Die Herrin ist auch empört, aber sie muss die Befehle des Kommandanten befolgen. Jeder in der Festung muss das. Die Herrin sagt, Ihr könnt Euch erst ausruhen und dann essen, aber danach müsst Ihr mit den Soldaten zum Haus des Kommandanten gehen.«

»Darf ich selbst mit der Herrin sprechen?«, fragte Catrina voller Verzweiflung.

»Im … Im Moment ist sie beschäftigt«, sagte Nerissa zögerlich.

»Dann musst du es mir sagen, Nerissa! Bitte! Dieser Kommandant – wie sieht er aus? Warum, glaubst du, will er mich sehen?«

Nerissa spürte Catrinas unausgesprochene Angst und sagte: »Er ist ein strenger Mann, aber er ist auch gerecht, heißt es. Julia behauptet, dass er völlig enthaltsam lebt, aber ich glaube, sie übertreibt. Ich glaube nicht, dass Ihr Euch fürchten müsst, Catrina. Aber er wartet nicht gern.«

Catrina begriff, dass sie keine Fluchtmöglichkeit hatte und senkte resigniert den Kopf. Himmel, warum wollte der Kommandant mit ihr reden? Wollte er sie bestrafen? Sie hatte den Abend nutzen wollen, um Julia über Alexius zu befragen, aber diese Chance war nun auch vertan. Wenn sie doch nur ihr Amulett wieder hätte. Das würde ihr Mut geben.

Julia hatte inzwischen den *optio* ins Haus geholt und war tatsächlich intensiv beschäftigt.

»Ja, ja, so ist es gut«, stöhnte sie lustvoll ins Ohr des robusten jungen Mannes, der Alexius' Assistent war. Felix hatte sie über einen niedrigen Marmortisch gebeugt, ihre Röcke gehoben und die Schenkel gespreizt. Mit harten rhythmischen Stößen kam er seiner Aufgabe nach.

Zuerst war Felix besorgt gewesen, als die schöne Herrin ihm gesagt hatte, dass Catrina noch nicht fertig war und er warten müsste. Julia war wirklich eine wunderschöne Frau mit den kleinen schwarzen Locken und der glatten Haut. Sein Kommandant hatte ihn gewarnt. Der Mätresse des Flavius sei nicht zu trauen.

Deshalb hatte Felix sich zunächst auch zurückgehalten. »Ich sollte draußen bei meinen Männern sein, Herrin«, hatte er geantwortet, als Julia ihn ins Haus eingeladen hatte.

Sie hatte den Kopf geneigt und ihn abschätzend gemustert. Ihre Brüste drückten sich gegen den Stoff ihres teuren Kleids, und er glaubte, ihre Nippel sehen zu können. Sein Mund wurde trocken, und er starrte hilflos in ihre dunklen, faszinierenden Augen.

»Ihr seid neu in Eboracum, nicht wahr?«, fragte Julia.

Er schluckte. »Ja, Herrin. Ich bin vor zehn Tagen aus Londonium gekommen.«

»Dann müsst Ihr hereinkommen. Es gibt einige

Dinge in Eboracum, die Ihr wissen solltet – Dinge, die nur ich Euch sagen kann.«

Er warf einen letzten Blick auf seine Eskorte versteinerter Legionäre, die es geflissentlich vermieden, zu den beiden zu schauen. Er folgte ihr ins Haus.

Nach den Barackenunterkünften kam ihm das Haus wie ein Paradies vor. Die Luft war mit exotischen arabischen Gewürzen geschwängert. Felix hatte das Gefühl, wieder in Rom zu sein. Er spürte, wie seine Lenden entflammten, und als die Herrin ihn in ein großes, kühles Zimmer führte und dicht vor ihm stehen blieb, da kam er sich wie ein unerfahrener Knabe vor, nicht wie ein erprobter Legionär. Sie strich mit einem Finger über die sonnengebräunte Haut seines Gesichts und flüsterte sanft: »Jetzt will ich, dass du es mir richtig besorgst, Soldat.«

Er konnte es kaum glauben. Das waren die erregendsten Worte, die er in seinem Leben gehört hatte. Sein Penis streckte sich zu voller Länge, und das Blut schoss hinein und härtete ihn in wenigen Augenblicken. Felix packte sie an den Schultern und versuchte, ihren Mund zu küssen. Einen Moment lang ließ sie das geschehen, dann löste sie sich von ihm, beugte sich über den Tisch, schaute ihn über die Schulter an und grinste lüstern. »So sollst du es mir besorgen.«

Er ließ sich auf die Knie fallen und schob ihre Röcke mit zitternden Händen hoch, ehe er ihre Backen spreizte und seinen pochenden Phallus zwischen die samtenen Labien schob. Sie war nass und bereit, sie wackelte ungeduldig mit dem Po und sog scharf die Luft ein, als er tief in sie hineinstieß.

Felix war zu aufgeregt, um lange durchzuhalten. Er atmete schwer und attackierte ihren heißen, brodelnden Leib.

Wie aus weiter Ferne nahm er wahr, dass sie mit einer Hand über ihre Klitoris rieb, während er immer härter zustieß. Sie schrie laut, als sich ihr Orgasmus ankündigte.

»Mach weiter, Soldat«, stöhnte sie. »Fülle mich mit deiner Kraft. Ja, gut, oh, bist du stark!«

Dann explodierte sie und ließ ihren Unterleib um seinen Schaft kreisen, wobei sie voller Entzücken ein lang gezogenes Wimmern ausstieß.

Felix wurde nur wenig später von seinem eigenen Orgasmus geschüttelt. Seine Lenden zuckten und ruckten von der Gewalt seines Ergusses. Durchnässt vom Schweiß zog er sich langsam aus ihr zurück.

»Wann kann ich dich wiedersehen?«, flüsterte er, noch im Bann ihrer Lust und seiner Leidenschaft.

Sie drehte sich zu ihm um, die Wangen noch gerötet, die Augen leuchtend.

»Ich habe frei, sobald ich diesen Auftrag erfüllt habe. Dann kann ich mich verdrücken.«

Ihre Augen wurden hart wie Stein. »Oh, Felix, ich fürchte, du verstehst nicht.« Sie richtete sich auf, strich über ihre Haare und ging zum Fenster. »Was bringt dich auf die Idee, dass ich dich wiedersehen will?«

Er wich einen Schritt zurück, als hätte sie ihm ins Gesicht geschlagen. Sein schönes, junges Gesicht zeigte Unverständnis und den Anflug von Verärgerung. »Aber Herrin ...«

Sie drehte sich wieder zu ihm um und legte einen Finger über ihre Lippen, damit er schwieg. Er sah sie lechzend an, denn ihn verlangte schon wieder nach ihr. Sie war die schönste Frau, die er je gesehen hatte.

»Sei vorsichtig, Soldat«, sagte sie leise. »Was würde dein Kommandant sagen, wenn er wüsste, was du getrieben hast? Ich meine, du hättest doch sittsam bei deinen Männern bleiben müssen, nicht wahr?«

Er schlug mit der flachen Hand gegen seine Stirn. »Ihr ... Ihr werdet es ihm doch nicht sagen, Herrin?«

»Nicht, wenn du mir keinen Grund dafür gibst.« Sie lächelte ihn an. »Wie heißt du?«

»Felix. *Optio* des *primus pilus*, Sechste Legion«, antwortete er wie von selbst. Seine Stimme klang leise und beschämt.

Julia nickte zufrieden. »Du kannst jetzt gehen. Vielleicht kann ich dich später noch mal gebrauchen, Felix …«

Seine Augen schöpften wieder Hoffnung, und er schritt auf sie zu. Aber sie wandte sich ab.

»Das Mädchen müsste jetzt bereit sein«, sagte sie kühl.

Nachdem er gegangen war, begab Julia sich in Flavius' Arbeitszimmer und schrieb den Namen des neuen Soldaten in die Liste ein, dann versah sie den Namen mit einem kleinen ›J‹ und kreiste es ein. Ja, er hatte sie gründlich befriedigt. Es verstieß gegen ihre eigenen Regeln, einen Soldaten mehr als einmal zu rufen, aber bei ihm würde sie vielleicht eine Ausnahme machen, besonders, weil er Alexius' Mann war.

Der *primus pilus* entwickelte sich zu einer Nervensäge, zu einem steten Ärgernis. Dass er jetzt Catrina sehen wollte, durchkreuzte ihre Pläne für den Abend. Trotzdem … vielleicht konnte sie das Barbarenmädchen als Waffe gegen den Kommandanten Alexius einsetzen …

Catrina schritt blindlings durch die Nacht. Ihre Haare leuchteten im Schein der Fackeln wie eine blassgoldene Münze. Sie hielt den Kopf hoch und war darauf bedacht, dass die Soldaten ihre Furcht nicht bemerkten,

Nerissa hatte ihr einen schönen cremefarbenen Mantel gegeben, und Catrina war dankbar dafür, denn er beschützte sie vor der kühlen Abendluft. Die nagelbeschlagenen Stiefel der Soldaten stampften mit grimmiger Präzision über die Straßen der Festungsanlage. Catrina schüttelte sich und zog den Mantel enger um sich. Sie musste schneller gehen, um den Soldaten folgen zu können. Sie passierten die großen Gebäude der Zitadelle und der Kornkammern, dann folgten die weitläufigen Baracken und die verschiedenen Werkstätten.

Catrina wurde bewusst, dass sie sich im Herzstück des Feindes befand, und sie kam sich klein und verletzlich vor. Wenn sie doch nur wieder ihr Amulett hätte, das würde sie bestimmt beschützen.

Sie hielten schließlich vor einem eingeschossigen Steinhaus an, dessen Eingang von Fackeln beleuchtet wurde, die in Eisenhaltern in der Hauswand steckten. Zwei Wächter flankierten die Tür, sie nahmen Haltung an, als sich der kleine Fußtrupp näherte. Der junge *optio* nahm Catrinas Arm und führte sie zur Tür.

»Das britannische Mädchen, das der Kommandant sehen will«, verkündete der *optio.* Die Wächter salutierten und sahen Catrina gleichgültig an. Sie starrte trotzig zurück, ließ den Mantel von den Schultern gleiten und freute sich darüber, dass die Gleichgültigkeit aus den Augen der Wächter wich.

Offenbar hatten sie ein verwildertes Barbarenmädchen in zerrissenen, verdreckten Lumpen erwartet und keine Schönheit, die es mit jeder Römerin aufnehmen konnte.

Catrina atmete tief durch, hob das Kinn und sagte in ihrem harten Akzent: »Nun, die Herren, lasst Ihr mich ein, oder wollt Ihr mich die ganze Nacht hier warten lassen?«

Hastig drehten sie sich um und standen sich gegenseitig im weg, beflissen, ihr die Tür zu öffnen. Einer von ihnen ging voraus und bedeutete, ihm zu folgen. Ihr rasch schlagendes Herz strafte ihr gelassenes Äußere Lügen.

Auf den ersten Blick erkannte sie, dass dieses Haus ganz anders eingerichtet war als Julias Haus, obwohl auch diese Räume groß und elegant möbliert waren.

Aber damit endeten auch die Vergleiche. Dies war das Haus eines Mannes, kein Schnickschnack, nur das Notwendigste. Im breiten Flur keine bunten Farben, alles in Schwarzweiß gehalten, abgesehen von dem einen oder anderen Bronzeschmuck. Selbst die Luft roch anders; überall lag ein würziger Duft, der Catrina seltsam vertraut vorkam.

Dies war der Augenblick, in dem sie die ersten Alarmzeichen empfing. Es war, als legte sich ein metallener Ring um ihre Magengrube. Der erhöhte Herzschlag verursachte ihr Übelkeit, während sie Mühe hatte, dem Wächter durch das Labyrinth der Räume zu folgen. Das Gefühl der Bedrohung wuchs mit jedem weiteren Schritt.

Schließlich blieb der Soldat vor einer offenen Tür stehen und gab ihr zu verstehen, allein einzutreten. Catrina, geblendet durch das helle Licht, fand sich in einem großen, weiß gekalkten Zimmer wieder. An den Wänden hingen bronzene Lampen, und in einer Ecke brannte Holzkohle in einer Feuerstelle.

Mitten im Zimmer stand ein großer, mit Schnitzereien versehener Tisch, bedeckt von vielen Pergamentrollen. Ein Mann saß am Tisch, er hatte ihr den Rücken zugewandt und saß über die Papiere gebeugt, ein Mann mit breiten Schultern und kurz geschnittenen schwarzen Haaren. Er hielt einen Federkiel in der Hand und schrieb, und für den Augenblick ignorierte er seine Besucherin, obwohl er ihre Schritte gehört haben musste. Dann, nach einer Zeit, die Catrina endlos schien, stand er langsam auf, schob den Stuhl zurück und drehte sich zu ihr um.

Catrinas Herz raste so schmerzhaft, dass sie beinahe geschrien hätte.

Alexius.

Ihr Römer. So überwältigend wie zuvor, nein, schlimmer noch und imposanter, berichtigte sie sich selbst, denn jetzt lauerte in seinen blauen Augen eine wache Intelligenz. Er musterte sie lange von Kopf bis Fuß. Ihr Alexius war also der Kommandant der Festung, er war der Herr der Sechsten Legion. Oh, verdammt.

Irgendwie gelang es Catrina, seinem Blick trotzig standzuhalten, während ihr Herz immer noch raste und hämmerte. Sie war sicher, dass er es laut pochen hörte. Er weiß nicht, wer du bist, redete sie sich zu. Er konnte sie unmöglich erkennen, denn in der Hütte war er blind gewesen. Er wusste nicht einmal, dass sie seine Sprache kannte.

Als er langsam auf sie zu schritt, stieg ihre Angst. Er war groß, und in seiner ledernen Hauptmannstunika wirkte er furchterregend mächtig. Der dunkelgrüne Umhang hing lässig über die breiten Schultern. An seinen nackten Unterarmen prangten kunstvoll gehämmerte Bronzereife, die mit seiner glatten gebräunten Haut kontrastierten.

Ihre Augen blieben auf den seidigen Härchen auf seiner Haut haften. Ihr Mund fühlte sich ausgetrocknet an. Liebe Göttin, wieso hatte sie glauben können, gegen diesen Mann anzutreten, Kommandant einer ganzen Legion?

Er sprach kurz mit dem Soldaten, der in der Tür stehen geblieben war. »Ich gebe dir den neuen Dienstplan später. Du kannst jetzt gehen.«

»Mein Herr.« Der Mann salutierte respektvoll und zog sich zurück, nachdem er die Tür zugezogen hatte.

Catrina atmete tief ein und betrachtete ihren Feind. Schmerzlich erinnerte sie sich an seine symmetrischen Gesichtszüge, an das harte Kinn, an die hervorstehenden Wangenknochen, an die scharf geschnittene Nase und an die Narbe auf der Stirn. Genau diese Wunde hatte sie gepflegt. Sie sah auf seinen dünnen, fast grausamen Mund, den sie so berauscht geküsst hatte. Und dann die blauen Augen, die sie jetzt verächtlich ansahen.

»Nun«, sagte er, »Ihr habt Euch Zeit gelassen, meinem Ruf zu gehorchen.«

Catrina richtete sich zu ihrer vollen Länge auf, was neben ihm kaum bemerkbar war, und gab trotzig zurück: »Warum sollte ich überhaupt Eurem Ruf folgen? Im möchte wissen, mit welchem Recht Ihr mich hierhin befohlen habt. Ich habe nichts Schlimmes getan.«

Seine dunklen Brauen hoben sich, als er sie anschaute, überrascht und amüsiert von ihrer trotzigen Haltung. »Ihr scheint ein wenig verwirrt zu sein. Habe ich zufällig irgendeine Aktivität im Haus der Herrin Julia gestört?«

»Das geht Euch nichts an.«

»Oh, das sehe ich anders. Ich bin der Kommandant dieser Festung und aller, die darin wohnen.« Er beobachtete sie genau. »Julia ist von Sex besessen, wie Ihr wahrscheinlich schon bemerkt habt. Ich kann ihre Eskapaden nicht verhindern, aber ich werde versuchen, den Umfang ihrer Aktivitäten einzuschränken. Seid Ihr die neue Komplizin?«

Catrina gab patzig zurück: »Ich habe sie gestern erst kennen gelernt.«

»Meist genügt ihr diese Zeit«, gab er kühl zurück. Er betrachtete ihre kunstvoll geflochtenen Haare, die schwarz bemalten Lider, ihre eleganten Kleider mit einem solchen Zorn, dass Catrina sich voller Angst fragte, ob er Bescheid wusste. Die syrischen Zwillinge, der Sklave mit der Goldmaske …

Er fuhr fort: »Man sagt, Ihr hättet gestern Nachmittag in der Stadt ein Kind vor dem sicheren Tod gerettet. Man sagt auch, Ihr hättet das zweite Gesicht und dass Ihr Zaubertränke brauen könnt. Hat Julia Euch deshalb bei sich aufgenommen? Damit Ihr der feinen Dame bei ihren verderbten Spielchen behilflich sein könnt?«

Catrina versuchte verzweifelt, ihm die Stirn zu bieten, aber innerlich zitterte sie. Wenn sie doch nur auf ihn vorbereitet gewesen wäre. Oder wenn sie ihr Amulett hätte. Trotzdem klang es herausfordernd, als sie sagte: »Die Herrin Julia hat mich gestern gerettet, weil der Pöbel mich umzingelt hatte. Ja, ich habe ein Kind gerettet, es wäre sonst unter die Räder des Fahrwerks gekommen und zermalmt worden. Deshalb wollte mich der Pöbel in Stücke reißen. Sagt, Kommandant, versteht man das bei den Römern unter Dankbarkeit?«

Seine blauen Augen tasteten sie ab, und Catrina spürte, wie ihr die Röte ins Gesicht stieg. Schließlich sagte er: »Ich nehme an, dass Julia Euch ihre eigene Art von Belohnung hat zukommen lassen. Was hat sie aufgeboten? Die syrischen Tanzmädchen? Den numidischen Haussklaven? Oder vielleicht einen meiner Legionäre? Ich weiß, dass sie eine Schwäche für sie hat.«

Woher wusste er das alles? Sie war sich bewusst, dass ihr das Schuldgefühl im Gesicht geschrieben stand, deshalb nahm sie Zuflucht in der Attacke. »Ihr scheint Euch im Haushalt der Herrin Julia gut auszukennen. Wen von ihren Sklaven bevorzugt Ihr denn? Männlich oder weiblich?«

Einige Muskeln zuckten in seinem Gesicht, aber dann entspannte er sich wieder, und seine schmalen Lippen verzogen sich zu einem Lächeln. »Hört, hört! Julia scheint in Euch ihren Widerpart gefunden zu haben«, sagte er. »Wie ist Euer Name?«

»Catrina.«

Er nickte bedächtig. »Eigenartig, dass Ihr einen römischen Namen tragt.« Er ging zurück an seinen Tisch und schenkte sich ein Glas Rotwein ein. Catrina blieb stehen, ihr Blick immer noch auf den schlanken Kommandanten fixiert. Er trank einen Schluck und ließ den Tropfen auf der Zunge zergehen, ehe er sich wieder ihr zuwandte. »Sagt, Catrina«, begann er leise,

»wisst Ihr, dass Hexerei nach römischem Gesetz ein Verbrechen ist?«

Sie riss den Mund weit auf. »Warum sollte mich das interessieren, Römer, wenn ich keine Hexe bin?«

»Woher habt Ihr dann gewusst, dass das Karrenrad brechen würde? In der Stadt erzählt man sich, Ihr hättet den Unfall verursacht, weil Ihr ihn mit Euren magischen Fähigkeiten ausgelöst hättet. Stimmt das?«

Catrina starrte ihn wütend an. »Eure Spione entwickeln zwar viel Phantasie, aber sie irren sich.«

»Antwortet auf meine Frage. Seid Ihr eine Hexe?«

Catrina dachte an all das wunderbare Wissen ihres Volks, an die Jahrtausende alten Weisheiten. Wie hätte sie diesem Mann davon erzählen sollen? Er würde es nie begreifen. Sie atmete tief durch. »Es hat keinen Sinn, Eure Frage zu beantworten, Kommandant, denn Ihr habt sie doch schon selbst beantwortet. Warum werft Ihr mich nicht gleich in den Kerker? Deshalb bin ich doch hier, nicht wahr?«

Er verschränkte die Arme vor der Brust und sagte geduldig: »Ich weiß es nicht, Catrina. Warum seid Ihr in die Stadt gekommen? Das würde ich gern herausfinden.«

Sie schluckte hart. Ihr Herz hatte sich noch nicht beruhigt. Wenn er jemals erfuhr, warum sie wirklich hier war, dann würde der Tod ein zu leichtes Schicksal für sie sein. »Warum sollte ich Euch das sagen?«

Er nahm wieder einen Schluck Wein. »Vielleicht aus gar keinem Grund. Ich fand nur spannend, was Julia mir über Euch erzählt hat. Ihr wärt nach Eboracum gekommen, um die römische Lebensart zu lernen.«

Was hatte Julia ihm sonst noch erzählt? Ihre Stimme klang nicht mehr ganz fest, als sie erwiderte: »Ist das auch ein Verbrechen, Kommandant?«

Er ging langsam auf sie zu, und sie kämpfte gegen den Drang an, vor ihm zurückzuweichen. »Ich habe gehört, Ihr hofft, einen reichen älteren Römer zu finden, der sich zum Narren macht. In der Stadt wimmelt es nur so von einheimischen Frauen, die sich offen als Ware anbieten. Obwohl ich sagen muss, dass Ihr verlockender ausseht als die meisten von ihnen, und in Julia habt Ihr eine geeignete Lehrmeisterin gefunden. Ich frage mich, wie viel Ihr schon gelernt habt.«

Bevor sie aufschreien konnte, hatte er ihre Zöpfe angefasst und geöffnet, so dass ihre silberblonden Haare über ihre Schultern fielen. Im nächsten Moment hatte er die Hand auf ihre Brust gelegt und koste sie durch den dünnen Stoff der Tunika. Der Nippel versteifte sich und stieß gegen den Stoff und seine Handfläche. Catrina spürte, wie ihre Knie zitterten, und wilde Wogen verbotener Gelüste pochten durch ihre Adern.

Mit der anderen Hand fasste er ihr unters Kinn, und dann beugte er sich hinunter und küsste sie ungestüm. Seine Zunge nahm mit kalter Sinnlichkeit von ihrem Mund Besitz. Dann richtete er sich wieder auf, und Catrina kämpfte gegen die Tränen an, die sich in ihren Augen sammelten.

»Mir scheint«, sagte er leise, »Ihr habt noch viel zu lernen, kleines Barbarenmädchen.«

»Und Ihr wollt es mir beibringen? Was wisst Ihr denn von solchen Dingen?«, fauchte sie ihn an. Sie glättete ihre zerzausten Haare und strich sich über die verrutschte Tunika. Ihre Brüste sehnten sich wieder nach seinen Berührungen. »Ihr, der strenge, arrogante Kommandant der Legion? Ich dachte, Ihr betrachtet das Nachgeben der niedrigen Instinkte als Schwäche. Nach dem, was Julia über Euch erzählt, lebt Ihr ja fast enthaltsam.«

»Im Vergleich zu Julia lebt fast jeder praktisch in Enthaltsamkeit«, murmelte er, und in seinen Augen blitzte es schelmisch. »Aber vielleicht ist Eure Idee gar nicht so dumm. Vielleicht werde ich Euch unterrichten. Und wir fangen gleich damit an. Legt Euch wieder den Mantel um. Ich muss ausgehen, und Ihr kommt mit.«

Völlig verblüfft stammelte sie: »Ihr geht aus?«

»Warum nicht? Ihr wollt mehr über das Leben in Eboracum erfahren, oder nicht?« Seine Mundwinkel zuckten leicht. »Ich mache es mir zur Aufgabe, Euch die Stadt und ihre Sehenswürdigkeiten zu zeigen. Oder glaubt Ihr, dass Ihr das Eurer zarten Seele nicht zumuten könnt?«

Sie rebellierte gegen den Spott in seiner Stimme, warf den Kopf in den Nacken und sagte: »Oh, ich bin bereit, Kommandant! Wohin gehen wir?«

Er legte die Dokumente auf dem Tisch in eine bestimmte Ordnung und blies die Kerze aus.

»Heute Abend findet eine Feier der Legionäre statt. Ich bin spät dran, aber ich musste ja auf Euch warten. Meine Männer sind bestimmt voller Ungeduld. Da ich keine Zeit mehr habe, Euch sonstwo unterzubringen, kommt Ihr einfach mit.« Er legte sich einen Umhang über die Schultern und schloss ihn mit einer bronzenen Fibel, dann hielt er ihr die Tür auf und ließ sie hinausgehen.

»Übrigens«, sagte er, als sie an ihm vorbeiging, »was bringt Euch auf den Gedanken, dass ich dem Nachgeben niedriger Instinkte als Schwäche betrachte?«

Er hatte sie erwischt, denn Catrina fiel plötzlich ein, dass er diese Bemerkung in der Torfhütte gesagt hatte. Kurz vor seiner Flucht. »Ich … ich habe gehört, wie Julia das gesagt hat«, stammelte sie.

Seine Lippen wurden schmal. »Wirklich? Ihr müsst ein interessantes Gesprächsthema gehabt haben.« Er verfolgte das Thema nicht weiter, aber ob er ihre Ausrede akzeptierte, konnte Catrina nicht erkennen. Sie folgte ihm durch die langen Flure seines Quartiers.

›*Vielleicht werde ich Euch unterrichten*‹, hatte er gesagt. Diese Worte hallten wie ein dunkler

Zauberspruch in ihr nach, ebenso mächtig wie die Zaubersprüche ihres Stammes.

Dieser Mann war ihr verhasster Feind. Sie hatte geschworen, ihn erbarmungslos zu verfolgen, ihm das Amulett zu entreißen und ihn dann der Rache ihres Stammes auszusetzen.

Aber während sie ihm in die dunkle Nacht folgte, raste ihr Herz wie verrückt. Was würde er ihr denn beibringen wollen?

Neuntes Kapitel

Julia befand sich an diesem Abend im Haus einer Freundin. Die Gesellschaft war ausschließlich weiblich, was Alexius erfreut hätte, dachte Julia mit einem gequälten Grinsen. Der Gedanke an den Kommandanten löste ein Stirnrunzeln bei ihr aus, was sie ärgerte. Aus Runzeln wurden Falten. Sie seufzte und griff zu ihrem Weinglas.

»Ich wollte heute Abend das britannische Mädchen mitbringen«, sagte sie ihren Freundinnen, »ich wollte sie euch vorführen. Aber wie üblich hat Alexius mir diesen Spaß verdorben und sie zum Verhör abholen lassen. Ihr hättet eure Freude an ihr gehabt, so ungezähmt und unschuldig, wie sie ist. Mit ihren großen grünen Augen und den langen hellen Haaren sieht sie überhaupt nicht wie eine Barbarin aus. Ihre Figur ist einfach entzückend. Ich sage euch, mein Sklave Phidias fand sie unwiderstehlich.«

Julias Stimme wurde leise, und zuletzt klang sie rauchig vor Lust. Sie lehnte sich auf der Liege zurück und strich die Tunika glatt, eine Schöpfung aus zarter weißer Seide, mit Goldfäden durchwirkt und mit Perlen verziert.

»Wie? Du hast ihnen zugeschaut?«, fragte ihre Freundin Melina. Sie befanden sich in ihrer Villa, Julia und die anderen sorgfältig ausgewählten Gäste, die sich in einem Kreis von seidenüberzogenen Liegen niedergelassen hatten, nachdem sie ein köstliches Mahl – saftiges Geflügel, Salate und süße Nachspeise – genossen hatten.

Melina war die füllige, verwöhnte Ehefrau eines reichen Kaufmanns, der sein Vermögen mit dem Import roter Töpferware in die nördlichen Provinzen gewonnen hatte. Ihre Villa am südlichen Stadtrand war vollgestopft mit Luxus und Kostbarkeiten, Möbelstücke mit Intarsienarbeiten, und überall wertvolle Stoffe, die ihr Mann aus den entlegensten Ecken des Weltreichs mitgebracht hatte.

Melina – wie auch ihre Freundinnen – waren trunken vom süßen Falerner Wein.

»Ja, natürlich habe ich ihnen zugesehen«, seufzte Julia und griff wieder nach ihrem Glas.

Die anderen Frauen rutschten unruhig und voller Neid auf ihren Sitzen herum. Sie alle kannten den außergewöhnlich gut bestückten Phidias und hatten den kräftigen Haussklaven schon bei verschiedenen Gelegenheiten gekostet – ohne Wissen der Ehemänner natürlich.

»Erzähle uns davon«, flüsterte eine und rutschte ein bisschen näher an Julia heran.

Julia lächelte, fuhr sich mit einer Hand über die dunklen Locken, die mit winzigen Perlen geschmückt waren. Dabei klingelten die goldenen Bänder an ihren schlanken Armen. »Es war eine unspektakuläre Paarung. Das Mädchen war mehr als bereit für ihn.« Sie langte nach einer mit Honig getränkten Dattel und wusste, dass die Freundinnen an ihren Lippen hingen. »Oh, ihr hättet euren Spaß gehabt, wenn ihr es gesehen hättet.«

»Wenn wir was gesehen hätten?«

»Das kannst du dir doch denken. Es war ein Genuss zu sehen, wie er das Barbarenmädchen gestoßen hat.«

Es gab ein entzücktes Aufheulen der Zuhörerinnen, und alle rutschten ein wenig näher an Julia heran. »Es war großartig. Wenn Phidias den dicken Rüssel zurückzog, konnte ich sehen, wie glitschig er war, rundum geölt von ihren Säften. Wenn er dann wieder in sie hineinstieß und unter ihre Backen griff, ruckte das Mädchen ihm entgegen. Es war, als wollte sie sich auf seinem Schaft pfählen. Das Barbarenmädchen ist ein Naturtalent, obwohl ich glaube, dass sie ihre großen Talente noch gar nicht begreift. Oh, wir hätten heute Abend ihren Spaß mit ihr haben können.«

»Aber jetzt hat Alexius sie ganz für sich«, seufzte Melina bedauernd.

»Oh, die Glückliche«, murmelte eine andere Frau und sprach wieder dem süßen Wein zu.

Julia versteifte sich, erfasst von einer plötzlichen Eifersucht. Konnte es sein, dass Alexius auf *diese* Weise an dem Mädchen interessiert war? »Er will nur mit ihr reden«, sagte Julia mit verhaltenem Zorn. »Ihr glaubt doch nicht, dass er sie verführen will, oder? Unser keuscher Alexius?«

»So keusch ist er nicht«, warf die dralle Melina ein und ließ sich in die Kissen sinken. »Mein Mann sagt, in Rom hätte es um Alexius und eine schöne Senatorenfrau einen Riesenskandal gegeben …«

»Ich würde auf die Hälfte meines Schmucks verzichten, wenn ich Alexius nur eine Nacht im Bett haben könnte. Es hat sich herumgesprochen, das er ein wunderbarer Liebhaber ist«, raunte eine andere Frau voller Sehnsucht.

Die Lampen flackerten. Julia schnaufte durch, ehe sie scharf entgegnete: »Dann hält er seine Talente verborgen, was? Ich finde ihn gar nicht so attraktiv. Er ist ein arroganter Miesling. Seine persönliche Lust scheint daraus zu beziehen, anderen Menschen die Laune zu verderben.«

Ihre Freundinnen sahen sich gegenseitig an, denn sie spürten Julias Verärgerung. Eine Frau wechselte das Thema. »Wie geht es eigentlich deinem gut aussehenden Gladiator?«

Julias Gesicht strahlte, als sie an Falco dachte, aber dann erinnerte sie sich an seine starrsinnige Verweigerung, für die sie kein Verständnis hatte. »Er ist ein sturer Bock«, sagte sie. »Aber ich glaube, ich habe einen Weg gefunden, ihn zu zähmen.«

»Welchen Weg? Komm, erzähle.«

Mit glänzenden Augen berichtete sie, wie sie Falco beauftragt hatte, ihre kostbare Sammlung erotischer Literatur zu übersetzen. Sie hatte die Pergamentrollen aus Rom mitgebracht, erklärte sie den Freundinnen. Sie hatte nämlich festgestellt, dass der gute alte Flavius erst dann ganz Mann wurde, wenn er sich an den Geschichten und den dazu gehörigen Illustrationen ergötzen konnte.

»Es ist unvermeidlich, dass der gute Falco hilflos erregt wird, wenn er die sexuellen Abenteuer aus dem Griechische ins Lateinische übersetzt. Deshalb schicke ich Lerche und Nachtigall in regelmäßigen Abständen zu ihm. Wie ihr euch vorstellen könnt, widersteht er ihnen nicht lange. Die Mädchen genießen ihre Aufgabe sehr, und ich glaube, inzwischen wartet der Gladiator schon auf sie. Er ist längst nicht mehr so aufsässig wie früher.«

Atemlose Stille herrschte im Zimmer. Dann sagte eine der Frauen voller Sehnsucht: »Oh, Julia, diese Erzählungen über all die kräftigen Männer machen mich ganz heiß.«

»Aber ihr wisst, dass man heute Abend solchem Vergnügen nicht nachgehen darf«, sagte eine etwas ältere Freundin aufseufzend. »Heute ist das Fest der Guten Göttin, da müssen wir unsere Lust unterdrücken.«

Julia und Melina sahen sich verschwörerisch an, dann erhob Julia sich und ging über den Mosaikboden in eine Wandnische, wo sich der Hausaltar befand. Sie zündete die Wachskerzen rund um den Altar an und schenkte ein paar Tropfen Wein in eine bereitstehende Schüssel.

»So«, sagte Julia, »mit dieser Opfergabe haben wir unsere Pflicht der Göttin gegenüber erfüllt. Jetzt können wir uns amüsieren.«

»Aber wie?«, riefen ihre Freundinnen wie im Chor. »Wir haben doch keine Männer.«

Julia stand noch und schaute auf die anderen hinab. Im flackernden Kerzenschein leuchtete ihr Gesicht. Sie ging zu einem kleinen Tisch in der Ecke und hob ein schweres Paket auf. »Ich muss euch was zeigen. Ich habe es am Nachmittag bei meinem griechischen Kaufmann erstanden. Er hat es extra für mich zurückgehalten.«

»Was ist es? Spann uns nicht länger auf die Folter!« Aufgeregt richteten sich die Freundinnen auf. Julias Überraschungen hatten es immer in sich.

Langsam, die Unterlippe zwischen den Zähnen, sonnte Julia sich an der hohen Erwartungshaltung der Frauen, während sie den schweren Gegenstand auswickelte. Dann stellte sie ihn auf den niedrigen Tisch aus Ebenholz, um den die Liegen gestellt waren, auf denen die Freundinnen ruhten. Ihre überraschten Ausrufe und die lüsternen Blicke bewiesen Julia, dass die Überraschung gelungen war.

Sie bestand in einer kleinen Bronzestatue einer knienden Figur mit Flügeln, etwa ein Fuß groß. Sie war nackt, abgesehen von einem Gürtel, der in Form einer Schlange um die Taille geschlungen war. Zwischen den Schenkeln der Gestalt ragte ein dicker Bronzepenis hoch, der schräg nach oben zeigte und fast bis zu seinem Kopf reichte. Er war leicht gebogen und kräftig, und die Ähnlichkeit mit einem echten Penis war verblüffend, einschließlich der prallen Eichel.

Das Gesicht der Statue zeigte ein gieriges Grinsen, als wüsste der Träger um die grotesken Ausmaße seiner Männlichkeit. Julia fuhr mit einem Finger über den glatten Bronzephallus, spielte und rieb daran, während die Freundinnen vor Lust aufkeuchten und näher rückten.

»Ich will ihn sehen, ich will ihn sehen!«, riefen sie durcheinander.

Eine Frau war besonders ungeduldig und steckte

die Hand aus, um den Bronzeschaft zu streicheln, wie Julia es eben getan hatte. »Er ist wunderschön. Wo kommt er her?«

Julia schnurrte vor Freunde, dass ihre Freundinnen so begeistert waren wie sie selbst. »Mein griechischer Kaufmann hat mir gesagt, er wäre früher bei geheimen Ritualen in Persien eingesetzt worden«, raunte sie und ließ die Finger wieder über den unbiegsamen Schaft gleiten. »Er stellt Ahriman den Mächtigen dar, und jede von euch soll ihn mal kosten.«

»Ich zuerst ... oh, ja, ich ...«. Alle riefen durcheinander und wetzten auf den Liegen hin und her.

»Unter einer Bedingung«, sagte Julia grinsend. »Ihr müsst euren Lieblingstraum erzählen. Wenn uns die Phantasie gefällt, ist der Einsatz der kleinen Statue eure Belohnung.«

Schweigen lastete über der Runde. Dann sagte jemand: »Ich glaube, Julia sollte beginnen.«

»Ja, der Meinung bin ich auch«, rief Melina. »Julia, du sollst uns in die richtige Stimmung versetzen.«

»Mit Vergnügen«, sagte Julia. »Aber zuerst, Melina, musst du noch etwas Wein nachfüllen, viel Wein ...«

Sie trank ihr Glas leer, und die Röte stieg in ihre Wangen. Es war ihr bewusst, dass die Freundinnen mit angehaltenem Atem auf den Beginn ihres Traums warteten, während sie aufstand und die Kerzen ausblies, ausgenommen die eine vor dem Hausaltar. Man konnte die Erregung, die alle erfasst hatte, beinahe schmecken.

»Damit du weißt, wie sehr ich mich um das schere, was du sagst, Alexius«, murmelte sie leise. »Niemand kann mir vorschreiben, mich nicht zu amüsieren.«

Sie ließ sich wieder auf ihrer Liege nieder und kuschelte sich in die Kissen. »Ihr wollte also meinen Traum hören?«

»Ja, oh, ja«, hauchten sie, und im flackernden Lichtschein glitzerten ihre Augen.

»Nun«, begann Julia leise, »neulich nachts träumte ich, zwei wunderschöne Männer beim Wettkampf in meinem Hof zu beobachten. Sie waren nackt, und ihre Körper glänzten vom leichten Ölschimmer. Ich konnte das Spiel ihrer Muskeln unter der straffen Haut sehen. Einer war blond und hatte eine goldgelbe Haut, der andere war ein paar Jahre älter, sah irgendwie bedrohlicher aus, er hatte kurze dunkle Haare und einen sonnengebräunten Körper, der überall mit Narben verziert war. Ich starrte ihn an und sah, dass er die schönsten blauen Augen hatte.«

»Falco der Gladiator und Alexius!«, stieß Melina verzückt hervor.

»Ja, ja …« Julia streckte beide Arme zum Tisch aus und griff die Statue, hob sie auf und stellte sie auf ihren Schoß.

»In meinem Traum wussten sie nicht, dass ich zuschaute. Sie kämpften nicht um irgendeinen Preis, sondern aus jungenhaftem Spaß am körperlichen Wettkampf. Ich sah ihren Gesichtern an, wie sehr sie ihre animalische Kraft genossen. Sie waren beide erregt; sie waren beide gut bestückt. Ich stand im Schatten der Kolonnade und sah ihre langen, dicken Glieder, die jeweils die Schenkel und Hüften des anderen berührten, während sie miteinander rangen.«

Jemand stieß einen lüsternen Seufzer aus. Julia atmete tief ein, ehe sie fortfuhr.

»Beide Männer waren außergewöhnlich stark, aber Alexius war der geschicktere und listenreichere Kämpfer. Plötzlich schlug er eine Finte, mit der er Falco überraschte, und der Gladiator fand sich auf dem Boden wieder.

Alexius ging neben ihm auf die Knie, um nachzusehen, ob sein Gegner sich verletzt hatte. Aus den Schatten sah ich, wie sein Blick auf Falcos Penis ruhte, der sich aus dem Nest blonder Haare reckte. Stumm fuhr Alexius mit dem Finger darüber und streichelte den prallen dunklen Sack mit den Testikeln. In dem Moment riss Falco die Augen weit auf. Er starrte den mächtigen nackten Zenturion an, und selbst aus der Entfernung konnte ich sehen, wie seine Augen vor Gier brannten. Und dann küssten sie sich.«

Die Stille im Raum war so intensiv, dass sie die Flügelschläge einer Motte hören konnten. Jemand schluckte schwer und fragte: »Haben sie dich gesehen?«

Julia sah die Frau an und fuhr mit tiefer, heiserer Stimme fort: »Ja, denn in diesem Augenblick trat ich aus den Schatten. In meinem Traum war ich auch nackt, abgesehen von meinen dünnen Ledersandalen, die bis über die Waden geschnürt waren. Ich trug die Haare offen, sie glänzten wie die Schwingen eines Raben, wie es über die Schultern bis auf meine Brüste fiel. Meine Nippel und meinen unbehaarten Berg der Venus waren mit einem sanften Rot gefärbt. Ich war schon durch das erregt, was ich gesehen hatte, und ich wusste, dass meine dunkelroten Labien nass und geschwollen hervorlugten. In einer Hand hielt ich eine Peitsche ...«

Julia nahm einen weiteren Schluck Wein.

»Die Männer in meinem Traum hörten auf, sich zu küssen, drehten sich zu mir um und sahen auf. Ich sagte streng: ›Ihr habt euch beide sehr unschicklich verhalten, dass ihr euch gegenseitig mit euren Körpern beschäftigt. Dafür werde ich euch bestrafen. Seht nur, wie ihr euch aneinander erregt habt, eure Glieder recken sich steif empor.‹ Während ich mit ihnen sprach, rieb ich den Knauf der Peitsche zwischen die nassen Labien und koste mein dürstendes Fleisch, bis das Leder nass von meinen Säften war.«

»Erzähle weiter«, drängte Melina.

»Die beiden Männer stöhnten: ›Ja, schöne Herrin Julia, bestraft uns, wir sind deine untertänigen Sklaven.‹

Ich fing an, sie auszupeitschen. Sie mussten sich auf alle viere legen, und dort im mondbeschienenen Hof, in dem es nach Rosen duftete, stand ich in der Mitte hinter ihnen und ließ meine Peitsche über ihren Hintern knallen. Bei jedem Schlag zuckten ihre Glieder heftig, stolz und drängend. Sie hatten sich gegenseitig nehmen wollen, aber jetzt begehrten sie mich, und sie sollten mich bekommen – beide.«

Ihre Freundinnen atmeten geräuschvoll, und Julia, die kleine Bronzestatue noch auf ihrem Schoß, hatte fast vergessen, dass sie Zuhörer hatte. Ihre Augen waren halb geschlossen, und ihre Finger strichen neckend und zupfend über ihre Nippel unter der weißen Tunika.

»Es war eine Wonne, die ich nicht beschreiben kann«, murmelte sie. Ungeduldig ruckte sie ein wenig höher auf der Liege, und dabei rutschte die Statue zwischen ihre Schenkel. »Sie waren beide in mir«, stieß Julia hervor, »Falco von vorn und Alexius von hinten … oh, ich halte es nicht mehr aus, ich muss ihn haben …«

Sie kniete sich auf die Liege und ließ sich langsam auf den harten, glatten Schaft der Statue hinab. Die Augen geschlossen, den Mund geöffnet, ruckte sie immer ein wenig tiefer.

»Falco nahm abwechselnd meine schmerzenden Brüste in den Mund, und während sie sich in mir ergossen, kam es mir so heftig, dass ich … oh, Götter …«

Die kalte Bronze füllte sie aus und streckte sie unnachgiebig. Ihre inneren Muskeln spannten sich um den harten Schaft. Julia wippte vorsichtig auf und ab und presste den Daumen gegen den pochenden Kitzler, und sie schrie laut, als die Wellen des lang erwarteten Orgasmus sie überfluteten.

Es dauerte einige Zeit, ehe sie die Augen wieder aufschlug. Mit einem leichten Seufzer hob sie sich leicht an, und es schien, als wäre das Grinsen im Gesicht der Bronzestatue noch ein bisschen unverschämter geworden.

Die Blicke der Freundinnen, heiß und neidisch, verfolgten jede ihrer Bewegungen.

»Und Alexius hat mir verboten, mich heute Abend zu vergnügen«, sagte Julia triumphierend.

Melina fragte: »Hast du das wirklich alles geträumt?«

»Nein, natürlich nicht.« Julia griff lächelnd zum Weinglas. »Wer ist jetzt dran?«

Zehntes Kapitel

Wenn Catrina geglaubt hatte, die Stadt wäre tagsüber schon ein Hexenkessel gewesen, dann nahm ihr die Stadt bei Nacht den Atem. Sie musste sich beeilen, um mit Alexius' langen Schritten mitzuhalten, und die vielen Häuser entlang beider Seiten der Straßen schienen sie erdrücken zu wollen, so hoch und düster wirkten sie, während die hell beleuchteten Weinstuben und Lasterhöhlen überfüllt waren.

Männer aller Rassen und Sprachen standen davor, um diese Zeit schon trunken vom billigen Schnaps. Wo tagsüber die Marktstände aufgebaut worden waren, fand jetzt ein lärmender Hahnenkampf statt.

Catrina drückte sich eng an Alexius, um Schutz zu suchen vor den torkelnden Zechern. Schutz bei diesem verhassten Mann? Sie schüttelte den Kopf über ihre verwirrten Gedanken. Eine Ratte huschte vor ihren Füßen vorbei, und voller Angst klammerte sie sich an Alexius, während sie sich verzweifelt in den Frieden des Waldes zurückwünschte.

Alexius trug einen schlichten, tristen Umhang statt des grünen, der zu seiner Hauptmannsuniform gehörte, aber trotzdem erkannten ihn die Männer der Festung, sie wichen vor ihm zurück und salutierten respektvoll ihren Kommandanten. Auch Frauen standen vor den öffentlichen Lokalen herum, schäbig gekleidete Frauen mit grell bemalten Gesichtern; einige lungerten in den Schatten von Hauseingängen herum, andere schlenderten Hand in Hand mit einem dienstfreien Soldaten oder einem einheimischen Händler über die schmale Straße. Die Frauen beäugten Alexius herausfordernd und bedachten Catrina mit giftigen Blicken.

Abrupt bog Alexius von der Hauptstraße in eine

enge und schlecht beleuchtete Gasse ein. Es roch nach den Gerbereien, die ganz in der Nähe lagen. Ein räudiger Hund sprang aus den Schatten, und Catrina zuckte ängstlich zusammen, aber Alexius zog sie mit sich.

Unter dem Schild eines primitiv gemalten Keilerkopfs blieb Alexius stehen. Daneben baumelte eine schwach brennende Laterne. Nicht gerade ein vornehmes Haus, dachte Catrina, aber es schien wohl, als hätten sie ihr Ziel des Abends erreicht, denn Alexius drückte die schmale Tür auf und bedeutete ihr, ihm zu folgen.

Catrinas Sinne wurden vom Lärm und vom Gestank angegriffen, beides verursacht durch dicht zusammengedrängte Menschen. Es stank nach Schweiß und nach verschiedenen starken Schnäpsen. Zuerst musste sie die Augen schließen, um sie dann zu öffnen und sich an die schwache Beleuchtung zu gewöhnen, die aus rußenden Fackeln ganz hoch an der Decke gewonnen wurde.

Die Männer saßen oder standen an verdreckten Holztischen, tranken, lachten, würfelten oder aßen von dicken Holztellern. Der Lärm und die Fast-Dunkelheit verwirrten Catrina. Sie bemerkte, dass Alexius sie mit seinen kalten Augen spöttisch betrachtete.

»Willkommen zum Goldenen Keiler«, sagte er, »dem bevorzugten Lokal der dienstfreien Soldaten der sechsten Legion.«

Sie blickte zu ihm auf, die grünen Augen voller Verwunderung. »Warum habt Ihr mich hergebracht?«

Er hob die Schultern. »Ihr wolltet was über die römische Lebensart lernen«, sagte er. »Doch sagt mir – ist das zu viel für Euch?«

»Natürlich nicht! Glaubt Ihr, ich wäre noch nie in solchen Lokalen gewesen?«

Er hob die Brauen und sah sie wieder spöttisch an.

Ohne ein weiteres Wort führte er sie zu einem kleinen Tisch an einer Wand. Der Wirt hatte kurz vorher in aller Hast ein paar betrunkene Fellhändler vom Tisch verscheucht. Alexius orderte einen Krug mit Wein.

»Hier habt Ihr eine Gelegenheit, Eure Kenntnisse zu vertiefen«, sagte Alexius. »Für die Legionäre ist dies ein besonderer Abend, es ist der Jahrestag ihrer Ankunft in Britannien. Ihr werdet erleben, wie meine Männer einen solchen Tag feiern.«

Catrina starrte ihn an und setzte sich auf die Bank, die Arme abweisend vor der Brust verschränkt. Sie sah sich in dem verräucherten Saal um und musterte die einzelnen Gäste. Zunächst hatte sie geglaubt, dass keine anderen Frauen da waren; hauptsächlich sah sie römische Soldaten, die sie an den kantigen, glatt rasierten Gesichtern und an den kurz geschorenen Haaren erkannte. Aber dann sah sie mehrere Frauen, die den Wein servierten.

Sie hatten sich die Lippen rot geschminkt und die Augen kohlschwarz angemalt; sie trugen einfache Kleider, die viel Haut sehen ließen. Die Männer griffen nach ihnen, wenn sie vorbeigingen, um den Wein zu bringen, und mancher flüsterte der Kellnerin irgendwas ins Ohr.

Am Tisch neben ihnen saß ein Mädchen auf dem Knie eines Soldaten, und Catrina sah, dass sie provozierend über seine Hüfte strich, die Finger unter seiner Tunika. Catrina errötete angesichts des schamlosen Verhaltens in der Öffentlichkeit und wandte sich rasch ab. Alexius schien sich um das Spektakel nicht zu kümmern. Warum hatte er sie hergebracht? Um sich über sie lustig zu machen? Um sie zu bestrafen? Oder glaubte der arrogante Römer, dass sie in eine solche Spelunke gehörte?

Eine Kellnerin mit safrangelb gefärbten Haaren brachte einen bis zum Rand mit Rotwein gefüllten Krug an ihren Tisch und lächelte Alexius verführerisch an, während sie den Krug mit zwei Tonbechern mitten auf den Tisch stellte. Dann sah sie voller Verachtung auf die stille Catrina.

»Lasst mich wissen, Kommandant, wenn Ihr richtige Unterhaltung haben wollt«, sagte sie und entfernte sich hüftschwenkend.

Catrina sprang auf die Füße und hielt sich mühsam beherrscht am Tischrand fest. »Ich gehe«, sagte sie wütend. »Ich sehe, was für ein Lokal das ist. Ihr habt Euch jetzt genug auf meine Kosten amüsiert. Bringt mich zu Julia zurück.«

Alexius blieb sitzen und packte ihr Handgelenk. »Ihr geht nirgendwo hin«, sagte er, und seine Augen glitzerten gefährlich. »Und erst recht nicht zu Julia. Glaubt mir, sie hat den Abend schon längst verplant.« Der Griff um ihr Handgelenk lockerte sich ein wenig. »Setzt Euch und wartet.«

»Das werde ich nicht!« Aber ihr sinnloser Trotz ging im schrillen Blasen einer Trompete unter. Catrina hatte die *bucina* schon einige Male in der Festung gehört, sie gab das Zeichen zum Wachwechsel. Aber hier, in der dunklen Lasterhöhle, war sie völlig unerwartet. Die Soldaten zuckten zwar kurz, aber dann lachten sie. Als drei junge Frauen einmarschierten, klatschten sie übermütig Beifall. Alexius zerrte so heftig an Catrinas Arm, dass sie sich wieder setzen musste.

Die drei Frauen trugen glänzende Helme mit roten Büschen sowie robuste Sandalen. Ihre Körper wurden von kurzen Ledertuniken bedeckt, eine frivole Karikatur der Uniformen der Legionäre. Die Röcke bestanden aus kurzen Fellstreifen, während die Oberteile aus mehreren Bändern gefertigt waren, die an Schultern und Hüftgürteln befestigt waren. Zwischen den Bändern war viel von den hohen, vollen Brüsten zu sehen, die verführerisch hüpften, als die Mädchen marschierten und an einer Stelle Halt machten, die hastig geräumt worden war.

»*Signa inferte!*«, rief die Anführerin mit lauter Stimme. »*Legio – expedito!*« Die Soldaten in der überfüllten Taverne lachten und johlten, als sie die vertrauten Befehle hörten.

Catrina sah ängstlich zu Alexius, um zu sehen, wie er den Spott aufs Heer hinnahm, aber offenbar genoss er den Auftritt der Frauen nicht weniger als alle anderen. Er bemerkte Catrinas verdutzten Blick und sagte: »Sie sind die Maskottchen der Legion. Schaut genau hin. Ihr wollt doch was lernen.«

Catrina schaute genau hin. Die Lampen wurden gelöscht, ausgenommen die Laterne, die oben an der Wand hing, vor der die Soldatenmädchen paradierten. Mit der Dunkelheit war es still geworden, aber es war eine heiße, gierige Stille, die Catrinas Haut prickeln ließ.

Es begann unschuldig genug. Zwei der Mädchen tanzten ein paar Schritte und schlugen Salti. Es gab stürmischen Beifall, als die Tuniken noch mehr Bein freigaben. Die Sittsamkeit der Mädchen wurde durch ein dünnes Lederband gewahrt, das die Scham bedeckte. Die Brüste hüpften verlockend, während das dritte Mädchen mit ihren kurzen Haaren lachend herumlief, den Helm umstülpte und die Münzen auffing, die von den begeisterten Zuschauern geworden wurden.

Dann blies die Trompete wieder, und eine eigenartige Spannung machte sich breit und erfasste auch Catrina. Das Mädchen, das die Münzen eingesammelt hatte, legte den Helm in eine Ecke und zog einen kleinen Dolch mit glänzender Klinge aus dem Gürtel ihrer Tunika. Sie kniete sich auf den Boden, teilte die Fellstreifen und zupfte an dem weichen Lederband, das ihre Scham bedeckte.

Die Menge johlte. Catrina spürte, wie das Blut in ihre Wangen stieg. Das Mädchen spreizte langsam die Schenkel und enthüllte den schwarzen Flaum ihrer

Scham. Sie hob den Blick und schaute die umstehenden Männer herausfordernd an. Sie nahm den Dolch, hielt ihn an der Klinge fest und begann sich mit dem Griff zu reizen. Behutsam rieb sie ihn zwischen den Schenkeln.

Das Schweigen war absolut, als das Mädchen die Waffe immer tiefer stieß. Sie leckte sich die Lippen und schaute lüstern in die starren Männergesichter.

Die johlende Begeisterung nahm zu und äußerte sich in gellenden Pfiffen, während das Mädchen sich weiter mit dem Dolchgriff befriedigte.

Catrina schämte sich, aber gleichzeitig spürte sie eine wilde Erregung in sich. In einer Ecke des Raums sah sie, wie ein Mann unter seine Tunika griff, während er auf die Manipulation des Mädchens starrte, das sich dem Orgasmus näherte. Die Schenkel gingen noch weiter auseinander.

Ihre Begleiterinnen knieten sich neben sie und zupften an den Nippeln der Kameradin. Plötzlich warf das Mädchen den Kopf in den Nacken und begann zu stöhnen und zu ächzen, während sie den Unterleib gegen den Griff des Messers trieb.

Catrina spürte, wie ihr eigenes Geschlecht anschwoll, wie die Feuchtigkeit in ihre geheimen Falten rann, wie ihre bemalten Nippel sich gegen den weichen Stoff ihres Gewands rieben. Zu gern hätte sie ihre Brüste gestreichelt.

Sie warf einen Blick auf Alexius, der zu dem sich windenden Mädchen mit dem Dolch sah und an seinem Wein nippte, unerschüttert wie immer. Catrina erschauerte vor Lust, als sie sein römisches Profil betrachtete und die Narbe auf der Stirn sah, die sie so lange gepflegt hatte. Sie sah die starke, gebräunte Hand, die auf dem Tisch lag, und sie sehnte sich danach, sie in ihre Hand zu nehmen und gegen ihre Brüste zu drücken.

Sie wollte, dass er das tat, was er in der Torfhütte

getan hatte, als er sie mit seinem harten Penis genommen und zu einem unbeschreiblichen Glücksgefühl gebracht hatte. Was für ein süßer Orgasmus in seinen Armen! Ihr Blick fiel auf seine kräftigen Schenkel unter der Tunika. Sie fuhr mit der Zungenspitze über die Lippen, als sie sich vorstellte, mit den Händen darüber zu streicheln, seine harten Muskeln zu fühlen und dann höher zu gleiten, bis sie die Schwellung seiner Genitalien erreichte …

Verdammt, er musste doch von der Darbietung der Mädchen sexuell erregt worden sein, oder? Wenn, dachte sie verbittert, als sie in sein gleichgültiges Gesicht schaute, dann konnte er es gut verbergen.

Sexuelles Verlangen ist eine fatale Schwäche, mea melitta …

Plötzlich drehte er sich um, und ihre Blicke trafen sich. Seine blauen Augen waren wie Eis in der kontrollierten Mimik seines Gesichts. Er wusste es. Er wusste, wie sehr sie ihn begehrte, aber er empfand nichts für sie. Er setzte sie dieser geilen Darbietung aus, um sie zu demütigen, um ihr zu zeigen, dass sie ihm absolut nichts bedeutete. Oh, wie sie ihn hasste! Sie warf den Kopf in den Nacken, brach den Blickkontakt mit ihm und wandte sich wieder dem Geschehen im Saal zu.

Das Mädchen, das sich so erotisch dargeboten hatte, hatte sich inzwischen wieder erholt und schlenderte von einem Tisch zum anderen, begleitet von einem dicken Rebstecken, dem offiziellen Symbol eines Hauptmanns. Sie klopfte damit auf jeden Tisch, den sie besuchte.

»Gibt's neue Rekruten diese Woche?«, rief sie mit ihrer klaren Stimme. »Irgendein neuer Soldat für die Sechste Legion?«

Es gab in ihrem Umfeld heftiges Geschubse und Geschiebe, bis schließlich ein hoch aufgeschossener, braunhaariger junger Mann von seinen Kameraden nach vorn gedrückt wurde. Das Mädchen trat arrogant auf ihn zu.

»Name?«, blaffte sie und klatschte den Rebstecken in ihre Handfläche.

»G ... Galba«, stammelte der junge Mann.

»Letzte Garnison?«

»Trier, Gallien.«

»Kommandant heißt das!«, zischte das Mädchen. »Du hast mich als Kommandant anzusprechen!«

Die Menge grölte, als der junge Mann antwortete: »Ja, natürlich – Kommandant.«

Catrina blickte zur Seite und sah ein dünnes Lächeln um Alexius' sinnlichen Mund. Wenigstens hatte er einen Anflug von Humor.

Das Soldatenmädchen schlug sich immer noch den Rebstecken in die Hand, während sie den jungen Legionär herausfordernd anschaute. »Und welche ist die beste Legion des römischen Heeres, Soldat?«

»Die Sechste Legion ... Kommandant!«

Galba wusste, was das Mädchen und die Meute hören wollten. Es gab zustimmendes Geheul rundum, begleitet vom Klopfen der Weinkrüge auf den Holztischen. Aber die ›Soldatin‹ brachte sie mit einer leichten Bewegung des Steckens sofort wieder zum Schweigen. Dann stemmte sie eine Hand in die Hüfte und rief: »Nun, Galba, hast du dir schon die eine oder andere Missetat zu Schulden kommen lassen?«

Der Soldat zögerte, aber seine Kameraden blökten vor Lachen. »Bei Mithras, er hält uns durch sein Schnarchen vom Schlaf ab! Ist das kein strafwürdiges Vergehen?« Und ein anderer rief: »Fragt Galba, ob er schon seinen Anteil am Wein gezahlt hat! Gesoffen hat er genug davon!«

Das Mädchen sah Galba streng an. »Und? Hast du schon gezahlt?«

Er senkte verlegen den Kopf. »Nein, noch nicht. Ich meine, nein, Kommandant.«

»Und schnarchst du?«

»Nun, die Kameraden sagen es.«

Das Mädchen hob die Augenbrauen und blickte stirnrunzelnd in die Menge. »Strafe?«

»Schläge!«, kam es aus hundert Kehlen. »Setzt ihm mit dem Rebstecken zu!«

Die beiden anderen Mädchen hatten Galba schon flankiert. Sie zwangen den stämmigen Soldaten auf seine Knie, zogen ihm seine Ausgeh-Tunika aus, so dass er nur noch mit einem Lendenschurz bekleidet war. Die kräftigen Muskeln auf Schultern und Rücken schimmerten im flackernden Licht der rußenden Lampe. Das Mädchen mit den kurz geschorenen Haaren hob den Rebstecken, als wollte sie ihm einen Schlag auf den Hintern geben, die Bestrafung in den Legionen. Die Zuschauer hielten den Atem an.

Mit einem listigen Lächeln schob das Mädchen blitzschnell den Rebstecken unter den kurzen weißen Lendenschurz und zog mit einem Ruck daran. Er löste sich sofort, fiel auf den Boden und enthüllte die Nacktheit des gespannten, muskulösen Gesäßes. Das Soldatenmädchen fuhr mit dem Stecken zwischen die Backen und fummelte dort geschickt herum.

Die Meute johlte, nachdem sich die Spannung aufgelöst hatte, während Soldat Galba verzweifelt und verlegen da stand. Die beiden Mädchen knieten sich neben ihn und spielten gemeinsam an seinem rasch wachsenden Phallus. Sie streckten sich vor ihm aus, damit die Wirkung ihrer halb nackten Körper sich auf das Wachstum übertrug.

Es dauerte nur noch ein paar Augenblicke, bis der Penis des jungen Mannes hart und dick hervorstand.

»Strafe?«, rief die Anführerin wieder in den Saal. Auch diesmal machte sie Anstalten, als wollte sie den Rebstecken über den Hintern des Soldaten ziehen.

»Gebt ihm den Stock!«, riefen die Kameraden wieder, heiser vor Erregung.

Catrina sah, wie Galba beschämt den Kopf senkte und wie sein Penis unkontrolliert zuckte. Sie spürte ein stechendes Ziehen im Schoß und stellte sich vor, den stoßbereiten Penis tief in ihrer lechzenden Vagina zu spüren.

Sie schloss die Augen, aber gleich darauf packte Alexius' kräftige Hand sie an der Schulter. »Ihr seid zum Zuschauen hier, Catrina«, erinnerte er sie.

Sie starrte ihn wütend an. »Muss ich mir denn jede Einzelheit zu Gemüte führen? Ich finde, was man in Eurer Legion unter Unterhaltung versteht, ist ziemlich kindisch.«

Er hob die dunklen Brauen und sah sie spöttisch an. »Wirklich?« Einen Moment lang fiel sein Blick auf ihre steifen Nippel, die verräterisch gegen ihren Stoff drückten. Catrina brannte vor hilfloser Rage, als er in seiner sanften, überlegenen Art fortfuhr: »Ich hatte eher den Eindruck, dass Ihr die Vorführung genießt.«

Sie wollte gerade heftig leugnen, da ging ein Jubelschrei durch den Saal, als die beiden Mädchen sich mit Händen, Lippen und Zungen über den Phallus hermachten, und wenig später hatte der neue Soldat der Sechsten Legion seine Feuertaufe bestanden – unter den enthusiastischen Anfeuerungen seiner Kameraden besprühte er die drei Soldatenmädchen mit seinem Samen.

Catrina fuhr unter dem Tisch verstohlen zu ihrer prickelnden geheimen Stelle. Sie rieb die Hand über den Schamberg und drang mit einer Fingerspitze zwischen die geschwollenen Labien, die sich bereitwillig öffneten. Sie rieb über den Kitzler und spürte sofort, wie es wild durch ihren Körper schoss. Kleine Schauer liefen über ihren Rücken, und um das Zittern des Orgasmus zu verbergen, hielt sie sich mit der freien Hand an der Tischkante fest.

Als sie endlich wieder die Augen aufschlug, noch benommen von der Gewalt ihrer geheimen Explosion, stolperte der erschöpfte aber glückliche Galba zu seinen Kameraden zurück. Die Soldatenmädchen richteten ihre Kleider wieder, lachten und salutierten mit übertriebener militärischer Exaktheit, während die begeisterten Männer johlten und klatschten und mit den Füßen scharrten.

Sie marschierten ab, schwangen die Arme und ließen die Brüste hüpfen. Bald hatte die Aufregung sich gelegt, jemand zündete die restlichen Lampen wieder an, und die Kellnerinnen servierten frischen Wein. Catrina lehnte sich gegen die Wand zurück und stieß einen langen Seufzer aus.

Sie fühlte plötzlich Alexius' Hand auf der Schulter. Er wollte offenbar, dass sie sich ihm zuwandte. Hatte er bemerkt, was sie eben getan hatte? Ihre Wangen brannten.

»Habt Ihr die Unterhaltung genossen?«

Catrina wischte sich die Haarsträhnen aus dem Gesicht und hielt seinem Blick stand. »Das nennt Ihr Unterhaltung, Römer? Dann tut Ihr mir Leid.«

Bevor sie erkennen konnte, was er beabsichtigte, glitt seine Hand von der Schulter hinunter und umschloss eine Brust. Er drückte sie leicht und zupfte an ihrem steifen Nippel, was neue Wogen der Lust durch ihren Körper jagte. Bevor sie noch Kraft gesammelt hatte, um sich gegen ihn zu wehren, hatte er sie schon los gelassen.

»Vielleicht solltet Ihr wieder zurück in die Hügel gehen, Barbarenmädchen«, sagte er leise. »Das hier ist nicht Euer Revier. Ihr sagt, Ihr wolltet die römische Lebensart kennen lernen, aber das glaube ich nicht. Was habt Ihr hier in Eboracum zu suchen, Catrina?«

Sie atmete schwer. »Mir scheint, mir wurde eine Demonstration geboten, wie tief ihr Römer sinken könnt.«

»Das hört sich sehr selbstgerecht an, kleines wildes Barbarenmädchen. Könnt Ihr Euch mit uns nicht messen?« Seine Lippen wölbten sich zu einem kalten Lächeln.

Sie hätte gern darauf geantwortet, aber da stand schon eines der Soldatenmädchen, die ›Kommandantin‹ mit dem schönen Gesicht und den kurz geschorenen Haaren, neben ihm. Sie hatte einen Umhang über ihre Schultern geworfen, um die Blößen ihres Körpers zu bedecken.

»*Salutatio,* Kommandant«, raunte sie leise. Ihre dunkelbraunen Haaren leuchteten. »Es ist schon einige Zeit her, dass wir uns zuletzt begegnet sind. Hat Euch unsere kleine Unterhaltung gefallen?«

Sie stützte sich mit dem Po am Tischrand ab, und Catrina sah, wie der Umhang sich vorn geöffnet hatte und den Blick auf ihre langen Beine freigab. Am Blick des Soldatenmädchens meinte Catrina herauslesen zu können, dass sie und Alexius sich sehr gut kannten …

Alexius lächelte und antwortete: »Sehr gut hat es mir gefallen, Claudia. Ich glaube, ich muss dich ganz offiziell in meine Legion aufnehmen.«

Das Mädchen grinste und zögerte ein wenig, bevor sie sagte: »Wir sind fertig, die Mädchen und ich. Habt Ihr später noch Zeit für uns?«

»Leider nein.«

Claudia zog einen Schmollmund. »Ihr habt doch nicht die Nacht in Calleva vergessen? Mit uns dreien?«

»Wie könnte ich das je vergessen?«, fragte er schmunzelnd. »Aber ich fürchte, die Pflicht ruft.«

Claudia warf einen Blick auf Catrina, und ihre Augen wurden hart. »Pflicht«, sagte sie. »So nennt Ihr das also. Ich kann mir nicht vorstellen, dass Euer Geschmack sich derart geändert hat, Kommandant.« Sie glitt mit der Backe vom Tisch und ging beleidigt davon.

Catrina starrte ihr hinterher, wütend über die verächtliche Bemerkung der Frau. Das waren also die Frauen, die Alexius bevorzugte? Aber sie konnte nicht schnell genug darauf reagieren, denn wieder stand jemand am Tisch, diesmal kein Mädchen, sondern ein Soldat, der rasch salutierte und sich dann hinunter beugte, um nicht laut sprechen zu müssen.

»Tut mir Leid, Euch zu stören, Kommandant«, raunte der Soldat. »Draußen läuft eine Schlägerei ab, in die einige Soldaten verwickelt sind. Es könnte hilfreich sein, wenn Ihr den Streit schlichtet, Hauptmann.«

Sofort war Alexius auf den Füßen. »Ihr bleibt hier«, wies er Catrina an. »Ich bin gleich wieder da.«

»Wohin sollte ich auch gehen?«, gab Catrina zornig zurück. Aber trotz ihrer Verärgerung vermisste sie ihn schon, als er gerade aufgestanden war.

Es schien, dass die Unterhaltung beendet war. Die Männer in der Taverne sprachen wieder mehr dem Wein und den Würfeln zu. Alexius blieb lange, und Catrinas Ungemach wuchs. Vielleicht kam er gar nicht mehr zurück. Vielleicht hatte er sich neben ihr so gelangweilt, dass er sie einfach sitzen ließ. Als Art Bestrafung für ihr trotziges Verhalten.

Sie bemühte sich, ihren Ängsten zu widerstehen, aber die Panik stieg in ihr an wie die Flut im Frühjahr. In der verräucherten Kaschemme fühlte sie sich immer isolierter, abseits vom Gejohle, fern vom lustigen, trunkenen Treiben. Sie überlegte gerade, ob sie aufstehen und sich zur Tür durchschlagen sollte, als zwei stämmige Legionäre neben ihr auftauchten und sie in die Zange nahmen.

Einer von ihnen rempelte sie an, fuhr ihr mit einer schwieligen Hand über den Kopf und lallte: »Ganz allein, Süße?«

Catrina schlug wütend seine Hand weg. »Lass mich in Ruhe.«

Das derbe Gesicht des Soldaten verdunkelte sich. »Ah, du zierst dich, was? So bist du also drauf?« Seine Hand packte ihre Brust. »Komm mir nicht so. Du bist doch auch hier, um deinen Spaß zu haben – wie wir alle. Ich habe einen Teil meines Solds bei mir – wie viel willst du haben? Du siehst neu aus in diesem Gewerbe, aber hübsch bist du ... komm, ich zahle dir zehn Sesterzen, wenn du mit uns hinausgehst. Aber beide von uns gleichzeitig, verstehst du?«

Der andere Soldat beugte sich vor und nickte eifrig. Sein Atem stank nach saurem Wein. Catrina, bleich vor Angst, wollte aufstehen, aber sie packten ihre Handgelenke und drückten sie zurück auf ihren Platz.

»Lasst mich gehen!«

»Du bist wohl verrückt«, rief der erste Mann. »Wir sollen uns so ein hübsches, knackiges Mädchen entgehen lassen? Oder gehört das zu deinen Spielchen?«

Beide Männer waren sehr kräftig, und Catrina hatte keine Chance gegen sie. Sie packten sie an den Armen und schleppten sie zum Ausgang. Die betrunkenen Umstehenden kümmerten sich nicht um sie.

Aber bevor sie die Tür erreichten, wurde sie von außen aufgestoßen. Ein kühler Schwall Luft wehte herein, und dann stand Alexius da. Er begriff die Situation sofort und stellte sich ihnen in den Weg.

»Lasst sie frei«, befahl er mit seiner leisen, gebietenden Stimme.

Der erste Soldat verharrte auf der Stelle. »Tut mir Leid, Kommandant«, stammelte er. »Ich wusste nicht ...«

Der zweite Soldat, betrunkener als sein Kamerad, gab sich renitenter. »Verdammt, warum ist sie hier, wenn sie nicht richtig durchgenommen werden will? Wir sind bereit, sie ordentlich zu bezahlen ...«

Weiter kam er nicht. Alexius versetzte ihm einen knallharten Kinnhaken, dass er wie ein gefällter Baum zurück in die Taverne fiel.

Im Saal war es ruhig geworden. Alexius nahm Catrina am Arm und führte sie rasch hinaus. Sie versuchte sich gut zu halten, aber sie schlotterte am ganzen Körper.

Alexius packte sie an den Schultern und hielt sie auf Armeslänge Abstand. Er zwang ihr seinen Blick auf, als er sagte: »Ich glaube, es ist besser, ich schicke Euch zurück in die Festung, bevor Ihr in noch größere Schwierigkeiten geratet.«

Catrina zitterte noch von dem schrecklichen Erlebnis, dem sie in letzter Minute entronnen war. Sie sah Alexius mit großen Augen an.

»Warum gebt Ihr Euch überhaupt mit mir ab?«, fragte sie. »Lasst mich gehen, denn ich sehe doch, dass ich Euch nur Ungemach bereite.«

Seine Lippen verdünnten sich zu einem Strich, als er ihre trotzige Gestalt betrachtete. »Erst will ich von Euch hören, was Ihr hier in Eboracum sucht. Ihr seid kein käufliches Weib, das haben mir Eure Reaktionen an diesem Abend mehr als deutlich gemacht. Ihr seid eine Unschuld, Catrina.«

Er wartete, bis sie seine Worte begriffen hatte, ehe er fortfuhr. »Dann halte ich Euch auch bei mir, weil der Magistrat Euch sehen will, denn er ist für Euch zuständig und will sicher sein, dass Ihr keine Gefahr für die Stadt seid. Man wollte Euch heute Abend in Julias Haus verhaften, aber zum Glück habe ich davon gehört und die Priorität des Militärs sprechen lassen.«

»Zum Glück für wen?«, fauchte Catrina. »Welches Schicksal erwartet mich bei Euch, Al … Alexius.« Wieder stotterte sie bei seinem Namen. Seine blauen Augen glitzerten plötzlich.

»Ich bin mir nicht sicher«, sagte er und griff wieder an ihre Schultern, aber dieses Mal war die Berührung fast eine Liebkosung.

Catrina spürte die neu entfachte Lust, als er sie anfasste, und wollte sich von ihm befreien.

»Wenn diese liederlichen halb nackten Mädchen, die sich vor der halben Legion entblößen, nach Eurem Geschmack sind«, schleuderte sie ihm entgegen, »werdet Ihr von mir sehr enttäuscht sein.«

Er lächelte sie an. »Ich bin mir nicht sicher, ob ich enttäuscht sein werde, meine kleine Wilde«, sagte er spöttisch, und seine blauen Augen sahen sie so intensiv an, dass sie ganz schwach wurde.

Es hatte keinen Sinn. Ohne ihr Amulett konnte sie ihm nicht widerstehen. Sie blickte ihm sehnsüchtig nach, als er hinaus in die Nacht ging, im Kopf nur Gedanken an das, was seine Pflicht als Kommandant der Legion war.

Alexius' *optio* Felix begleitete sie schweigend zurück zur Festung. An der Tür des Hauptquartiers redete er kurz mit den beiden Wachen, dann übergab er Catrina den wachhabenden Kameraden.

Nachdem der Streit geschlichtet war, ging Alexius den letzten Pflichten in dieser Nacht nach, begleitet von einem älteren Soldaten. Sie überprüften die Bereitschaft der Wachen auf den Türmen.

Von hier oben sah die Stadt kleiner und unbedeutender aus, ein Haufen von Holzbuden, die sich nur im Schatten der Festung sicher fühlen konnten. Weit hinter der Stadt erhoben sich die Hügel und Wälder, wo die wilden Britannier darauf warteten, eine Chance zum Angriff zu erhalten. Sie würden jede Schwäche Roms ausnutzen.

Alexius rieb sich über die Stirn. Warum schmerzte die Narbe an diesem Abend mehr als sonst? Sie bescherte ihm immer noch frische Erinnerungen an die Torfhütte, als das Mädchen mit der sanften Stimme ihn versorgt hatte. Auf jede erdenkliche Weise. Sie hatte Catrina geheißen, erinnerte er sich, und sie hatte Schwierigkeiten gehabt, seinen Namen auszusprechen.

Er schüttelte den Kopf, schalt sich einen Narren und ging zum nächsten Wachtturm. Ihm war bewusst, dass er überreagierte. Das Mädchen war eine Schönheit, bei Mithras, war sie schön. Ihr seidiges Haar glänzte wie Mondschein, und die grünen Augen blitzten rebellisch oder verdunkelten sich im heimlichen Schmerz, wenn er streng mit ihr sprach.

Meine Feinde sagen, meine Haare hätten gar keine Farbe. Wer mir schmeicheln will, vergleicht sie mit dem Mondlicht.

Die Worte drehten sich in seinem Kopf. Er blieb stehen und hielt sich benommen am Geländer fest. Diese Stimme! Himmel, diese Stimme!

»Hauptmann, ist alles in Ordnung?« Der Soldat, der ihn begleitete, sah ihn besorgt an. Vielleicht hatte der Kommandant seine Verwundung doch nicht so gut überwunden, wie er glauben machen wollte.

Alexius drückte ihn beiseite. »Es geht mir gut. Hast du die Liste aller Wachablösungen? Ich will sie mir ansehen.«

Gemeinsam schritten sie weiter. Im Schutz der Dunkelheit griff Alexius an das silberne Amulett, das er um den Hals trug, versteckt unter seiner Tunika.

Spielten ihm seine Sinne einen Streich? Das Mädchen Catrina, von dem es hieß, es hätte das zweite Gesicht und wollte in Eboracum die Lebensweise der Römer kennen lernen – konnte sie das Mädchen Catrina sein, das ihn in der Torfhütte gesund gepflegt hatte? Die er geliebt hatte?

Er musste sich Gewissheit verschaffen.

Elftes Kapitel

Im weitläufigen Haus des Alexius fühlte Catrina sich einsam und verlassen. Ob er Diener hatte?, fragte sie sich, als sie durch die spärlich möblierten Zimmer schlenderte. In seiner Position und für dieses große Haus musste er Hilfen haben. Aber vielleicht arbeiteten sie nur tagsüber. Jedenfalls fand sie zu dieser nachtschlafenen Zeit niemanden im Haus, abgesehen von den Wachen vor der Tür, die sie daran erinnerten, dass sie eine Gefangene war.

Es gab ein Zentrum, das weniger karg eingerichtet war als die anderen Räume. Dicke Gobelins durchbrachen die harsche Eintönigkeit der Wände, und in einer Feuerstelle glomm die Holzkohle. Catrina setzte sich mit überkreuzten Beinen auf ein vor der Feuerstelle ausgebreitetes Wolfsfell, sie zog die Beine an und stützte ihr Kinn auf die Knie. Gedankenverloren schaute sie ins Feuer.

Das Wiedersehen mit Alexius hatte ihr einen scharfen Stich versetzt. Als ob jemand ein Messer in ihrem Herzen umdrehte. Seither hatte sie keinen klaren Gedanken mehr fassen können. Er war ihr Feind. Der einzige Grund, in die Stadt der Adler zu gehen, war der, sich an dem Mann zu rächen, der sie so sehr gedemütigt hatte.

Aber es schien sehr schwierig, ihren Plan umzusetzen, wenn sie in seiner Gegenwart so schwach wurde. Es war, als würde sie von ihrem Körper verraten. Verdammt, wenn sie doch nur ihr kostbares silbernes Amulett hätte, es würde ihr helfen, sich vor ihm zu schützen.

Schwer atmend sprang sie auf die Füße. Natürlich! Ihr Amulett! Warum hatte sie nicht schon früher daran gedacht? Hier war sie allein in Alexius' Haus. Wenn er das Amulett irgendwo versteckt hatte, dann hier. Sie vergeudete wertvolle Zeit mit dem Gejammer über ihr Schicksal, statt ihr Eigentum zu suchen. In Alexius' Abwesenheit konnte sie jeden Raum gründlich durchsuchen. Ihr Herz pochte vor Aufregung. Sie griff nach einer Bronzelampe, die auf dem Tisch stand und begann mit der Suche.

Sie hielt die Lampe hoch, damit sie einen goldenen Lichtschein warf, und sah sich Zimmer auf Zimmer an und dort nach einem möglichen Versteck ihres Amuletts. In dem großen Zimmer, das sein Arbeitsraum zu sein schien, gab es Truhen und Kommoden, aber in den Schubladen befanden sich nichts als beschriebene verstaubte Pergamentrollen.

Catrina stellte die Lampe ab und fuhr sich mit beiden Händen durch die zerzausten Haare. Bald würde der Römer zurück sein, und sie hatte immer noch nichts gefunden.

Ohne große Hoffnung probierte sie die letzte Tür, die sich in einer dunklen Ecke des Atriums befand. Sie war nicht abgeschlossen. Catrina hielt die Lampe in die Dunkelheit und sah, dass hinter der Tür eine schmale Steintreppe nach unten in absolute Finsternis führte. Irgendein Lagerraum? Vielleicht befand sich dort das ideale Versteck ihres Amuletts.

Flink lief sie die Treppenstufen hinunter und fand sich in einem großen gewölbten Raum wieder. Sie hob die Lampe, deren schwachgoldener Schein versuchte, die auf Pfeilern stehenden Alkoven zu durchdringen. In den Schatten sah sie etwas glänzen. Ihre Schritte hörten sich wegen des Gewölbes ungewöhnlich laut an, als sie über die Bodenplatten ging. Das Lampenlicht fiel auf einen geheimnisvollen Gegenstand. Überrascht riss Catrina den Mund weit auf.

In den Schatten des Alkoven leuchtete in unerwarteter Helligkeit die bronzene Skulptur eines Adlers, der auf einer kunstvoll geschnitzten Säule stand und die Flügel ausbreitete. Die Säule war mit Abzeichen, Medaillen und Auszeichnungen bestückt. Die Krallen des Adlers griffen um eine Querstange, und die blinden Augen schienen Catrina anzustarren, stolz und grausam und stark wie ein Gott, ein grausamer Gottadler. Kalte Schauer liefen ihr über den Rücken, und gleichzeitig hörte sie irgendwo eine Tür zuschlagen.

Zu spät, viel zu spät, gewahrte sie die schweren Schritte auf den Steinstufen. Sie wirbelte herum und wurde im nächsten Augenblick vom Schein der Fackeln geblendet. Sie hielt sich die Hände vors Gesicht und hörte eine tiefe Stimme keifen.

»Da ist sie, Kommandant! Ich bin ihr gefolgt, wie Ihr befohlen habt, als sie anfing, durchs Haus zu schleichen. Seht sie an! Wie ich mir schon gedacht habe, ist sie hinter dem Schatz der Legion her. Wir sollten sie sofort dem Magistrat überstellen, damit sie eingesperrt werden kann.«

Es waren noch weitere Soldaten hinter ihm, die Rüstungen rasselten. Sie hatten ihre Schwerter gehoben. Aber Catrina sah nur das kalte, grimmige Gesicht von Alexius.

In panischer Angst suchte sie einen Fluchtweg, aber natürlich gab es keinen. Zwei der Soldaten packten sie an den Armen. Catrina rang nach Luft, warf mit einer heftigen Kopfbewegung die Haare aus dem Gesicht und starrte voller Trotz in das Gesicht des Kommandanten. Aber sein Blick war voller Verachtung und traf sie ins Mark.

»Ich war nicht hinter Eurem Schatz her«, fauchte sie. »Ich wusste nicht einmal, dass es einen Schatz gibt.«

»Und was habt Ihr gesucht?«, entgegnete Alexius ruhig.

Sie starrte ihn schweigend an. Das war die eine Frage, die sie nicht beantworten konnte.

»Überstellt sie dem Magistrat, Kommandant«, schlug einer der Soldaten vor. »Sie ist offensichtlich eine Spionin der Barbaren. Der Magistrat wird sie schon zum Reden bringen.«

»Das kann ich auch«, sagte Alexius. »Stellt sie an die Wand. Es ist besser, wenn ich sie hier unten verhöre, hier sind wir unter uns. Sie ist verdammt trickreich. Ich will ihr keine Gelegenheit zur Flucht geben.«

Catrina wehrte sich mit aller Gewalt, als die beiden Soldaten sie beinahe mühelos zum nächsten Pfeiler schleppten, an den Catrina mit Lederriemen gefesselt wurde, die Arme weit gespreizt und über den Kopf gehoben. Sie zerrte an den Schlaufen, aber sie wusste, dass es sinnlos war. »Oh, Göttin«, murmelte sie, »hilf mir, bitte.«

Alexius hatte seine Soldaten weggeschickt und kam jetzt langsam auf sie zu. Sie waren allein in diesem seltsamen Heiligtum des Gottadlers. Catrina kämpfte ihre Angst nieder, zerrte an den Lederriemen und fauchte: »Lasst mich frei, Römer! Ihr habt kein Recht, mich hier festzuhalten.«

»Ach?« Er betrachtete sie kühl. »Ich glaube, Ihr habt noch nicht begriffen, Catrina, dass ich innerhalb der Festung tun kann, was ich für richtig halte. Ich frage Euch ein letztes Mal, was Ihr hier sucht.«

Catrina atmete tief ein. Ihr zierliches Gesicht blieb voller Trotz.

Er hob die Schultern. »Vielleicht sollte ich Euch hier unten allein lassen, bis Ihr Euch zu einer Antwort durchgerungen habt.« Er drehte sich zur Treppe um und nahm die Öllampe mit, die einzige Lichtquelle.

Catrina war starr vor Angst. Er wollte sie hier unten allein lassen, allein mit dem grausamen Gottadler. In völliger Dunkelheit. »Ihr wollt mich doch nicht wirklich allein lassen?«, fragte sie mit dünner Stimme.

Er blieb stehen und drehte sich zu ihr um. »Wollt Ihr lieber zum Magistrat gebracht werden?«

»Vielleicht«, rief sie wütend, »würde mir da Gerechtigkeit widerfahren.«

Er verschränkte die Arme und sah sie kalt an. »Wenn Ihr das glaubt, seid Ihr eine noch größere Närrin, als ich geglaubt habe. Wenn der Magistrat Euch in die Hände bekommt, wird er Euch dem Mob ausliefern. Ihr wisst, was das bedeutet?«

Sie konnte es sich vorstellen. Das Blut wich aus ihrem Gesicht, aber sie hielt seinem Blick stand und fragte, scheinbar unbeeindruckt: »Und warum übergebt Ihr mich nicht dem Magistrat?«

»Weil«, antwortete er, »ich wissen möchte, warum Ihr nach Eboracum gekommen seid. Deshalb habe ich Euch allein im Haus gelassen, denn ich wusste, dass mein Soldat ein Auge auf Euch behalten würde. Ihr seid auf der Suche nach etwas, Catrina. Was sucht Ihr?«

Sie atmete geräuschvoll ein. »Ihr habt mich beobachten lassen? Die ganze Zeit?«

Er verzog die Lippen. »Ihr glaubt, ich ließe den Adler der Legion auch nur einen Moment unbewacht?«

»Ist er wirklich ein Gott?«, fragte sie atemlos und blickte ängstlich zur Bronzefigur.

»Für jeden Soldaten ist er der mächtigste Gott überhaupt. Wenn wir den Adler verlieren, ist die ganze Legion verloren. Ja, Ihr seid genau beobachtet worden, Catrina.« Er trat näher an sie heran. »Ich frage Euch noch einmal – warum seid Ihr nach Eboracum gekommen?«

Sie hob wütend die Schultern. »Ich habe es Euch schon gesagt. Um mich zu vergnügen. Verstößt das gegen Euer römischer Gesetz?«

»Das kommt darauf an«, sagte er, »wie weit Euer Vergnügen geht. Und mit wem Ihr es auskosten wollt.« Plötzlich griff er in den Ausschnitt ihrer Tunika und zerriss sie vom Hals bis zur Hüfte. Catrina schüttelte sich, ängstlich und erregt zugleich, und schloss die Augen.

»He«, rief Alexius verächtlich, »ich sehe, dass Julia Euch schon zurechtgemacht hat.«

Catrina war übel, sie hielt die Augen geschlossen, aber sie wusste ganz genau, worauf der Römer starrte. Er hatte ihre Brüste entblößt und sah die bemalten Nippel – sie waren nicht anders als die von den grell geschminkten Prostituierten, sie sich ihm an diesem Abend angeboten hatten.

Dann spürte sie seine Hand da, warm und kräftig, und sein Daumen streichelte über die steife Warze, zunächst über die eine, dann über die andere. Catrina schlug die Augen auf und starrte in sein Gesicht, verwirrt und benommen, denn wieder spürte sie das stechende Verlangen in ihrem Schoß.

Er musste ihr Gesicht richtig gelesen haben, denn er öffnete ihren Gürtel, und die Tunika glitt zu Boden. Gierig betrachtete er ihren nackten Körper, die schmale Taille, die er mit seinen Händen umfassen konnte, ihre Hüften und den Flaum zwischen ihren Schenkeln.

Catrina spürte das Pochen in ihrem Schoß, im Zentrum ihrer Weiblichkeit. Sie war warm und feucht für ihn. Wenn er wüsste, wie verzweifelt sie ihn begehrte, hätte er keine Gnade gezeigt.

»Ihr hättet Euch Euer Vergnügen kaufen können, Hauptmann. Seid Ihr so geizig, dass Ihr Euch lieber an einer hilflosen Gefangenen vergreift?«

Er lächelte. »Oh, so etwas Feines hätte ich mir nicht kaufen können.«

Catrina stöhnte laut auf, als sie seine Hände zwischen ihren Schenkeln spürte. Die Lust, die sie durchlief, versengte sie wie eine Flammenzunge. Er sah sie mit seinen blauen Augen an, als wollte er sie hypnotisieren. Sie zitterte vor Gier, als seine braunen Finger ihre geschwollenen Labien teilten und in die Säfte tunkten, die sich dort gesammelt hatten.

Die Finger stießen gegen die entzündete Klitoris. Catrina stöhnte noch lauter und biss sich auf die Unterlippe, sonst hätte sie ihre Not hinaus geschrien. Seine Berührungen waren diabolisch.

»Lasst mich in Ruhe, verdammt! Bezahlt für Euren Spaß und nehmt Euch eine Frau, die davon leben muss!«

Seine Hand verharrte einen Augenblick, dann begann sie wieder zu streicheln und zu massieren, bis die Lust sich in ihrem ganzen Körper ausgebreitet hatte. Sie spürte ihre Säfte rinnen. Sein Finger stieß tiefer in sie hinein. Ihre Muskeln hielten ihn umklammert.

»Schau mich an.« Seine Stimme klang gebieterisch. »Sieh mich an, Catrina, und sage mir, was du willst.«

Hilflos blickte sie zu ihm auf. Die Lederriemen schnitten in ihre Haut. Sie wusste, dass dieser erfahrene Mann die Lust in ihren Augen sehen konnte. Sie atmete tief ein und antwortete trotzig: »Ich will, dass Ihr mich gehen lasst.«

Er lächelte, und dieses gefährliche Lächeln schickte neue Lustwellen durch ihren Körper. »Das sagst du die ganze Zeit schon, Catrina. Aber was willst du wirklich?«

Der Daumen kreiste langsam um ihren Kitzler, ohne die empfindliche Spitze zu berühren, die vor Gier zu explodieren drohte.

»Euch will ich jedenfalls nicht, Römer, das steht fest.«

Mit der freien Hand rieb er über die scharlachroten Brustwarzen. Sie reckten sich ihm entgegen. Er leckte seine Finger und spielte quälend langsam mit den pochenden Nippeln.

»Bist du sicher?«, fragte er. »Ich habe dir in der Taverne zugeschaut. Du hast dich heimlich mit dir selbst beschäftigt, nicht wahr? Du bist ein lüsternes Mädchen, Catrina, meine kleine Barbarin. Hat dir die einsam genossene Lust gefallen? Oder hättest du lieber den großen Orgasmus mit mir erlebt?«

Die Scham färbte ihre Wangen rot. Leicht schüttelte sie den Kopf. Zu einer deutlicheren Reaktion war sie nicht mehr fähig, denn während seine Finger der einen Hand ihre Brustwarzen zwirbelten und lang zogen, rieben die Finger der anderen Hand immer tiefer in ihre Vagina.

»Sag mir, was du haben willst«, raunte er in ihr Ohr, während er an ihren Nippeln zupfte. »Mehr davon oder lieber das hier?« Dabei intensivierte er die Intimmassage.

Sie stieß ihm den Schoß entgegen, wollte die Finger tiefer in sich spüren, wollte unbedingt die große Erleichterung erleben, die er ihr verschaffen konnte. Ihr Körper war nur noch ein willenloses Knäuel sexueller Gier. Verzweifelt reckte sie ihm ihre Brüste entgegen. Sie lechzte nach seinem Mund, der den ziehenden Lustschmerz lindern würde.

Im nächsten Moment zog er seine Hand aus ihrer Vagina, trat einen Schritt zurück und sagte: »Sexuelles Verlangen ist eine fatale Schwäche, *mea mellita.*«

Er war grausam, oh, so grausam. Sie ließ den Kopf sinken, und die langen seidigen Haare hingen wie ein Vorhang vor ihrem entflammten Gesicht und verdeckten die Verzweiflung in ihren Augen. Ihr schlanker, zierlicher Körper sackte hilflos zusammen, nur noch von der Lederriemen an ihren Handgelenken gehalten.

Plötzlich spürte sie, wie eine Hand zärtlich über ihre Wange streichelte. Sie konnte es nicht glauben. Er hob ihr Gesicht an und sagte leise: »Und es kann zweifellos eines der schönsten Vergnügen sein.«

Dann küsste er sie.

Sein Mund war warm und wunderbar. Seine Zunge strich über ihre Lippen wie ein verlockendes Versprechen, während seine Hände ihre prickelnden Brüste umfingen und an den köstlich schmerzenden Nippeln zupften. Sie schmolz unter seinen Berührungen und zitterte vor Wonne über seine unglaubliche Zärtlichkeit. Er presste seinen harten maskulinen Körper gegen ihre Nacktheit.

Dann, während er sie noch küsste, spürte sie seinen entblößten Phallus. Hart und heiß und stolz pochte er gegen ihre Schenkel. Ein unbewusstes Stöhnen entwich ihr, als er leicht in die Knie ging, um sich ihrer geringeren Größe anzupassen. Die pralle Eichel stieß zwischen ihre vorstehenden Labien. Catrina keuchte, als sein steifer Penis langsam zwischen die geschwollenen Falten ihres Geschlechts drang.

Er war in ihr, er füllte sie aus, er streckte sie auf höchst exquisite Weise. Ihre Augen öffneten sich weit, als wollte sie sich vergewissern, dass sie nicht träumte. Ihre Blicke trafen sich, und er lächelte sie an.

Mit wunderbarer Kraft stützte er sie, indem er die Hände unter ihren nackten Po schob und langsam anhob.

Er wusste alles, was sie brauchte und wollte. Ihre tiefsten, dunkelsten und schamlosesten Sehnsüchte schienen sich ihm zu offenbaren. Er hob den Kopf von ihren geschwollenen Brüsten und strich über die harte Knospe ihrer Klitoris. Catrina spürte die verzehrende Hitze, die sich in ihrem Bauch sammelte, als Alexius tiefer in sie hineinstieß. Seine blauen Augen versengten sie mit seiner Leidenschaft.

Betört vor Lust blickte sie nach unten und war begeistert von der Schönheit des Bildes, das sich ihr bot. Sie hielt den Atem an, als sie sah, wie seine kräftigen aber schlanken Hüften den harten Schaft tief ins Zentrum ihrer Weiblichkeit versenkten. Dann zog er sich quälend langsam zurück, und sie war trunken vor Verlangen, als sie den dunklen dicken Schaft sah, der von ihren Säften glänzte.

Sie schaute wieder zu ihm auf, so verrückt auf ihn,

dass sie ihre gefesselten Arme fast vergessen hatte. Ihr Feind lächelte sie wieder an, es war ein Lächeln, das ihr schmutzige Freuden versprach. Sie hörte sich lange, glückliche Seufzer ausstoßen, als er den Schaft mit immer mehr Kraft und Schnelligkeit in sie hinein pumpte.

Mit wilder Leidenschaft fuhr er fort, sie in Ekstase zu versetzen. Er saugte die Lust aus ihrem zitternden Körper, küsste ihre Brüste und knetete ihre Backen. Er war unermüdlich. Dann, zum Schluss, ließ er seiner Lust freien Lauf und stieß wilder, ungestümer zu, und Catrinas Beben verstärkte sich noch, als sie seinen zuckenden, sprühenden Schaft in sich spürte.

Catrina empfand ein wahnsinniges Glücksgefühl; es war, als könnte sie Macht über ihn ausüben, als sie sah, dass er die Augen fest geschlossen hatte, während er kam. Sein Gesicht verzerrte sich in Wollust.

Einen Moment lang hielt er sie bewegungslos, während sein dicker Schaft immer noch tief in ihr pulsierte. Mit unendlicher Zärtlichkeit zog er sich dann aus ihr zurück und löste ihre Fesseln.

Catrina wäre zu Boden geglitten, wenn er sie nicht in seinen kräftigen Armen aufgefangen hätte. Er legte seinen Umhang um ihren zitternden Körper. Einen verrückten Moment lang fühlte sie sich sicher und geliebt. Stumm schaute sie zu ihm hoch, die grünen Augen voller Emotionen, und wartete auf ein zärtliches Wort.

Sie hätte es besser wissen sollen. Seine blauen Augen waren wie Eis. Der Schock schoss ihr durch die Glieder. Wieder rief sie sich in Erinnerung, dass er ihr Feind war.

Er beobachtete sie genau, als wollte er sie abschätzen, dann sagte er: »Du zeigst gute Ansätze, meine kleine Wilde. Du erinnerst mich an ein Mädchen, das ich mal kannte. Der Klang deiner Stimme, deine seidigen Haare …«

Catrina wich vor ihm zurück. Das Herz pochte gegen ihre Rippen. Er spielte mit ihr. Oh, Göttin! Wenn er wusste, wer sie war, hatte sie keine Chance mehr, ihre Mission zu erfüllen. Sie zwang sich zur Selbstbeherrschung.

»Ach? Es muss viele Frauen geben, die meine Stimme und meine Haare haben.«

»Nein«, sagte er ruhig. »Es gibt keine wie dich, *mea mellita.*«

Das Kosewort, mit dem er sie schon in der Torfhütte angesprochen hatte, ließ ihr Blut gefrieren. Aber dann wandte er sich abrupt ab. »Es ist spät«, sagte er. »Morgen muss ich früh raus. Ich zeige dir dein Zimmer.«

Sie schlang den Umhang enger um den zitternden Leib. »Was ist eigentlich, wenn ich gehen möchte, Römer? Bin ich Euer Gefangener?«

Er sah sie nachdenklich an, als er sich vor der ersten Treppenstufe noch einmal nach ihr umdrehte. »Es ist eher eine Frage deiner Sicherheit, Catrina. Der Magistrat will dich verhaften. Ich bin wahrscheinlich der einzige Mensch mit der Macht, dich vor dem Magistrat zu beschützen.«

Aufgebracht fuhr sie ihn an. »Ihr wollt mir also sagen, dass Ihr mich als Gefangene haltet, damit ich in Sicherheit bin?«

»Teilweise richtig.« Er lächelte kalt. »Aber es gibt noch einen Grund.«

»Welchen?«

»Nun, es geht um Lust. Um meine und deine.«

»Lust?«, fragte sie wütend und errötete. »Ich dachte, Römer, dass Barbarenmädchen nicht nach Eurem Geschmack sind.«

Er betrachtete sie kopfschüttelnd und grinste breit. »Wer hat dir denn diesen Unsinn erzählt? Meiner Erfahrung nach haben die Frauen der nördlichen Stämme einen gewissen primitiven, unkultivierten Charme.«

Wütend sprang sie ihn an, aber Alexius grinste nur und hob lässig einen Arm, um sie abzuwehren. Er wies zur Treppe. »Zeit fürs Bett, meine kleine Wilde. Ich enttäusche dich nicht gern, aber du wirst in dieser Nacht allein schlafen müssen.«

»Wie kommt Ihr auf die Idee, dass ich darüber enttäuscht sein könnte?«

Er lachte nur und wandte sich um.

Vor der ersten Treppenstufe, bemerkte Catrina, zögerte Alexius. Als er den Fuß anhob, stieß er gegen die Stufe und geriet ins Stolpern. Er fing sich, aber vor der nächsten Stufe zögerte er erneut. Catrina wusste genau, was los war.

Es lag an seinen Augen. Die Folgen der Verletzung. Wahrscheinlich hatte er einen Moment lang überhaupt nichts sehen können.

Ohne nachzudenken lief sie zu ihm und rief: »Alexius!«

Er stützte sich mit einer Hand gegen die Mauer ab. Der Zwischenfall dauerte nur wenige Momente, aber es war ein Schwächeanfall, der Catrina beunruhigte. Wenn Alexius so hilflos war, kam er ihr viel jünger vor. Ihr Herz öffnete sich für ihn, als sie sah, wie er um seine Selbstbeherrschung rang.

Noch bevor sie ihre Hilfe anbieten konnte, hatte Alexius sich wieder gefangen. Er fuhr mit einer Hand flüchtig über die Narbe auf der Stirn. Er erkannte die Sorge in Catrinas Gesicht und grinste.

»Mitleid mit mir, kleines Barbarenmädchen?«, spöttelte er leise. »Sicher nicht.« Ohne weiteres Zögern ging er die Treppe hoch.

Er zeigte ihr das Zimmer, in dem nur ein schmales Bett stand. Durch ein geöffnetes Fenster fiel blasser Mondschein.

Nachdem Alexius gegangen war, legte Catrina sich aufs Bett, aber sie lag noch lange wach. Zu viel war an diesem Tag geschehen. Sie hörte die Trompete, die die

Wachablösung ankündigte, sowie das ferne Klacken der Stiefel.

Alexius.

Ihr fiel jedes Wort ein, jede Geste von ihm. Ihr Körper war noch warm von seiner Liebe.

Sie schloss die Augen und versuchte verzweifelt, ihre Gedanken zu ordnen. Sie wünschte, sie hätte ihren Medinzinbeutel bei sich, dann würde sie sich einen Tee zur Beruhigung brauen. Aber den Beutel mit ihren Salben und Kräutern hatte sie in Julias Haus zurückgelassen.

In dem Beutel befand sich auch das Messer, das Luad der Priester ihr gegeben hatte.

Das Messer, auf dessen Griff der Name Alexius eingeritzt war.

Zwölftes Kapitel

Luad der Priester hatte Kräuter gesammelt. Um die zuschauenden Stammesangehörigen zu beeindrucken, hatte er die notwendigen Beschwörungsformeln gemurmelt, alte Worte der Weisheit, von den Alten überliefert, ehe er allein in den finsteren Wald gegangen war, um die Kräuter der Druiden zu suchen. Als er zurück auf die Lichtung kam, trug er – wie sein Stamm es von ihm erwartete – den weißen Umhang mit der großen Kapuze, mit der er unheimlicher aussah, wie er fand. Heute Abend würde die rituelle Weihe stattfinden, wobei dieses Ritual seiner eigenen Phantasie entsprungen war, aber das wusste keiner der Stammesangehörigen.

Der Mond glitzerte durch die Wolken, wie es sich für einen solchen Abend gehörte. Der silberne Schein durchbrach den Baldachin der Äste und strahlte hell auf die Lichtung. Luads Gestalt strahlte Mystisches aus, sein Gesicht blickte angestrengt. Die schönsten und willfährigsten Frauen des Stammes waren auf der Lichtung versammelt und knieten im Halbkreis um ihn herum.

Die Frauen warteten auf die Weihe, von der Luad ihnen erzählt hatte. Hungrig und erwartungsvoll blickten sie zu ihm auf. In der Mitte kniete Eda, die hungrigste von allen.

Die sommerliche Abendbrise wehte angenehm durch die Eichen, deren Blätter sich sanft bewegten und gespenstische Schatten warfen. Sie bewegten sich wie seltsame Wesen aus einer anderen Welt.

Es war Zeit. Luad zündete das Feuer in der Mitte der Lichtung an und legte die Schüsseln mit den frisch geernteten Kräutern um die leckenden Flammen herum. Er hatte Eisenhut, Schafgarbe, Schwarzwurz,

Belladonna und das heiligste Kraut der Druiden, Eisenkraut, gesammelt.

Die Frauen waren bereit für ihn und warteten. Eda, in ein dünnes blasses Gewand gehüllt, trat vor und überreichte ihm stolz den bronzenen Becher mit dem Metheglin, dem scharfen selbstgebrauten Schnaps, der die Sinne eines Mannes trübte und das Blut zum Kochen brachte.

»Mein Herr, wir sind bereit für Euch«, sagte sie leise und feierlich, ihre Augen eine eindeutige Einladung. Luad nahm einen kräftigen Schluck und spürte, wie der Schnaps seinen Bauch wärmte. Sein Blick ging hinüber zu den alten Bäumen. Unter ihnen hatte Catrina früher immer gestanden. Er konnte sie nicht vergessen.

Sie war viele Meilen weit entfernt im Süden, in der Stadt der Adler, Eboracum. Drohend erhoben sich deren Häuser und Wachttürme in der Ebene. Luad hoffte inbrünstig, dass Catrina ihn nicht verriet.

Bevor sie aufgebrochen war, hatte Catrina ihm geschworen, dass sie den Römer hasste, der ihr Amulett gestohlen hatte. Aber Luad erinnerte sich auch, mit welcher Hingabe sie den Gefangenen gepflegt hatte. Dem Priester war bewusst, dass er sich auf ein gefährliches Spiel eingelassen hatte. Ohne Catrina und ihr Amulett war er praktisch ohne Macht, und es würde nicht lange dauern, bis der Stamm das begriffen hatte.

Catrina musste bald zurückkommen.

Was war, wenn sie nicht mehr zurückkehrte? Wie lange würde es dauern, bis die natürlichen Triebe sie zu einem anderen Mann führten?

Heißer Zorn umfing ihn. Im nächsten Moment dachte er an ihren süßen Körper, und er spürte die Lust in sich aufsteigen wie der Frühlingssaft in einem jungen Baum. Sie war sein, das Mädchen mit den unglaublich hellen Haaren und den unschuldigen grünen Augen, das Mädchen mit der zierlichen Gestalt einer Elfe. Kein anderer durfte sie besitzen.

Während er noch einen Schluck aus dem Bronzebecher nahm und stirnrunzelnd in die Flammen des Feuers starrte, erinnerte er sich an einen bestimmten Tag im vergangenen Sommer, als er ihr gefolgt war und heimlich beim Baden im Quellbach zugesehen hatte.

Er hatte sich in den Schatten gehalten, hinter einem Dickicht aus Heckenrosen und Erlenholz, und während sie sich ausgezogen hatte, war ihm heiß geworden. Das kühle glasklare Wasser war über die hoch angesetzten kleinen Brüste mit den reifen, rosigen Spitzen geperlt. Sein Puls hatte sich beschleunigt, und er war geil geworden, als er zuschaute, wie sie ihre zarten Nippel koste, die trotz ihrer Reife noch von keinem Mann berührt worden waren.

Die Hand unter den Umhang geschoben, hatte er zögernd an den harten Schaft gefasst, der ungeduldig pochte. Er hatte sich vorgestellt, mit der samtenen Spitze über ihre Brüste zu reiben, er hatte ihren verdutzten Blick in den grünen Augen gesehen, der aber rasch einem seligen Schmachten gewichen war, als sie gelernt hatte, ihre weibliche Wonne an der Berührung des formidablen Schafts zu gewinnen.

Er hatte weiter gerieben, auch als sie aus dem Bach gestiegen war und die Hände durch das lange helle Haar gleiten ließ. Luads Gesicht war dunkel vor Gier geworden, als er den sanften Flaum ihres Dreiecks gesehen hatte. Winzige krause goldene Härchen. Anmutig war sie ans moosige Ufer gestiegen, und aus der Ferne hatte er einen kurzen Blick auf die rosigen Falten erhaschen können, die Pforte zu ihrer Weiblichkeit.

Atemlos hatte er sie weiter beobachtet, und dabei hatte er härter und schneller gerieben, bis er den Samen in seinen pulsierenden Testikeln steigen spürte.

Keuchend hatte er sich entladen, und sein ganzer Körper hatte sich in Ekstase geschüttelt.

Als er sich erholt hatte, war Catrina ahnungslos zurück ins Dorf gegangen.

Irgendwie war es ihr gelungen, von den wollüstigen Ritualen völlig unberührt zu bleiben, obwohl sie bei allen dabei gewesen war. Manchmal fragte sich Luad, ob es das Amulett war, das sie vor Versuchungen schützte, oder ob magische Kräfte über sie wachten. Als ob die Göttin sie für etwas anderes ausersehen hätte, als wie die normalen Sterblichen zu kopulieren. Ja, sie war für etwas Besonderes ausersehen – für ihn, Luad, Priester der nördlichen Stämme.

Aber jetzt war sie weg, und er fürchtete, einen schweren Fehler begangen zu haben, als er ihr genehmigte, in die Stadt der Adler aufzubrechen.

»Mein Herr.« Eda lag vor ihm auf den Knien. Ihr Kopf war demütig mit der Kapuze bedeckt, aber ihre Augen glitzerten hungrig, als sie zu ihm aufblickten. »Wir sind bereit für das Ritual.«

Er war auch bereit, mehr als bereit. Sein Penis zuckte schon, allerdings war diese Tatsache auf seine Erinnerungen an Catrinas Bad im Quellbach zurückzuführen.

»Dann ist die Zeit gekommen«, verkündete er grimmig. Er streckte die Hände über dem Feuer aus und sah versonnen in die Glut. Fünf Frauen knieten im Halbkreis um das Feuer herum; Luad selbst hatte sie ausgesucht. Sie beugten jetzt alle den Kopf, ihre Gesichter eine Mischung aus Furcht und Gier. Luad murmelte die rituellen Worte, die zur Weihe der neuen Kräuter gehörten.

Luad verkürzte das Ritual; den Text hatte er sich ausgedacht, die einzelnen Worte waren ein Mischmasch aus Latein und Gälisch. Ihm war bewusst, dass es nicht die Zauberformeln der Druiden waren, aber die Leute seines Stammes wussten das nicht, und die

Worte erfüllten ihren Zweck – sie würden Luad fleischlichen Genuss im Überfluss bescheren.

Natürlich lebte er mit der Angst, dass einer der wenigen Druiden, die höher im Norden noch lebten, von seinen Schandtaten erfuhr. Er wusste besser als jeder andere, dass er seine Macht missbrauchte, deshalb schwand auch seine Gabe, Menschen zu helfen und zu heilen. Aber noch reichte seine Macht.

Er nahm jede einzelne Schüssel mit den Kräutern in die Hand und murmelte die magischen Worte. Der Mond beschien das Ritual, als hätte Luad ihn bestellt. In der Ferne rief eine Eule. Der Priester spürte, wie die Furcht, die Spannung und die sexuelle Erwartung in den Frauen anstieg. Nein, er würde diese Rituale nicht aufgeben können, dachte er, als er den letzten Spruch murmelte.

Und nun, Göttin des Lebens,
halte deine schützende Hand über uns,
während wir dich ehren.

Er breitete die Arme weit aus und hob das kantige Gesicht zum kalten Mond. Die Stille nahm sie alle gefangen; er konnte sogar die Insekten hören, die über den Boden krochen. Leise huschte eine Brise durch das Laubwerk. Der Rauch des Feuers blähte sich auf, und eine der Frauen, die dem Feuer am nächsten war, stieß einen gedämpften Angstschrei aus.

Luad richtete seine blassen Augen auf sie, und sie zuckte zusammen.

»Bereitet euch vor«, sagte er streng mit seiner leisen, hypnotischen Stimme. »Bereitet euch auf das letzte Ritual der Weihe vor.«

Der Mond schimmerte auf ihren weißen Brüsten, als die Frauen ihren Umhang zurückzogen, damit der Priester sich an ihren Körpern delektieren konnte. Die kühle Abendbrise strich kosend über die nackte Haut und versteifte die dunklen Warzen. Als die Frauen zu ihm aufschauten, sah er den unverhohlenen Hunger in ihren Augen.

Früher am Abend hatten sie großzügig dem Met zugesprochen, den Luad heimlich mit seinem gelbgrünen Pulver versetzt hatte, eine Mischung aus getrocknetem Gänsefingerkraut und anderen Käutern. Er hatte die Rezeptur vor vielen Jahren von einer alten Frau aus den Bergen erhalten, und Luad wusste, dass die Wirkung noch nie versagt hatte.

Das Pulver war wie eine magische Infusion. Der heutige Abend würde den Frauen wie ein Traum in Trance vorkommen. Sie waren mehr als bereit; sie durften nicht sprechen, aber es war auch nicht erforderlich, dass sie es aussprachen – ihre Gesichter verrieten sie.

Luad stand vor ihnen, teilte seinen Umhang und entblößte seinen Penis, der auf und ab hüpfte. Wie ein Raubtier auf dem Sprung zur Beute. Die Frauen stöhnten leise und wimmerten vor Lust, als sie freie Sicht auf den perfekten männlichen Körper hatten. Luad sonnte sich in seinem Triumph, denn er wusste, dass seine Fähigkeiten ihn noch nicht ganz verlassen hatten. Jede von ihnen war feucht zwischen den Beinen und sehnte sich in Erwartung der Freuden nach seinem Phallus.

Eine der Frauen, eine dralle kleine Brünette, die mehr als genug Met gebechert und ihren Umhang ganz vom Körper genommen hatte, streichelte sich verträumt zwischen den gespreizten Schenkeln. Luad konnte sehen, dass sie mit einem Finger die Klitoris reizte.

Ihre Blicke waren auf Luads starren Penis gerichtet, während sie sich streichelte. »Nehmt mich, mein Herr«, murmelte sie und rutschte auf den Knien näher zu ihm. Ihre schweren Brüste, mit Sommersprossen übersät, schaukelten hin und her.

Eda stieß sie mit dem Ellenbogen an. »Du hast zu viel Met getrunken, Silda! Du hast vergessen, dass wir zu schweigen haben!«, zischte sie. »Der Priester wird dich vom Ritual ausschließen, wenn du auch nur noch ein Wort sagst!«

Die brünette Frau warf Eda einen wütenden, aufsässigen Blick zu und presste die Lippen aufeinander. Luad dachte nach. Er war Edas Besitzansprüche leid. Sie war immer eifersüchtig auf Catrina gewesen, und seit das blonde Mädchen nicht mehr da war, hatte Eda gehofft, jede Nacht an der Seite des Priesters zu liegen.

Es war Zeit, Eda eine Lektion zu erteilen. Er streckte eine Hand aus und winkte Silda zu sich. Sie lächelte froh, warf Eda einen höhnischen Blick zu, stand auf und ging stolz und nackt auf Luad zu, die lange Mähne in den Nacken geworfen.

Luad sah ihr aufmerksam entgegen. Der Lichtschein des Feuers glänzte auf ihrer blassen Sommersprossenhaut. Ihre Brüste waren schwer, die Hüften ausladend. Krauses schwarzes Haar zwischen den Schenkeln zog seinen Blick an, es war schon feucht von den ersten Tropfen ihrer Erregung. Zwischen dem dunklen Busch schimmerten die geschwollenen Labien. Luads Penis zuckte in Vorfreude. Die Frau bemerkte es, bekam glänzende Augen und leckte sich über die Lippen.

Luad sagte: »Du hast eben gesprochen, obwohl du weißt, dass ihr erst sprechen dürft, wenn ich es gestatte. Jetzt kannst du reden. Was möchtest du?«

Stolz hob sie den Kopf und sagte mit ihren rauen, fröhlichen Stimme: »Ich möchte dem Herrn die größte Lust verschaffen, die er bisher erlebt hat. Ich möchte ihn mit der Zunge schmecken, möchte ihn mit meinen Lippen umschließen, möchte ihn mit meinem Körper beglücken, möchte ihn reiten, bis er glaubt, dass die Göttin wahrhaftig bei ihm ist an diesem Abend.«

Luad lächelte. »Dann beginne.«

Eda stöhnte auf und sprang protestierend hoch, aber Luad scheuchte sie zurück zu den anderen enttäuschten Frauen, das Gesicht rot vor Ärger.

Silda ging hüftschwenkend zu ihm, die Zunge neckend zwischen den vollen Lippen. Vor ihm fiel sie auf die Knie, direkt vor seinem erigierten Penis, und begann ihn langsam zu lecken. Die feuchte Spitze ihrer Zunge strich federleicht über den dick geäderten Schaft.

Luad stöhnte entzückt und stemmte sich gegen den Angriff auf alle seine Sinne. Sein Penis klopfte und brannte und wurde von ihrer verwegenen Zunge wohlig gekühlt und gleichzeitig weiter gereizt. Es kostete ihn Mühe, die Augen zu öffnen, denn er sah den Kreis der fast nackten Frauen, die Sildas Künste am strammen Glied mit heißen, eifersüchtigen Blicken verfolgten. Einige von ihnen streichelten sich ungeniert, weil sie ihre Nöte nicht länger kontrollieren konnten, sie zwirbelten ihre Brustwarzen und rieben ihre Spalte, während sie heißhungrig beobachteten, wie der große dicke Schaft in Sildas lüsternen Mund glitt.

Sie nahm ihn jetzt ganz tief, und Luad spürte, wie er gegen ihren Gaumen stieß. Er stöhnte, wuselte mit beiden Händen in ihren Haaren und stieß rhythmisch zwischen die köstlich feuchten Lippen, die den Schaft sanft umschlossen. Als ihre Hände an seine Testikel griffen und die scharfen Fingernägel den Hodensack schabten, schüttelte er sich voller Lust. Er wollte sie haben. Bald.

Luad hatte mehr Kraft und mehr Ausdauer als jeder andere Mann des Stammes, das war ein zusätzlicher Grund, warum die Frauen so begierig auf ihn waren. Das Geheimnis seiner Ausdauer war eine Salbe, die er ebenfalls von einer Frau auf seinen Reisen durch die Stämme erhalten hatte. Wenn er die Salbe auf den Penis auftrug, bewirkte sie eine angenehm prickelnde

Taubheit, die den Moment des Höhepunkts hinauszögerte – unglaublich lange hinauszögerte.

Inzwischen hatte Luad gelernt, die Salbe selbst herzustellen. Hauptbestandteil war das Eisenkraut, das er schon als lindernd bei Prellungen und Verstauchungen erprobt hatte.

Vorsichtig packte er Sildas Schultern und zog sich aus der Saugkraft ihres geschickten Mundes zurück. Der lange Schaft glänzte heiß und rot.

Silda schaute fragend zu ihm auf, um seinen nächsten Befehl zu hören. Er gab ihr durch knappe Zeichen zu verstehen, dass sie sich auf Hände und Knie niederlassen sollte. Die anderen Frauen schauten gebannt zu. Luad spürte, dass die alte Kraft zurückgekehrt war. Heute Abend würde er sie alle nehmen können.

Während er stöhnend in sie hineintrieb, stellte er sich vor, dass es Catrina war, die sich ihm auf diese Weise hingab. Oh, wie würde sie juchzen, wenn sie seinen harten Schaft spürte. Mit knirschenden Zähnen zog er den pochenden Penis aus Sildas Körper und ergoss sich über ihrem prallen Hintern. Er war ausgelaugt. Lächelnd sah er, wie die anderen Frauen zu Silda liefen, sie herzten und küssten.

Luad richtete sich auf und legte den Umhang über seine Schultern. Ja, es war ein gutes Erlebnis gewesen, aber trotzdem war es Catrina, an die er dachte. Sie gehörte immer noch zu ihm. Sie war eine Waise der Flut; er hatte sie seit Jahren vor den gierigen Augen der Männer beschützt und sie auf den Weg zur Göttin geführt. Er hatte all die Jahre sein eigenes Verlangen unterdrückt, aber jetzt wollte er sie haben.

Glänzender Schweiß stand ihm auf der Stirn. Noch tobte der Schnaps in seinen Eingeweiden. Das Feuer erstarb, und wieder huschte eine frische Brise über die kleine Lichtung. Es wurde plötzlich kalt. Die Frauen blickten ihn erwartungsvoll an und hofften, dass er noch eine zu sich rief. Aber er sagte ihnen kurz angebunden, sie sollten sich anziehen und zurück in ihre Hütten gehen. Enttäuscht wandten sie sich langsam ab und verschmolzen bald mit der Dunkelheit.

Luad, allein auf der mondbeschienenen Lichtung, fühlte sich zunehmend ratlos. Catrina musste zurückkehren. Ohne sie und ohne die Kraft des Amuletts lief er Gefahr, die Autorität über den Stamm zu verlieren. Natürlich hatte er den Unmut einiger Krieger bemerkt, als er am frühen Abend die schönsten Frauen für das Ritual ausgewählt hatte. Er musste etwas unternehmen, bevor der Neid auf seine Stellung zum Aufruhr führte.

Er ging zum Rand der Lichtung und rief Brant, von dem er wusste, dass er das Ritual aus der Ferne mit gierigen Augen verfolgt hatte. Luad trug dem kleinen Krieger mit der roten Kappe genau auf, was er in dieser Nacht zu tun hatte.

Brant nickte eifrig, lief zu seinem zotteligen Pony und ritt nach Süden, der Stadt der Adler entgegen.

Luad schlenderte zurück zum sterbenden Feuer und warf eine Prise des Eisenkrauts in die Glut.

»Ich verfluche dich, Römer«, sagte er leise. Die Flammen stieben hoch.

Der Mond, der die Lichtung in ein gespenstisches Licht tauchte, warf seinen kalten Schein auch gegen die hohen Mauern der Festung von Eboracum.

Catrina lag allein in dem schmalen Holzbett in der weiß gekalkten Kammer und wälzte sich unruhig im Schlaf herum. Kurz vor dem Morgengrauen träumte sie wieder einmal von den tiefen Wäldern in ihrer nördlichen Heimat. Zwischen den breiten, dicht belaubten Eichen sah sie die hoch aufgeschossene Gestalt Luads auf der Lichtung stehen, die Arme weit übers Feuer ausgebreitet, das hagere Gesicht zum Mond gehoben.

Catrina konnte die Hitze der Flammen fühlen, die jetzt höher loderten, weil Luad frische Kräuter in die Glut geworfen hatte, und mit der Hitze gewahrte sie die Anwesenheit von Bösem. Sie konnte den Rauch riechen, die Flammen schlugen höher und bedrohten die Bäume.

Ein Waldbrand! Obwohl ihr bewusst war, dass sie sich in einem Traum befand, schien der Rauch in ihre Lungen zu dringen und sie zu ersticken. Sie begann zu husten und setzte sich abrupt in ihrem Bett auf, mit einem Schlag hellwach.

Nichts als Schweigen in der kalten, leeren, feindlichen *principa.* Sie hörte nur ihren eigenen Herzschlag. Fetzen des Mondscheins drangen durch eine Ritze des Fensterladens und fielen auf ihr Bett. Ganz still saß sie da und presste die Wolldecken gegen ihren Körper. Sie spürte die Nähe des Bösen, der Gefahr. War es wirklich nur ein Traum gewesen? Sie fuhr sich mit einer Hand über die Stirn.

Sie roch wieder den stechenden Qualm, und dann wurde ihr schlagartig klar, dass sie nicht aus einem Traum aufgewacht war, denn jetzt sah sie blaugraue Rauchspiralen, die sich unter der Tür in ihr Zimmer kringelten. Der beißende Rauch waberte immer näher.

Sie sprang aus dem Bett, rannte zur Tür und riss sie auf. Ihre nackten Füße flogen über den kalten Steinboden, dann blieb sie keuchend stehen. Weiter unten im Flur sah sie ein grelles Leuchten, das Licht des mächtigen Feuergotts. Die Flammen schlugen hoch und vertrieben die Dunkelheit mit ihrem höhnisch roten Licht. Sie leckten schon an der Tür zu Alexius' Schlafzimmer.

Ihr Herz pochte vor Angst, ihre Augen brannten vom schwarzen stechenden Rauch, der ihr entgegen quoll. Hektisch sah Catrina sich nach Hilfe um. Ihr Blick fiel auf die kostbaren Wandteppiche. Ohne lange zu überlegen riss sie einen von der Wand und warf den dicken Teppich über die lodernden Flammen, dann noch einen, um das Feuer zu ersticken. Dann rief sie durch den dichten Qualm: »Alexius! Oh, Alexius! Ihr müsst aufwachen!«

Die Haustür wurde aufgerissen, und vier bullige Soldaten stürmten herein. Voller Entsetzen starrten sie auf das Feuer, und während zwei Soldaten die restlichen Flammen austraten, griffen die beiden anderen Catrina und drehten ihr die Arme schmerzvoll auf den Rücken.

»Die kleine Hexe!«, rief einer. »Du hast's gewagt, im Haus des Kommandanten Feuer zu legen?«

Catrina hustete und würgte den schwarzen Rauch heraus, der ihr in die Lungen drang. »Lasst mich los, ihr brutalen Kerle!«, rief sie keuchend und wehrte sich verzweifelt. »Ich habe das Feuer nicht gelegt.«

Einer der Soldaten, der immer noch die Flammen austrat, rief seinen Kameraden zu: »Es ist Öl, Lampenöl. Es ist über den ganzen Boden verschüttet. Bis zur Tür, hinter der unser Kommandant schläft. Was für ein Glück, dass wir rechtzeitig gekommen sind.«

Catrina folgte dem Finger, den der Soldat ausstreckte, mit den Blicken. Ja, da gab es eine Ölspur, und wahrscheinlich würde man sie noch besser sehen können, wenn man unter den Teppichen nachsah. Die Spur begann gleich unter dem vergitterten Fenster und war von dort an der Wand entlang gelegt worden. Jemand musste das Öl durchs Fenster geschüttet und dann entzündet haben. Der Unbekannte hatte das ganze Haus in Brand stecken wollen. Bei dieser Erkenntnis wurde Catrina schwarz vor Augen.

Die Soldaten schüttelten sie, bis Catrinas Zähne klapperten. »Kleine Hexe! Wir haben gerade noch verhindern können, dass du unseren Adler stiehlst, und nun das hier!«

»Nein!«, keuchte sie, »das stimmt nicht! Verdammt, lasst mich los!«

Sie kämpfte immer noch wütend gegen die Soldaten, als Alexius, mit Stiefeln und Tunika bekleidet, die Tür seines Schlafzimmers öffnete und sagte: »Bei Mithras, ihr macht genug Krach, um Tote aufzuwecken. Was ist denn los?«

Er nahm die Situation mit seinen kühlen blauen Augen wahr: Die wild um sich schlagende Catrina in ihrer dünnen Tunika, die fliegenden Haare, das geschwärzte Gesicht, die weit aufgerissenen Augen. Dann die grimmig dreinblickenden Wachsoldaten, die ihr die Arme auf den Rücken gedreht hatten. Er sah auch die versengten Wandteppiche und schloss rasch die Tür zu seinem Zimmer, damit der beißende Qualm nicht eindringen konnte.

»Lasst das Mädchen los«, sagte er. »Ihr tut ihr weh.«

»Aber Herr! Sie hat das Feuer gelegt! Es gibt eine Ölspur bis zu Eurer Tür! Sie ist eine Spionin, eine Druidenhexe. Bestimmt hat man sie geschickt, Euch zu töten.«

»Nein!«, rief Catrina, die Lippen dünn und blutleer. »Ich habe das Feuer nicht gelegt! Ihr sagt nicht die Wahrheit!«

Es entstand ein längeres Schweigen, bis Alexius vortrat und seine Soldaten anschaute. »Wie kann sie das Feuer gelegt haben«, sagte er gelassen, »wenn sie die ganze Nacht in meinem Bett gelegen hat?« Er griff nach Catrinas Arm. Die Soldaten wichen verdutzt zurück. Alexius fügte noch hinzu: »Ihr könnt euren Dienst draußen wieder antreten.«

»Aber Hauptmann …«

»Später schickt ihr ein Kommando, um den Schaden zu beheben«, unterbrach Alexius ihn. »Geht jetzt.«

Die vier Männer salutierten steif und zogen sich zurück. Catrina sah ihnen nicht nach, sie hörte nur am Schlagen der Haustür, dass die Soldaten gegangen waren. Sie starrte Alexius an, die Wangen rußgeschwärzt, die Augen wund vom beißenden Rauch.

»Warum habt Ihr ihnen das gesagt, Römer?«, fragte sie hitzig. »Ich meine, dass ich die ganze Nacht bei Euch war?«

Er war schon damit beschäftigt, das schwere Schwert zu gurten. »Liegt das nicht auf der Hand? Wenn ich das nicht gesagt hätte, wärst du jetzt schon draußen, und sie würden dich als Hexe lynchen. Du hast ein Gespür für gefährliche Situationen, Catrina. Zuerst erwischen wir dich vor dem Adler der Legion, dann wirst du bei einem Feuer entdeckt, das den Kommandanten und sein Haus vernichten konnte.«

Sie spürte, wie die Farbe aus ihrem Gesicht wich. »Ich wünschte, ich hätte es brennen lassen!«, stieß sie hervor.

Alexius sah sie aus verengten Augen an. »Wieso hast du das Feuer vor jedem anderen bemerkt?«

Sie schaute hilflos zu ihm hoch. »Manchmal träume ich. Dann sehe ich Dinge, die sich als wahr erweisen.«

Er sah sie mit seinen stählernen blauen Augen an. Sein Blick ließ ihre Knie schwach werden. »Wenn du das Feuer nicht gelegt hast, wer war es dann?«

Sie spürte, wie die Angst sich um ihr Herz schloss, denn sie glaubte, die Antwort zu kennen. Aber sie sagte: »Woher soll ich das wissen, Römer? Es muss ein Unglück gewesen sein.«

Er wies auf die Ölspur vom vergitterten Fenster über die Wand zum Boden. »Es war kein Unglück, und ich glaube, du weißt das. Nimm einen Umhang, meine kleine Wilde. Es ist fast hell – Zeit für den ersten Appell. Von nun an bleibst du immer in meiner Nähe. Vielleicht schaffen wir es dann, dich aus den Schwierigkeiten herauszuhalten.«

»Ihr haltet mich immer noch wie eine Gefangene?«, fragte sie wütend.

»Sagen wir eher, du bist eine Geisel, keine Gefangene.«

Catrina zitterte vor Furcht, Erschöpfung und Wut.

Sie warf die Haare aus dem Gesicht und spürte die Tränen der Ohnmacht rinnen.

Warum hatte sie das Leben dieses Mannes gerettet, der ihr Feind war? Sie erinnerte sich, wie übel ihr gewesen war, als ihr bewusst geworden war, dass jemand versucht hatte, ihn zu töten.

Dreizehntes Kapitel

Catrina fühlte sich benommen von der Hitze, als sie an Alexius' Seite stand und hinunter auf den riesigen sandigen Exerzierplatz der Legion schaute. Die Sonne schien gleißend hell auf die Reihen der Soldaten mit ihren Fahnen, Rüstungen und gehobenen Schwertern. Kavallerieflügel flankierten die Infanterie, und die Pferde stampften unruhig. Ihre Nüstern waren schaumbefleckt. Sie scheuerten sich am Zaumzeug. Immer wieder bliesen die Trompeten, und die gebellten Kommandos hallten im weiten Rund des Platzes wider. Bei jedem Befehl ging ein Ruck durch die makellos ausgerichteten Legionäre.

Eine Kohorte gallischer Ersatztruppen bereitete sich vor, die Festung zu verlassen, um den Dienst in einer der trostlosen Garnisonen am nördlichen Wall anzutreten. Sie wurde mit dem feierlichen Pomp verabschiedet, den man in Rom so sehr liebte.

Alexius beobachtete die Szene vom Turm aus, der neben der *principia* errichtet worden war. Vor vielen Jahren war ein Aussichtsplattform auf halber Höhe des Turms gebaut worden, damit der Kommandant aus idealem Blickwinkel die Parade abnehmen konnte.

Neben ihm auf der hohen Plattform stand Catrina, seine Geisel. Sie hatte sich so sehr gesträubt, mit ihm zu gehen, dass er eine Kette um ihr Handgelenk gelegt hatte, das andere Ende der Kette war mit seinem Schwertgürtel verbunden.

Unter den Soldaten hatte der Anblick ihres Kommandanten, der in voller Rüstung, einschließlich des Helms, die Parade abnahm, begleitet von seiner blonden Gefangenen, für einige Unruhe gesorgt. Catrina spürte die neugierigen Blick auf sich gerichtet und schlug voller Scham die Augen nieder.

Sie und Alexius standen isoliert auf dieser Plattform. Hinter ihnen führte eine geschlossene Tür zum Turm hinauf, während sie von drei Seiten von einer hüfthohen Steinmauer umgeben waren. Catrina blickte hinunter auf den Exerzierplatz, fasziniert und entsetzt zugleich über die marschierenden Reihen der Legionäre, die vor dem Adler und vor dem Kommandanten salutierten.

Kein Wunder, dass ihre Leute überrannt worden waren, dachte Catrina. Der Staub, den die paradierenden Pferde aufwirbelten, scheuerte in ihrer Kehle. Die Sonne, die sich auf den glänzenden Rüstungen brach, blendete sie. Sie suchte Schatten und ließ sich hinter der Mauer auf die Knie nieder. Sie presste eine Wange gegen die kühlen Steine. Wegen der Kette konnte sie sich nicht weit weg von Alexius bewegen.

Alexius, der gehasste, arrogante Alexius. Sie hatte sein Leben gerettet – aber warum, wo sie doch gekommen war, ihn zu töten? Sie sah sich auf der kleinen Plattform um, die im Augenblick ihr Gefängnis war, und wusste, dass es töricht war, überhaupt an Flucht zu denken.

Alexius zog kurz an der Kette, die sie mit ihm verband. Leise sagte er: »Vorsichtig, Catrina. Schlag dir alle Gedanken an irgendeinen Unsinn aus dem Kopf.«

Sie warf die Haare aus dem Gesicht und blickte zu ihm hoch, aber seine Augen waren unentwegt auf den Exerzierplatz gerichtet. Er hatte die rechte Hand erhoben, um das Salutieren seiner Soldaten zu erwidern.

Plötzlich begann es in Catrina zu kochen. Wie konnte er es wagen, sie anzuketten wie eine Verbrecherin? Und sie in aller Öffentlichkeit als seine Barbarengeisel bloßzustellen?

Rebellion blitzte in ihren grünen Augen auf, während sie den groß aufgerichteten mächtigen Mann von unten betrachtete. Schlag dir jeden Unsinn aus dem Kopf, hatte er gesagt. Nun, es gab die eine oder andere Möglichkeit, dem hochnäsigen Kommandanten Alexius ein wenig Ungemach zu bereiten.

Sehr schnell, noch bevor er ahnen konnte, was sie vorhatte, fuhr sie an seinen bronzenen Beinschienen hoch, die seine Unterschenkel umhüllten, und fuhr mit beiden Händen über die behaarten, muskulösen Oberschenkel hoch. Unter den dicken Lederstreifen, die den Rock der Tunika bildeten, trug er ein weiches Leinenhemd. Sie hörte, wie er zischend die Luft anhielt, als sie ihre Hand höher schob und fand, was sie suchte, das lange fleischige Glied seiner nackten Männlichkeit, das wie seidige Haut an der Innenseite des Schenkels lag.

Sie spürte, wie sein ganzer Körper sich versteifte, während ein sinnlicher Ruck durch Catrina ging. Es hieß nicht umsonst, dass der größte Reiz von Verbotenem ausging.

»Bist du verrückt geworden, Catrina?«, zischte er. Er hatte den Arm noch immer zum Gruß erhoben. »Was, um Hades willen, tust du da?«

Ihre Hand hatte begonnen, den Penis sanft zu streicheln. Ihre Augen funkelten. »Kümmert Euch nicht um mich, mein Herr Alexius«, raunte sie, »das ist nur meine Barbarenart. Ich meine, wenn ich Euch schon überall begleiten muss, dann will ich auch ein wenig Abwechslung erleben.«

»Bei Mithras …«

Sie blickte flüchtig zu ihm hoch und sah, dass sein Gesicht rot vor Ärger war. Aber er konnte nichts, aber auch gar nichts dagegen unternehmen, denn obwohl die kniende Catrina den Blicken vom Exerzierplatz hinter der hüfthohen Mauer verborgen blieb, war Alexius der Fokus der Parade und von Kopf bis Bauchnabel sichtbar.

»Catrina«, sagte er durch aufeinander gebissene Zähne, »benimm dich, sonst …«

»Sonst was, Alexius?« Demütig schaute sie zu ihm

auf. Plötzlich gefiel ihr dieses Spiel. »Werdet Ihr mich züchtigen? Das würde Euch Spaß bereiten, was? Eure Männer da unten würden das auch genießen. Oh, es würde ihnen bestimmt großen Spaß bereiten, wenn sie wüssten, was hier oben gerade geschieht.«

Sie streichelte wieder mit beiden Händen über die Innenseiten seiner Schenkel. Sie spürte, wie er die Muskeln zusammenzog. Oh, ja, das war das reinste Vergnügen für sie. Sie liebte die harten Muskeln unter der behaarten Haut, liebte das Gefühl seiner Ohnmacht.

Zaghaft und doch verwundert über ihre Keckheit schob sie das Gesicht zwischen die Lederstreifen seiner Tunika und drückte die warmen, feuchten Lippen auf seine gespannten Schenkel. Sie hörte ihn leise stöhnen. Eine Hand tastete sich wieder zu seinem Phallus vor.

Er hatte sich prächtig entwickelt. Während sie ihn mit den Fingern streichelte, konnte sie fast spüren, wie das Blut in die harte Länge rauschte. Sie erinnerte sich daran, wie wunderbar diese Waffe sie in der vergangenen Nacht verwöhnt hatte, und plötzlich wurde sie vor Sehnsucht fast überwältigt.

Ihr Körper prickelte und pochte vor Lust. Die Legion auf dem staubigen Exerzierplatz schien eine Welt weit weg zu sein, das Geräusch der stampfenden Stiefel und der paradierenden Pferde nicht mehr als eine Täuschung der Sinne. Sie hielt seinen Penis umfasst und rieb ihre kleinen Brüste gegen seine harten Oberschenkel.

Ihre Warzen versteiften sich unter dem dünnen Leinen ihrer Tunika. In ihrem Bauch wurde das Pochen der Lust immer stärker, es breitete sich aus und konzentrierte sich in ihrem Schoß, im Dreieck ihrer Schenkel, wo die Labien anschwollen und feucht wurden und ihre eigene Geilheit verrieten.

Konzentriere dich, Catrina, redete sie sich selbst zu.

Konzentriere dich darauf, deinen Feind zu demütigen! Alexius' Schaft hatte sich bis zum Äußersten gespannt, während ihre zierlichen Finger streichelten, kosten und leicht massierten. Sie fuhr mit der Hand über die ganze Länge und spürte verwundert die Kraft, die von dem zuckenden Phallus ausging. Sie legte eine Hand unter die warmen Hoden und wiegte sie leicht.

Sie hörte ihn wieder laut die Luft einsaugen. Sein Körper verkrampfte sich. Er hatte den Kampf gegen seine Erregung längst verloren.

Catrina verstärkte den Druck ihrer Hand auf dem knochenharten Penis und rieb die Hand auf und ab. Sie fühlte die leicht gewölbten Adern, in denen das Blut pulsierte, und die samtene Glätte der geschwollenen Spitze. Der Schaft ruckte und zuckte wie ein gefangener Vogel in ihrer Hand. Sie schloss die Augen und atmete seinen männlichen Geruch ein. Sie rieb noch ein wenig härter.

Er fuhr mit seiner freien Hand durch ihre zerzausten Haare. »Catrina, bei Jupiter ...«

Sie zog sich ein wenig mit dem Oberkörper zurück, damit sie ihn ansehen konnte, während ihre Finger weiter den starren Schaft rieben, der ungeduldig gegen ihre Hand zuckte. Sie erinnerte sich an die Manipulationen der Stammesfrauen, wenn sie ihre Männer bei den Ritualen verwöhnten, und fuhr mit den Fingern von den Testikeln durch die Kerbe bis zu der geheimnisvollen Stelle zwischen den Backen.

Unschuldig fragte sie: »Ja, Alexius? Willst du immer noch, dass ich aufhöre?«

»Catrina, du Hexe! Die ganze Legion kann uns sehen!«

»Uns nicht, Alexius«, gab sie mit süßer Stimme zurück und streichelte über die geheime Stelle. »Dich sehen sie, mich nicht. Ich dachte, weil ich nur eine unkultivierte gefangene Barbarin bin, hättest du überhaupt kein Problem damit, mir zu widerstehen.« Sie lehnte sich wieder vor, drückte das Gesicht zwischen seine Schenkel und flüsterte: »Sexuelles Verlangen ist eine fatale Schwäche, erinnerst du dich?« Behutsam umkreiste sie die pralle Eichel des dicken Penis mit der Zunge.

Der Schaft zuckte zwischen ihren vollen Lippen. Catrina hob den Kopf und schaute verwegen hoch. »Soll ich immer noch aufhören, Römer?«

Sie sah, wie sein Gesicht ganz dunkel wurde. Am Klang der trappelnden Hufe und der rasselnden Rüstungen hörte Catrina, dass die Kavallerie vorbeizog. Die Trompeten schmetterten, und wieder musste Alexius salutieren.

»Kleines wildes Mädchen«, raunte er zwischen knirschenden Zähnen. »Wenn du jetzt aufhörst, werde ich selbst deine Bestrafung übernehmen.«

Catrina spürte, wie das fiebrige Blut durch ihre Adern pulsierte. Sie formte ihren Mund zu einem Kreis, was sie oft genug bei den Frauen ihres Stammes gesehen hatte, wenn sie ihren Männern Vergnügen bereiten wollten. Ihr Herz schlug wie rasend, als sie ihre feuchten Lippen langsam über den pochenden Schaft schob.

Er schmeckte warm, männlich, gut. Ihr Körper wurde von Schauern erfasst, als sie den kräftigen Schaft tief einsog. Ihre Brüste schwollen an, ihre Nippel drückten gegen den dünnen Stoff der Tunika. Sie sehnten sich nach seinen kühlen Händen. Die feuchten Labien zogen sich schmerzlich zusammen. Sie wünschte, es wäre ihre lechzende Vagina, die seinen stolzen Penis aufnähme.

Sie saugte und zupfte mit der Zunge und begriff, dass der mächtige Mann, Kommandant der Legion, ihr ausgeliefert war. Diese Erkenntnis erfüllte sie mit Entzücken. Sie ging mit dem Kopf vor und zurück und füllte ihren Mund mit seiner Härte. Die Eichel stieß gegen ihren Gaumen, und immer noch gab es ein ganzes Stück des Schafts, das sie nicht aufnehmen konnte. Sie legte eine Hand um das letzte Stück des Penis und rieb die Hand auf und ab, während sie mit der anderen Hand seinen Hodensack drückte.

Alexius stieß die Lenden vor. Mit rhythmischem Rucken versuchte er, sich tiefer in den Mund zu treiben. Er erschauerte, als Catrina die Zunge um seine Eichel wischte.

Sie spürte sein Erschauern. Mit der freien Hand griff er an die Brüstung der Plattform, als es in ihm zu brodeln begann. Unkontrolliert stieß er zu, bis er sich in ihrem Mund ergoss, heftig, heiß und viel mehr, als Catrina geglaubt hatte. Sie schluckte hungrig und rieb ihre Brüste wieder gegen seine Schenkel, während sie leckte und saugte, was er hergab.

Endlich war er leer. Benommen von der eigenen Dreistigkeit wich Catrina zurück und wusste, dass er sie nun beschimpfen würde.

Er fuhr mit einer Hand durch ihre Haare. Sie schaute zu ihm hoch. Ihre Blicke trafen sich.

»Dafür, meine Liebe, wirst du büßen«, sagte er gepresst. Er zog an der Kette, als wollte er ihr in Erinnerung rufen, dass sie seine Gefangene war.

Catrina schluckte schwer, und wieder liefen Schauer der Erregung durch ihren Körper, ausgelöst von seinem dunklen Versprechen.

Den ganzen Tag lang war Catrina der schweigende Schatten von Alexius, unerbittlich durch die Kette an ihn gefesselt. Vieles aus seiner Welt war ihr fremd. Sie hatte auch nicht geahnt, dass eine so hohe Verantwortung auf den Schultern des Kommandanten der Adler lag; sie war davon ausgegangen, dass er ein leichtes Leben führte, wenn er nicht gerade im Krieg war.

Aber auch der Alltag war schwierig genug, denn es

galt, fünftausend Legionäre und die dazu gehörigen Helfer, Diener und Sklaven in Zucht und Ordnung zu halten. Die meiste Zeit des Tages verbrachte Alexius in Besprechungen mit streng blickenden Beamten, wenn es um Vorräte, neue Lieferungen und eventuelle Truppenbewegungen ging. Sekretäre hielten alle Entscheidungen fest und fuhren mit ihren kratzenden Federn über trockenes Pergament.

Zum Mittag gab es ein paar kalte Speisen, danach ritt Alexius hinunter zum Fluss, wo das Ufer befestigt wurde, um die Stadt vor Überschwemmungen zu bewahren. Catrina ritt auf einem Pony neben ihm. Er hatte ihr die Kette abgenommen, aber sie blieb an seiner Seite, eingeschüchtert durch die langen Hallen entlang des Ufers und vom geschäftigen Treiben. Unzählige Schiffe legten im Hafen an und löschten ihre Ladung. Öl, Wein und Luxusgüter aus dem Süden.

Auch wenn jemand es seltsam fand, dass Alexius von einer stummen blonden Frau eines britannischen Stammes begleitet wurde, so traute sich doch niemand, die Verwunderung laut zu äußern. Nur ein Beamter mit hagerem Gesicht und verschlagenen Augen, begleitet von drei schweren Wolfshunden und einigen Soldaten, die Jagdwaffen trugen, ritt zu Alexius, als er den Schutzwall besichtigte.

»Eh, Hauptmann. Seid Ihr so verknallt in Eure derzeitige Konkubine, dass Ihr sie mit Euch schleppt?«

Alexius verzog keine Miene. Seine Stimme klang wie Eis, als er antwortete: »Sie ist keine Konkubine, sondern eine Geisel.«

»Habt Ihr Angst um Eure Sicherheit, Alexius?«, höhnte der hohe Beamte. »Ihr wähnt schon ein britannisches Messer zwischen Euren Rippen, was?«

»Es ist die Sicherheit des Mädchens, an die ich denke, nicht an meine eigene«, entgegnete Alexius ruhig. »Viel Spaß beim Jagen, Tribun Drusus.«

Drusus schnaufte verächtlich und ritt weiter auf

dem gepflasterten Weg in den Wald, wo es genug Wild zu jagen gab. Catrina hatte der kurzen Unterhaltung mit sonderbarem Unbehagen zugehört. Wieso hatte Alexius behauptet, er sei um ihre Sicherheit besorgt? Wer stellte denn eine mögliche Bedrohung dar – abgesehen von ihrem Feind, Alexius selbst?

Verwundert war sie auch darüber, dass der Beamte offenbar einen höheren Rang bekleidete als Alexius, obwohl der nicht zum Heer zu gehören schien. Das verächtliche Schnaufen des Tribuns jagte ihr Angst ein, und unwillkürlich lenkte sie ihr Pony näher an Alexius' Pferd heran.

Sie zuckte zusammen, als er sie anschaute und fragte: »He, meine kleine Wilde, fühlst du dich bei mir sicherer?«

Ihre Augen funkelten. »Ihr macht Euch was vor, Römer!« Rasch zog sie an den Zügeln und lenkte das Pony weg von ihm. Aber der befremdende Eindruck, dass Alexius sie beschützte, blieb bei ihr.

Schließlich, als die Schatten des späten Nachmittags übergingen in die Dämmerung, ritten sie zurück durch die hohen bewachten Tore der Festung und weiter zur *principia.* Nach dem langen Tag, den sie ihm auf dem Pony gefolgt war, fühlte Catrina sich erschöpft, und alle ihre Glieder schmerzten. Sie wäre lieber gestorben, als Alexius ihren Zustand zu offenbaren, aber er musste etwas bemerkt haben, denn als sie vom Pony glitt, fing er sie in seinen Armen auf, sah sie nachdenklich an und sagte: »Kleine, du siehst bleich vor Erschöpfung aus. Ich glaube, ich weiß, was du brauchst.«

Sie wehrte sich gegen ihn, dabei konnte sie sich nichts Schöneres vorstellen, als in seine Arme zu sinken. »Ich brauche meine Freiheit, Römer. Lasst Ihr mich gehen?«

Er lachte leise. »Oh, nein. Noch nicht. Wir haben noch einige Rechnungen offen, glaube ich. Aber zuerst möchte ich dir etwas aus Rom zeigen, das dir bestimmt gefallen wird.«

Neugierig folgte sie ihm durch den Säulengang der principia, dann zu einer schmalen Treppe, die zu einem länglichen, ebenerdigen Steinhaus führte. Alexius öffnete die Tür und winkte sie hinein.

Zuerst bemerkte sie, dass hier ein anderes Licht herrschte. Die Abendsonne ergoss sich durch die hohen Fenster, aber es sah aus, als tanzten die einzelnen Strahlen wie ein Irrlicht. Erst danach begriff sie die Ursache. In der Mitte des großen Raums mit dem hohen Gewölbe befand sich ein Bad, ein dunkelblaues Becken mit reinem Wasser. Leichte Wellen glitzerten und tänzelten, als ob eine Meeresbrise sie streichelte.

Ängstlich drehte sie sich nach Alexius um, denn beim Anblick des seltsamen Hauses spukten ihr sofort die dunklen Geschichten herum, die von den Alten ihres Stammes erzählt wurden. Da war von rituellem Ertränken die Rede, von Opfern, die man dem Wassergott darbrachte. Man hielt das Opfer so lange unter Wasser, bis der Wassergott den strampelnden Menschen angenommen hatte. Sie erinnerte sich auch wieder an das dunkle Rauschen der Flut, als der wild gewordene Fluss ihr Zuhause und ihre Familie fortgeschwemmt und ihr Gedächtnis ausgelöscht hatte.

Alexius fragte besorgt: »Was ist los, Catrina? Was bedrückt dich?«

Sie fuhr sich mit einer Hand über die Augen und spürte die Pein des Verlusts, der in ihr wieder lebendig wurde. Leise antwortete sie: »Ich habe mal eine Flut erlebt. Sie hat meine Familie und mein Zuhause zerstört.«

Seine Hände griffen fester um ihre Arme. »Wo ist das geschehen? Und wann?«

Sie schüttelte den Kopf, überwältigt von den

schmerzlichen Erinnerungen. »Es ist schon lange her. Ich war noch ein Kind. Die Flut hat mich auch mitgerissen und mich gegen einen Felsen geschleudert. Ich muss mit dem Kopf gegen den Fels geschlagen sein, und dabei ist mein Gedächtnis ausgelöscht worden.« Wie abwesend fuhr sie mit einer Fingerkuppe über die kleine pfeilartige Narbe an ihrer Schläfe.

Alexius sah die Narbe und wurde plötzlich ganz ergriffen. Nach langem Schweigen murmelte er leise: »Und du erinnerst dich nicht an dein früheres Leben, Catrina?«

»Nein, an nichts mehr. Aber es gibt Dinge, die mich an das Unglück erinnern.« Sie wies mit dem Kopf zum Wasser. »Es sieht so tief aus, so gefährlich.«

Alexius erklärte: »Das Becken ist zum Baden gebaut worden. An der tiefsten Stelle wird dir das Wasser höchstens bis zur Schulter reichen.«

Sie versuchte ein schwaches Lächeln. »Es ist nicht die Heimat eines Wassergeistes? Bei uns sind alle Gewässer, ob Bäche oder Teiche, von einem Geist bewohnt.«

»Nein, hier gibt es keinen Geist«, versicherte Alexius ihr. »Und das Wasser ist klar und sauber. Du hast wirklich nichts zu befürchten.«

»Dann ... dann ist es nicht meine Bestrafung?«

Seine Lippen zuckten. »Bestrafung? Warum sollte ich dich bestrafen, Catrina?«

Sie errötete, aber dann hob sie trotzig den Blick. »Wegen dem, was ich heute Morgen getan habe.«

»Ah, ja. Nun, Bestrafung ist dafür das falsche Wort. Vielleicht werde ich dafür sorgen, dass du Buße tust.« Seine Augen schienen einen Moment lang zu tanzen. Sie waren so blau wie das Wasser im Becken. »Ich muss meine Rüstung ablegen und in Sicherheit bringen. In der Zwischenzeit kannst du dich ausziehen und ins Becken steigen. Niemand wird dich stören.«

Er drehte sich um und ging. Catrina war immer

noch verstört, aber er hatte lieb und verständnisvoll mit ihr gesprochen, und das hatte ihr Herz geöffnet. Vergiss nicht, dass er dein Feind ist, rief sie sich in Erinnerung. Das wird er ewig bleiben, dachte sie und empfand eine große Traurigkeit.

Sie sah zum Becken. Sie zögerte noch voller Scheu, obwohl sie allein war. Dann nahm sie einen tiefen Atemzug, hob die Tunika über den Kopf, öffnete die Schuhe und ging mit den nackten Füßen über den kühlen Marmor, bis sie den Beckenrand erreicht hatte. Bevor sie Zeit hatte, über ihre Ängste nachzudenken, stieg sie die breiten Stufen hinunter ins Becken.

Verblüfft stellte sie fest, dass das Wasser warm war. Sanft und zärtlich umfing sie das klare Nass, das ihren Körper zu kosen schien. An einer Seite des Beckens gab es eine breite Bank, auf der sie sitzen konnte, während das Wasser bis an ihr Kinn schwappte. Sie lehnte sich seufzend zurück, schloss die Augen und tauchte ihre Haare unter Wasser.

Ihre Beine glitten langsam auseinander; ihr Gewicht wurde vom Wasser getragen. Sie stieß einen leisen Überraschungsschrei aus, als sie spürte, wie das Wasser zwischen die Labien drang und ihre geheime Stelle koste. Sie fuhr mit gespreizten Fingern über ihre Brüste und seufzte leise.

Das Wasser erinnerte sie daran, dass sie sich immer noch nach Alexius' verbotenen Berührungen sehnte, nach seinen Händen, seinem Mund. Sie erinnerte sich an seinen kräftigen Phallus, den sie am Morgen zwischen ihren Lippen gespürt hatte, und in ihrem Schoß pulsierte es vor hungrigem Verlangen. Mit einer Hand strich sie über ihren Venusberg, um den Schmerz der Sehnsucht zu stillen.

Alexius, ihr Feind …

Plötzlich wurde die Stille unterbrochen von einem lauten Platschen, das rasche Wellen auf sie zutrieb. Wasser spritzte ihr ins Gesicht. Sie sprang von der

Bank auf und sah Alexius, der mit kräftigen Zügen zu ihr schwamm.

Instinktiv wollte sie ausweichen, aber irgendwo geriet sie ins Strudeln, was am ungewohnten Sog und am gefliesten Boden lag. Das Wasser schlug über ihr zusammen, aber im nächsten Moment hatte Alexius sie schon in den Armen und lachte. »Und jetzt, *mea mellita,* folgt meine Bestrafung, wie du es genannt hast.«

Er zog sie an sich und küsste sie. In diesem Moment wurden Catrina zwei Dinge bewusst.

Erstens, dass er nackt war. Als sein fester warmer Mund sich verführerisch auf ihren drückte, spürte sie seinen harten Körper, der sich an sie schmiegte.

Und zweitens sah sie, dass er ihr silbernes Amulett an einem Lederband um den Hals trug.

Ihre Sinne wirbelten durcheinander. Aber es blieb ihr keine Zeit, etwas zu sagen oder auch nur einen klaren Gedanken zu fassen, denn seine warmen Lippen hatten ihren schwachen Widerstand schon gebrochen. Seine kräftige, bewegliche Zunge nahm Besitz von ihr und erforschte ihre feuchte Mundhöhle, und dabei presste er sie hart an sich, so dass ihre schmerzenden Brüste sich an seinem harten Brustkorb rieben. Sie keuchte, als sie das kalte Metall des Amuletts auf ihrer Haut spürte. Ihre Nippel versteiften sich. Seine Hände glitten streichelnd über ihren Rücken und den Po und drückten sie fest an sich. Sie spürte, wie sein Penis gegen ihren Bauch drängte.

Sie schnappte nach Luft und versuchte zurückzuweichen. Aber er lachte nur, legte eine Hand auf ihre Brust und zwickte behutsam die Warze.

Sie hörte, wie das Stöhnen über ihre Lippen kam. Gleichzeitig glitten ihre Hände über die nassen, bronzefarbenen Muskeln seiner Schultern, denn schlang sie die Arme um seinen Nacken und zog sein Gesicht zu sich herunter. Die Leidenschaft ihres Küssens intensivierte sich noch, und ihre Zungen rangen in köstlicher Intimität miteinander.

Schließlich löste er sich von ihren geschwollenen Lippen.

»Geduld, *mea mellita«*, sagte er heiser. »Wir haben genug Zeit.«

Zärtlich hob er ihren nackten Körper in seine Arme und stieg aus dem Becken. Er trug sie in einen kleinen Raum, der von einer Öllampe beleuchtet wurde.

Nur am Rande ihres Bewusstseins nahm sie die exotischen Mosaike an den Wänden und an der Decke des Raums wahr. In einer Ecke befand sich eine Feuerstelle, in der die Holzkohle glomm, die eine wohlige Wärme abgab. An einer Wand waren frische Leintücher gestapelt. Alexius breitete eines davon auf dem Boden aus und legte Catrina liebevoll darauf. Dann nahm er ein anders Tuch und rieb sie damit trocken.

Hilflos blickte sie zu ihm hoch, während er arbeitete. Auf seinem vollkommenen Körper, einem Abbild von Männlichkeit, glitzerten noch Wassertropfen. Die dunklen seidigen Härchen lagen dicht auf der Haut und verliehen ihr einen schwarzen Schimmer. Die alten Kampfnarben unterstrichen nur noch die Männlichkeit seines Körpers.

Während er sie mit dem weichen Linnen trocken rubbelte, sah sie voller Verlangen, dass sein Penis immer noch aufrecht stand. Ohne Scham erhob er sich aus dem Nest dunkler Haare. Catrina wurde ganz schwach vor Gier.

Sie zwang sich, den Blick von seinem Schaft zu wenden und betrachtete die Gemälde an den Wänden. Sie stellten lüsterne Szenen dar. Gleich über ihr stieß ein farbenprächtiger Ziegengott in eine fleischige Römerin, deren draller Körper nur mit einigen durchsichtigen Schleiern verhüllt war. Catrina spürte, wie die Röte in ihre Wangen schoss, als sie den dunklen, dünnen Penis betrachtete, der aus den behaarten

Lenden des Mannes ragte und in den Schoß der willfährigen reifen Frau fuhr.

Der Künstler hatte besonderen Wert auf den Ausdruck der Gesichter gelegt. Es war ihm gelungen, das triumphierende Grinsen des Ziegenmannes bei der Arbeit ebenso einzufangen wie die Mischung aus Schock und Entzücken in den Zügen der Frau. Hinter dem Paar hatte der Künstler eine ebenfalls fast nackte Frau gemalt, die mit dem erigierten Penis eines anderen Ziegengotts spielte; sie rieb daran und hatte die stämmigen Schenkel gespreizt, offenbar zur Einverleibung des strammen Glieds bereit.

Alexius' Stimme drang in Catrinas Betrachtungen. »Die Bilder wurden von meinem Vorgänger in Auftrag gegeben, ich bin dafür nicht verantwortlich.«

Catrinas Röte vertiefte sich noch, weil er ihren Blicken gefolgt war. Sie räusperte sich und fragte: »Ist dieses Bad nur für Euch, A ... Alexius?« Sie hatte immer noch Mühe, seinen Namen auszusprechen.

Er lächelte. »Das ist das Badehaus des Kommandanten. Ein hoher militärischer Rang bringt auch seine Vorteile, Catrina.« Er erhob sich, nahm noch ein Leintuch und trocknete seinen eigenen Körper ab. Catrina setzte sich langsam auf, zog die Knie an und schlang ihre Arme um sie. Sie schaute zu ihm hoch, ihr Herz bewegt und gerührt. Ein hoher militärischer Rang brachte auch Gefahren mit sich.

»Alexius«, sagte sie leise, und wieder blieb ihr Blick auf dem silbernen Amulett haften, das auf seinem Brustkorb glänzte, »ich war es nicht, der das Feuer heute Morgen gelegt hat.«

Er hörte auf, durch seine kurzen Haare zu rubbeln. »Das freut mich zu hören, meine kleine Wilde. Aber vielleicht sollten wir das später besprechen.« Er blickte an sich hinunter auf seine zuckende Erektion. »Ich glaube, es gibt dringlichere Dinge, denen wir uns zuwenden sollten.«

Sie sah ihn fragend an, und mit weicher Stimme sagte er: »Ich begehre dich, meine kleine silberhaarige Barbarin, und ich glaube, dass du mich auch begehrst. Vergessen wir mal die Lügen und das Versteckspielen.«

»Unsere beiden Welten treffen sich«, murmelte sie leise.

Er nickte. »Unsere beiden Welten treffen sich.«

Dann ließ er sich neben sie auf dem Leintuch nieder. Sie blickte ihn ernst und mit großen Augen an, streckte die Arme aus und verlangte so sehr nach ihm, dass es schmerzte.

Zuerst küsste er ihre Brüste, er umkreiste die Nippel mit der Zunge und zupfte sie ganz zart mit den Zähnen, bis Catrina vor Entzücken leise wimmernde Laute von sich gab und mit den Händen über seine kurz geschorenen Haare strich.

Seine Hände glitten über ihre Hüften. Sie keuchte, als er behutsam ihre Schenkel spreizte. Die süßen Gefühle nahmen ihr den Atem, denn seine raue Zunge wischte über die geschwollenen Labien, teilte sie sanft und leckte langsam auf und ab, ehe sie leicht über die pochende Knospe ihrer Klitoris streichelte.

Ihre Säfte rannen heiß und üppig. Sie schlang ihre Beine um seinen Rücken und stieß ihm ihre glänzende Vulva entgegen. Seine Zunge drang tief in sie ein.

»Oh, Alexius«, keuchte sie, »bitte … Ich brauche dich jetzt.«

Er hob den Kopf und koste ihren gespannten Bauch mit der Zungenspitze, er leckte die winzige Delle ihres Nabels mit langsamen Streichen seiner Zunge. Wohlige Schauer der Lust durchliefen sie.

»Geduld, meine kleine Wilde. Je länger man darauf wartet, desto größer wird der Genuss.«

Seine Hände umfassten ihre Brüste wieder, und sie ruckte unruhig unter ihm herum. Sie spürte seinen wunderbaren Schaft, der gegen ihre Schenkel drückte.

Als ob er wüsste, wie sehr sie litt, schob Alexius seine Finger träge durch die feuchte Furche, wobei er darauf achtete, ihren Kitzler nicht zu berühren, auch wenn der nach seiner Berührung schrie und brannte.

Sie schlang die Beine fester um seinen Rücken und lechzte nach seiner harten Männlichkeit, die sich tief in ihr versenken sollte. Heiße Wellen gierigen Verlangens wälzten sich durch ihren Körper, während sie hilflos ihre Brüste drückte und rieb. Sie brauchte mehr als sein liebevolles Kosen.

Seine blauen Augen funkelten, als er sie anschaute und fragte: »Dir gefällt unsere römische Art?«

Mit ihrer vor Lust heiseren Stimme gab sie zurück: »Ist es die römische Art, mich so zu quälen, Römer?«

»Oh, nein.«

Lächelnd hob er sich ein wenig hoch. Er streckte eine Hand aus und griff nach einem kleinen Glas mit duftendem Körperöl. Er zog den Stöpsel und ließ den Inhalt in seine Hand tröpfeln.

Catrina sog den exotischen Duft des Öls ein, es duftete nach süßen Blüten, die sie bestimmt noch nicht gesehen hatte.

Zärtlich rieb er das Öl in ihre Brüste ein, und dabei massierte er das glitschige Fleisch, bis Catrina spürte, wie die Hitze ihre Haut kribbeln ließ. Alexius drückte kräftig ihre Nippel, bis sie glaubte, explodieren zu müssen.

Er legte sich zwischen ihre geöffneten Schenkel. Ihr Gesicht brannte vor Sehnsucht, als sie zusah, wie er seinen heiß pulsierenden Schaft mit dem Öl einrieb, bis er zu glühen schien. Sie erschauerte in Erwartung seines dicken Phallus und konnte es nicht länger ertragen, ihn zu vermissen.

Er setzte den zuckenden Penis zwischen die glitschigen Lippen, rieb lustvoll von unten nach oben, bis sich die geschwollenen Blütenblätter geöffnet hatten und die Eichel sanft umschlossen. Im nächsten

Moment glitt er in sie hinein, und sie fühlte sich wunderbar ausgefüllt.

Catrina stieß einen lauten Freudenschrei aus. Ihre Vulva wurde herrlich gestreckt. Instinktiv stemmte sie sich dem Schaft entgegen. Sie hob den Kopf, damit sie sehen konnte, wie der dicke Stamm des glänzenden Schafts immer tiefer in sie hineinstieß. Dieses Gefühl würde sie gern ihr ganzes Leben lang genießen. Es war großartig, wie sanft der harte Stab sie massierte, wie geschmeidig er sich anfühlte, wenn ihre inneren Muskeln ihn umarmten.

Er senkte sein Gesicht auf ihre Brüste, zog mit den Zähnen an den steifen Nippeln, während ein kräftiger Finger ihre Klitoris rieb. Catrina keuchte laut auf, sie verharrte und glaubte, sie würde bersten vor Lust. Im nächsten Moment begann sie die Hüften vor und zurück zu rucken.

Sein Phallus drang tiefer und härter in sie ein. Der anfängliche Schmerz verwandelte sich zu einem Quell unerschöpflicher Wonnen. Sie hielt seinen pumpenden Penis mit den inneren Muskeln umfangen, als hinge ihr Leben davon ab, und dann wurde sie von der puren Ekstase überrollt.

Sie grub ihre Finger in seine Schultern und zog tief gerötete Furchen in seinen Rücken. Sie schluchzte laut und spürte seinen Orgasmus, der ihn kräftig durchrüttelte, während der Schaft in ihr bebte. Er stieß noch einmal tief in sie hinein, und sie hielt ihn umfangen, als wollte sie ihn nie wieder loslassen.

Sie schmiegte sich an ihn und atmete seinen Geruch ein. Alexius, ihr Feind. Sie spürte das gestohlene Amulett kalt auf ihrer Brust.

Schläfrig streichelte er über ihre Wangen. Dann war er plötzlich wieder hellwach. »Catrina, du hast eben über das Feuer gesprochen.«

Sie versteifte sich und spürte ihr Herz rasen. Er fuhr fort: »Du bist sicher, dass du es nicht gelegt hast?«

Ihr wurde kalt. Kaum hörbar flüsterte sie: »Wie kannst du glauben, ich könnte es gelegt haben?«

Er wickelte eine Strähne ihrer blonden Haare um seinen Finger, aber sie wollte sich von seinem lässigen Verhalten nicht ablenken lassen. »Weil«, sagte er, »ich zuerst angenommen habe, dass du nach Eboracum gekommen wärst, um mich zu töten.« Er lächelte. »Albern, nicht wahr?«

Catrina war plötzlich übel. Wusste er Bescheid? Hatte er es von Anfang an gewusst?

»Hast du mich deshalb angekettet?«

Ein Finger streichelte über die Narbe auf ihrer Stirn. Er schien in die Ferne zu schauen, als er sagte: »Vielleicht. Weißt du, ich bin der Spiele zwischen uns überdrüssig. Ich glaube, ich will dich nicht mehr aus den Augen verlieren.« Er fuhr mit einer Hand über das Amulett an seinem Hals. »Ich habe gesehen, dass du es immer wieder anschaust. Gefällt es dir?«

Catrina schluckte hart. »Ich habe ein solches Amulett schon mal gesehen, das ist alles.«

»Das ist kaum verwunderlich«, gab er zurück, »denn es ist ein Abbild der Göttin Minerva. Solche Amulette werden von vielen wohlhabenden Römern als Glücksbringer getragen.«

Catrina sah ihn verdutzt an. »Aber nein«, rief sie dann, »es ist das Bild der Göttin meines Stammes. Das Bild zeigt unsere Göttin Brigantia.«

»Ich fürchte, du irrst dich«, sagte Alexius höflich und streichelte über die silberne Gravur. »Aber ich sehe, dass es dir gefällt, deshalb möchte ich es dir geben.« Er hob das Lederband über den Kopf und legte es ihr um.

Das kalte Silber brannte auf ihrer Haut. »Es passt zu dir, Catrina«, sagte er mit leuchtenden Augen. Er sah ihr in die Augen und fügte hinzu: »Aber du scheinst mein Geschenk nicht zu mögen. Warum magst du es nicht?«

Alexius hatte sie völlig übertölpelt. Sie wusste nicht, was sie sagen sollte. Spielte er wieder mit ihr?

»Kannst du das Amulett denn einfach weggeben?«, stammelte sie.

Er erhob sich und langte nach seiner frischen Kleidung, die er mitgebracht hatte. »Es ist eine Art Kriegsbeute«, sagte er leichthin. »Aber du kannst es behalten. Von nun an gehört es dir.«

Catrina empfand plötzlich große Angst um ihn und wusste nicht weshalb. Das Blut pochte heiß in ihren Adern. Ihre Nervenenden drohten zu zerreißen.

»Nein!«, rief sie, sprang auf, zog das Amulett über den Kopf und drückte es ihm wieder in die Hand. »Nein, ich will das nicht! Du musst es behalten!«

Er sah sie verdutzt an. Sie wandte ihm den Rücken zu und warf die Tunika über. Alexius legte sich das Amulett wieder um den Hals und wartete, bis Catrina sich angezogen hatte, dann folgte sie ihm hinaus.

Es war fast dunkel, trotz des flackernden Lichts der Fackeln, die in eisernen Wandhaltern steckten. Der Himmel blinkte wie ein dunkelblaues Zelt, von hellen Sternen durchdrungen. Die leichte Brise wehte kalt, und Catrina empfand den Kontrast besonders stark nach der Wärme im Badehaus.

Ein mit Körben beladener Zug, der von Mauleseln gezogen wurde, hielt auf die Lagerhäuser zu. Catrina und Alexius mussten warten, bis die Fuhrwerke vorüber gezogen waren. Wieder spürte Catrina die unerklärliche Angst.

Dann sah sie in das Gesicht eines Maultiertreibers unter der schmierigen roten Kapuze. Für einen Moment trafen sich ihre Blicke.

»Alexius!«, rief sie, »oh, Alexius!« Sie warf sich vor ihn, genau in dem Augenblick, als der Mann mit der roten Kapuze aufsprang. Er hatte ein Messer gezogen, mit dem er offenbar Alexius' Herz treffen wollte. Die kalte Klinge ritzte aber nur Catrinas Arm.

Alexius hatte schon sein Schwert gezogen, warf Catrina beiseite und stürmte mit der Erfahrung eines Soldaten auf den Feind zu. Dieser war bleich geworden, als ob alles Blut aus seinem Kopf gewichen wäre. Das Messer schepperte über den Boden. Die anderen Treiber, verdutzt von der Schnelligkeit des Geschehens, riefen aufgeregt durcheinander.

Alexius packte Catrinas Arm. Er wusste nicht, dass sie verletzt worden war. Er rüttelte sie. »Wie hast du das gewusst?« Er schüttelte ungläubig den Kopf. »Wie hast du gewusst, was er tun würde, noch bevor er es getan hatte?«

Catrina zitterte vor Angst und Schmerzen. Sie spürte die tiefe Röte in ihrem Gesicht. Das warme Blut rann den Arm hinunter, und ihre Zähne klapperten aufeinander, als sie mühsam herauspresste: »Das geschieht manchmal. Ich weiß einfach, dass eine Gefahr da ist. So war es auch mit dem Jungen und dem Fuhrwerk.«

»Ich glaube«, sagte er leise, »dass du mir nicht die ganze Wahrheit sagst.«

Sie war den Tränen nahe. Sie zog sich von ihm los, achtete nicht auf den verletzten Arm und zischte: »Was willst du, Römer? Hätte ich besser nichts sagen sollen? Hätte ich zulassen sollen, dass der Mann dich mit seinem Messer tötet?«

»Es wäre mir lieber«, gab er zwischen knirschenden Zähnen zurück, »wenn du mir alles erzählst.«

Trotzig hielt sie seinem Blick stand. »Warum sollte ich dir alles sagen, wenn du mein Feind bist?« Dann begann sie zu schwanken und wäre beinahe zu Boden gestürzt, aber Alexius fing sie rechtzeitig auf. Er glaubte, dass der Schock sie geschwächt hätte, und nahm sie auf seine Arme.

Sie sah ihn an und flüsterte: »Es war das Amulett, das uns gerettet hat. Mein Amulett.«

Die Soldaten hatten inzwischen vom Attentat gehört und stießen zu ihnen. Alexius berichtete dem

Ranghöchsten kurz, was geschehen war, dann trug er Catrina in die *principia*.

Sie lag benommen in seinen Armen und fühlte sich erschöpft und schwach. In diesen wenigen Augenblicken war ihr klar geworden, dass sie Alexius alles sagen musste. Falls er nicht schon längst alles wusste.

Ihr war schon vorher bewusst geworden, dass sie es nicht fertigbringen würde, ihm Leid anzutun. Aber ein anderer war offenbar wild entschlossen dazu. Das Feuer am Morgen und die Messerattacke vorhin ließen daran keinen Zweifel.

Sie würde es Alexius nie sagen können, aber sie hatte den Mann mit dem Messer erkannt. Es war Brant, einer aus Luads Gefolgschaft. Alexius hatte ihn offenbar nicht wiedererkannt, obwohl Brant ihn schon einmal in eine Falle gelockt hatte …

Catrina nahm an, dass Brant wahrscheinlich nicht allein in die Stadt gekommen war. Wer war sonst noch in die Festung eingedrungen, um Alexius und sie zu verfolgen? Wer hatte sonst noch gesehen, wie sie Alexius gerettet hatte, statt ihn selbst mit dem Messer zu töten?

Sie sah wieder in das Gesicht des Römers, während er sie in die *principia* trug. Sie konnte seinen regelmäßigen Herzschlag spüren, als er sie gegen seinen Brustkorb drückte. Wenn sie nicht dagewesen wäre, hätte Alexius sterben müssen.

Ihr wurde übel. Die Wunde an ihrem Arm klopfte und brannte. Ihr fiel ein, dass die Krieger des Stammes ihre Messerspitzen mit einem Gift bestrichen, bevor sie in den Kampf zogen.

»Alexius …«, hauchte sie, ihr Mund so trocken, dass sie kaum noch sprechen konnte. »Alexius …«

Aber die Schatten kamen näher. Sie schloss die Augen und fiel in seinen Armen in Ohnmacht.

Alexius, der immer noch nicht wusste, dass sie verletzt worden war, sah in ihr zierliches Gesicht, sah die geschlossenen Lider, die von winzigen blauen Adern durchzogen wurden. Natürlich hatte er mit seiner Vermutung Recht behalten. Catrina war das Mädchen aus dem Wald. Die kleine Narbe an der Schläfe war der erste Hinweis gewesen.

Aber warum war sie hier? Seine Brauen hoben sich.

Plötzlich bemerkte er das helle Blut, das ihren Ärmel färbte, und er rief laut nach Hilfe.

Vierzehntes Kapitel

Zwei Nächte später hatte Julia für eine besondere Unterhaltung gesorgt. Wie sie gehofft hatte, war der Abend warm und der Himmel sternenübersät. Ihr großer Innenhof duftete nach den Blumen des Sommers. Von irgendwo hinter den marmornen Kolonnaden war ganz schwach die sinnliche Musik von Leier und Zimbel zu hören. Lerche und Nachtigall streuten dunkelrote Rosenblätter auf den Hof, und Julia hatte sich auf der beleuchteten Terrasse auf die samtüberzogene Liege niedergelassen.

Drusus räkelte sich neben ihr auf der Liege. Er trank einen Schluck Wein und beobachtete die beiden syrischen Mädchen mit den nackten Brüsten. Seine Augen waren schmal vor Gier.

»Diese beiden«, sagte er zu Julia, »sind wirklich gut. Wirst du sie mir verkaufen? In Rom könnte ich mit den beiden ein Vermögen verdienen.«

»Meine beiden Vögelchen? Sie stehen nicht zum Verkauf an«, sagte Julia lächelnd. »Sie sind meine Freundinnen. Still jetzt, Drusus. Die Schau beginnt.«

Lerche und Nachtigall verdrückten sich rasch. Das harte Schlagen der Zimbeln war zu hören, und im nächsten Moment huschten mehrere spärlich bekleidete Frauen durch den Hof und hoben die frisch gestreuten Rosenblätter auf, als wenn sie in Trance wären.

»Wer sind diese Frauen?«, murmelte Drusus und schaute gebannt in den Hof.

Julia flüsterte zurück: »Siehst du die eine in der smaragdenen Seide? Sie spielt die Persephone. Sie ist die Ehefrau eines Magistrats. Er hat natürlich keine Ahnung, dass sie hier ist. Und ihre Freundin, die dunkelhaarige neben ihr, ist die Frau eines *decurion*. Alle

Frauen haben ein wenig zu tief ins Glas geschaut, wie du schon bemerkt haben wirst.«

Drusus lachte. »Deine Erfahrungen auf der Bühne in Rom kommen dir hier zugute, Julia.«

»Deshalb haben mich die Frauen gebeten, dieses kleine Theaterstück zu inszenieren.« Sie grinste Drusus an. »Natürlich unter der strikten Auflage, dass ihre Identität nicht bekannt wird. Ich kann mich doch darauf verlassen, dass du Stillschweigen bewahrst?«

»Natürlich.«

Julia nickte und fuhr fort: »Wie du weißt, hat Alexius meine Feste verboten. Aber von Theatervorführungen hat er nichts gesagt.« Die Zimbeln wurden wieder geschlagen. Julia senkte die Stimme und sagte im Verschwörerton: »Pass genau auf. Der Gott der Unterwelt wird bald seinen Auftritt haben. Er wird sich die arme Persephone greifen und sie mit sich in sein dunkles Reich zerren. Dann fängt der Spaß erst richtig an.«

Drusus machte es sich auf der Liege gemütlich. Die unsichtbaren Musiker ließen ihre Klänge explodieren. In gespieltem Entsetzen liefen die Frauen kreuz und quer über den Hof, sie schlugen die Hände vors Gesicht und warfen ihre eingesammelten Blütenblätter weg, als dunkle, bedrohliche Schemen sich rasch im Mondlicht bewegten.

Die Schemen erwiesen sich als Männer, die ihre Positionen hinter den Säulen immer wieder veränderten; Männer mit Masken und Lendenschurzen und auf nackten Füßen. Einer von ihnen trug ein großartiges Löwenfell. Der Kopf der Bestie verdeckte fast das ganze Gesicht. Drusus hielt die Luft an.

»Das ist die Verkleidung des Adlerträgers! Bei Jupiter, wie hast du das denn geschafft? Ich dachte, Alexius hütet alles, was zum Adler gehört, wie seinen Augapfel.«

Julia lachte kurz auf. »Ich habe Felix bestochen,

Alexius' neuen *optio.* Ich meine, Alexius wird das Löwenfell diesen einen Abend bestimmt entbehren können, findest du nicht auch? Oder glaubst du, dass er sich jede Nacht damit kleidet?«

»Vielleicht ist es das einzige Vergnügen, das er sich gönnt«, kicherte Drusus, aber dann korrigierte er sich. »Nein, das stimmt nicht. Er hält sich doch das kleine Barbarenmädchen.«

Es folgten ein paar Momente eisigen Schweigens. Dann fragte Julia heiser: »Was hast du gerade gesagt?«

»Oh, hast du noch nichts davon gehört? Die Gerüchte treffen zu, kann ich dir sagen. Unser Alexius hat keine Zeit vergeudet. Die beiden schlafen zusammen, seit er sie zu sich geholt hat. Ich weiß das von den Wachen. Offenbar ist sie bei einem kleinen Zwischenfall verletzt worden. Alexius hat sich ihrer angenommen. Es heißt, er sei ganz vernarrt in sie.«

Im schwachen Licht der flackernden Lampen war Julia blass geworden. Alexius und das Barbarenmädchen. Wie konnte er es wagen? Wie konnte er sich ihr verweigern und dann diese kleine Schlampe in sein Bett holen?

Ihre Hand griff um den Rücken der Liege, bis die Knöchel weiß hervortraten. Sie bemühte sich um Gelassenheit und wandte sich wieder dem Spektakel auf dem mondhellen Innenhof zu. Für den Augenblick verdrängte sie Alexius aus ihren Gedanken. Er sollte ihr diesen Abend nicht verderben.

Die stummen Männer huschten und wirbelten in primitiven Tanzbewegungen herum, während die Trommelschläge immer schneller und lauter erschollen. Die Frauen quietschten und kreischten und taten so, als wollten sie entkommen, aber in Wirklichkeit liefen sie den Männern in die Arme.

Julia lächelte. *Die Entführung der Persephone,* sehr populär in Rom, war eines ihrer Lieblingstücke. Die kräftigen schweigenden Männer fingen die Frauen mühelos ein und begannen mit der eigentlichen Unterhaltung des Abends. Julia seufzte lustvoll, als sie zusah, wie die maskierten Schauspieler die hauchdünnen Schleier von den Körpern der Frauen rissen und gierig die strotzenden Brüste kneteten. Julia presste ihre Schenkel zusammen und spürte den Nektar rinnen.

Drusus streckte einen Arm aus und zwickte ihre steifen Nippel, das Gesicht dunkelrot vor Gier. Bald hatten die Männer alle Frauen eingefangen. Die Männer trugen noch ihre Masken, hatten aber den Lendenschurz abgelegt und führten ruckende, stoßende Bewegungen aus, während die Opfer sich in ihren Umarmungen schmiegten.

Direkt vor Julia produzierte sich der Mann mit dem Löwenfell. Auch er hatte den Lendenschurz weggeworfen. Julia hatte ihm einen Extralohn dafür versprochen, dass er die Position direkt vor ihr einnahm, denn sie wollte die Szene genau verfolgen können.

Er hatte seine Frau gut gewählt; es war Medina, die Frau des Kaufmanns. Sie war atemlos von Wein und Erregung und fuhr mit den Fingern über die prallen Muskeln seiner Glieder, als könnte sie ihr Glück nicht glauben. Einmal im Jahr erlaubte sie sich diesen Ausflug von der Ehe. Ihr Mann, ein naiver Tölpel, wähnte sie bei einem harmlosen Essen unter Freundinnen.

Wenn er seine Frau jetzt sehen könnte, dachte Julia glucksend. Für den Kaufmann wäre es der Schock seines Lebens. Medina keuchte und kreischte erregt, als der Mann mit der Löwenmähne die dünnen Schleier von ihrem Leib riss und sie ungestüm griff. Wie von selbst drängte der erigierte Penis zwischen ihre willigen Schenkel.

Er wirbelte Medina vom Boden hoch, hielt sie an den Hüften fest, und sie schlang eifrig die Schenkel um seinen Rücken, während er sein massives Gerät tief in ihr versenkte. Sie kreischte lüstern über die erfolgreiche Pfählung und rieb ihre prallen Brüste gegen ihn, und dann wurde sie auch schon vom Orgasmus geschüttelt. Schamlos schrie sie ihre Erregung heraus.

Julia selbst bebte vor Verlangen, während sie die wollüstige Szene aus nächster Nähe beobachtete. Drusus ahnte ihre Gier und presste eine Hand zwischen ihre Schenkel. Die Finger rieben über ihr geschwollenes Geschlecht, aber sie wollte mehr, viel mehr. Mit glänzenden Augen starrte sie auf die anderen Szenen, die sich im Innenhof abspielten.

Die zimperliche Frau des Steuereintreibers kniete vor dem Mann, der Pluto darstellte, und delektierte sich an dessen stolzem Glied. Der Kopf der Frau ging vor und zurück, während ein anderer Mann hinter ihr kniete und ihre drallen Hüften packte. Er stieß einen triumphierenden Schrei aus, als er sie von hinten aufspießte. Es dauerte eine Weile, bis Pluto seinen Rhythmus wieder gefunden hatte, und dann dauerte es nur noch wenige Stöße, ehe er seinen Höhepunkt in den gierigen Mund der Frau pumpte.

Julia führte spontan einige Schluckbewegungen aus und wünschte, sie wäre an der Stelle der Frau. Bei Juno – sie war selbst ganz nah dran. Der dunkle süße Schmerz sammelte sich in ihrem Bauch. Sie rieb den Schoß gegen Drusus' forschende Hand und spürte das Prickeln in ihren Brüsten.

Die Musik spielte immer feuriger. Die Melodien klangen jetzt orientalisch. In den Schatten des Innenhofs gab es ein wildes Panorama schamlos kopulierender Frauen und Männer, und mittendrin musste Julia an Alexius denken. An Alexius und Catrina. Verdammt.

Drusus hatte seinen Penis freigelegt und lag jetzt hinter Julia. Sie keuchte schwer, als die pralle Eichel an ihre Pforte klopfte und behutsam in ihre Höhlung hineinstieß.

»Gut?«, flüsterte Drusus und knabberte an ihrem Hals.

»Gut, ja, oh, so gut«, hechelte sie. »Aber ich brauche mehr ... ja, du füllst mich so schön aus ...«

Sie spielte mit ihren Brüsten, zupfte an den steifen Nippeln und keuchte und ächzte, als der erfahrene Drusus sie mit langen Stößen bediente. Sie stemmte sich ihm entgegen, und dann war es um sie geschehen, sie schrie ihre Lust hinaus, während die Wogen des Orgasmus ihren Körper erfassten und schüttelten.

Nach einer längeren Erholungsphase verfolgte sie wieder das Geschehen im Hof. Pluto hatte sich bereits die zweite Frau genommen.

»Die Schau ist fast vorbei«, sagte Julia zu Drusus. »Pluto hat sich zwar schadlos gehalten, aber er wird Persephone trotzdem mit in sein Reich nehmen. Ich schätze, von den beiden werden wir danach nicht mehr viel sehen. Warte mal einen Moment, ich muss zu meinen Gästen gehen und sie fragen, welche Unterhaltung sie sich als nächste wünschen.«

Sie rauschte lächelnd von der geschützten Terrasse hinunter in den Hof. Unter den erschöpften Frauen entstand ein erwartungsvolles Schweigen. Die Männer waren verschwunden, sie waren Pluto und Persephone ins Dunkel gefolgt.

Julia klatschte in die Hände, und eine Schar stummer Diener schwebte in den Hof. Sie zündeten die Lampen wieder an und brachten neuen Wein und frische Happen von Honigkuchen. Die Abendluft im geschützten Innenhof war würzig und samten, der Mond schien hell, und eine Motte flatterte hilflos um eine bronzene Laterne. Die Frauen machten es sich auf niedrigen Liegen bequem, die auf der Terrasse um weinbeladene Tische standen, und sahen die Gastgeberin mit leuchtenden Augen erwartungsvoll an.

»Was kommt jetzt, Julia?«, fragte des Steuereintreibers Frau. Ihr rundes Gesicht war von den sexuellen Anstrengungen noch gerötet.

»Eine gute Frage«, murmelte Julia. »Ja, was sollen wir jetzt machen?«

»Wo ist dein Gladiator?«, rief jemand, und dieses Thema wurde willig aufgegriffen.

»Ja, der schöne Gladiator!«

»Er soll kämpfen! Wir wollen seinem Kampf zuschauen!«

Sie begannen Falcos Namen zu rufen, wie sie es in der römischen Arena gewohnt waren.

Warum nicht, dachte Julia.

Sie ging zu Phidias und sprach kurz mit ihm. Er nickte lächelnd, und Julia trat wieder auf den Hof und gemahnte die Freundinnen: »Habt etwas Geduld.«

Als die beiden Männer schließlich auf den Hof traten, hörte man die Seufzer der Frauen. Julia konnte das gut verstehen, denn sie selbst erregte sich auch am Anblick der beiden. Abgesehen von den offenen Sandalen und den engen ledernen Beuteln, die ihre Genitalien bedeckten, trugen sie nichts. Ihre schönen Körper waren sehr unterschiedlich. Phidias war stämmig und dunkel, und Falco war jung und zum Niederknien schön, ein goldener Halbgott. Ein Sklave, der den Mut hatte, ihr immer noch zu trotzen.

Beide Männer trugen Schwert und Schild, wie sie es ihnen befohlen hatte. Es handelte sich um stumpfe Holzschwerter, wie die Legionäre sie beim Exerzieren benutzten. Phidias trug seines voller Stolz und Einsatzbereitschaft. Grinsend salutierte er vor Julia. Aber Falco stand teilnahmslos da, das Schwert locker in der Hand, die grauen Augen dunkel.

Julia schritt langsam über den Hof und auf Falco zu. Verlangen nach diesem Körper stieg in ihr hoch. Sie wehrte sich gegen diese Gefühle, denn sie wollte die Kontrolle behalten. Kalt sagte sie: »Du wirst zu unserer Unterhaltung kämpfen, Sklave.«

»Herrin«, sagte er, »ich habe es Euch schon gesagt. Ich kämpfe nicht zur Unterhaltung.«

Julia ballte die Fäuste. »Ich glaube, du verstehst mich nicht, Sklave. Das war keine Bitte, das ist ein Befehl!«

Seine grauen Augen sahen sie leidenschaftslos an. Sie hasste es, dass er so lüsterne Gefühle in ihr auslösen konnte.

Ruhig gab er zurück: »Es tut mir wirklich Leid, dass Ihr Euch keine bessere Unterhaltung einfallen lasst, Herrin.«

Julias Augen blitzten wütend. Verdammt, sie würde es nicht zulassen, dass jemand sie belehren wollte. Mit hochrotem Kopf wandte sie sich an ihren Haussklaven.

»Phidias«, sagte sie scharf, »bringe ihn dazu, mit dir zu kämpfen.«

Phidias richtete sich in Drohgebärde vor Falco auf, aber der harrte gelassen auf seiner Stelle und wich keinen Deut zurück. Stolz und Sanftmut zugleich lagen in seinem Blick.

»Es tut mir Leid«, sagte er wieder, »aber ich kämpfe nicht.« Es hörte sich beinahe bedauernd an.

Julia zischte: »In der Arena setzen die Meister Stöcke und Peitschen ein, damit feige Gladiatoren zu kämpfen beginnen. Er gehört dir, Phidias!«

Die Frauen riefen und johlten von ihren Liegen aus, wie sie es in Rom gewohnt waren. Phidias spürte die Erregung der Zuschauerinnen, er stellte sich breitbeinig vor Falco hin, die dicken Fäuste in die Hüften gestemmt.

»Du bist ein mieser Feigling, nicht wahr, Gladiator? Hast du Angst, vor all diesen schönen Frauen eine Niederlage einzustecken?« Er fuhr mit einem Finger über Falcos glatt rasierte Wange und griff dann in die lange blonde Mähne. »Vielleicht sollten wir fortsetzen, wobei wir neulich unterbrochen worden sind. Wäre dir das lieber?« Seine schwieligen Hände fuhren langsam über Falcos Gesäßbacken. Er zupfte an dem schmalen Lederband, das die Backen teilte, dann ruckte er die Hüften vor und stieß mit seinem prallen Lederbeutel gegen die Genitalien des Sklaven.

Die Farbe wich aus Falcos Gesicht. Sein Kinn spannte sich. Phidias lachte und schürzte die Lippen, als wollte er ihn küssen. Er griff flink zum Lederbeutel, der Falcos Scham bedeckte.

Plötzlich zuckten Falcos Muskeln mit furchterregender Kraft, und dann schoss seine Faust hinaus und erwischte Phidias' Kinn. Mit einem überraschten Knurrlaut schwankte Phidias und ging zu Boden.

Falco schüttelte sich. Julia, die wie die anderen Frauen die Szene beobachtet hatte, bemerkte, wie Falco die Augen schloss. Sein Gesicht verzog sich wie bei einem heimlichen Schmerz, den man nicht zeigen will, während die Frauen vor Begeisterung mit den Füßen trampelten und johlten. Die Weingläser auf den niedrigen Tischen klirrten. Julia spürte Wellen der Erregung durch ihren Körper rasen.

Dieser Gladiator, der nicht kämpfen wollte, hatte also doch menschliche Züge. Es war das erste Mal, dass Falco sich bei einer Demütigung zur Wehr gesetzt hatte.

Sie trat vor. »Nun, mein süßer Gladiator«, sagte sie, »das war ziemlich ungezogen von dir. Ich fürchte, dafür muss ich dich bestrafen.« Sie drehte sich zu ihren Gästen um. »Es ist an der Zeit für ein neues Spiel, findet ihr nicht auch, meine Freundinnen? Wie wäre es mit *Achilles und die Töchter des Lycomades*? Das haben wir lange nicht mehr gespielt.«

Die Ehefrau des Steuereintreibers sprang ungeduldig auf. »Du meinst das Spiel, bei dem Lycomades' frivole Töchter den Achilles hindern, in den trojanischen Krieg zu ziehen? Oh, ja, und der Gladiator muss den Achilles spielen.«

Phidias kam vom Boden hoch und rieb sich das schmerzende Kinn. »Herrin«, sagte er verärgert, »ich spiele gewöhnlich den Achilles.«

Julia sah ihn verächtlich an. Phidias war zu sehr von sich eingenommen. Es wurde Zeit, ihm eine Lektion zu erteilen. »Nun, um so dringender brauchen wir mal einen Wechsel, findest du nicht auch?«

Er verbeugte sich kalt und verzog sich in die Schatten, aber vorher warf er dem reglos dastehenden Gladiator noch einen wütenden Blick zu.

»Heute Abend«, verkündete Julia, »wird Falco die Rolle des Achilles spielen.«

Sie sah, wie der Gladiator ruckartig den Kopf hob. Er starrte sie an, und sie sah den stummen Widerstand in seinem Blick. Er kennt die Geschichte, dachte sie verzückt, er wusste, was kam, aber er traute sich nicht zu protestieren, weil er wusste, dass es sinnlos war.

Ein Held, der sich selbst opfert, dachte Julia und als sie auf seinen fast nackten Körper schaute, besonders auf den ledernen Beutel, pulsierte das Blut schneller durch ihre Adern.

Nachdem sie das Zeichen für den Beginn des Spiels gegeben hatte, sah sie gefasst zu, wie die lüsternen, weinseligen Frauen ihn umschwärmten, ihn überwältigten und zu Boden rissen. Sie rieben ihn mit Öl ein, betasteten und massierten ihn, streiften den Lederbeutel ab, beugten sich über ihn und nahmen jeden Fingerbreit seines Körpers in Besitz – alles, nur nicht die Länge seines wunderbaren Schafts, der sich unter den geschickten Manipulationen der Frauen zur vollen Größe entwickelt hatte. Man sah dem Gladiator seine Unentschlossenheit an – er wollte sich wehren, aber er fürchtete sich davor, den Frauen Harm zuzufügen.

Seine Rücksicht wurde nicht belohnt. Die Frauen lachten und johlten, feuerten sich gegenseitig an. Je dicker der Schaft wurde, je ungezügelter er zuckte und je hungriger er nach ihnen zu schnappen schien, desto lauter und geiler wurden die Frauen.

Julia, die aus nächster Nähe alles verfolgte, wurde nass vom Verlangen. Sie leckte sich hungrig über die Lippen, als sie zusah, wie die Frauen ihr Opfer auf dem Boden hielten, Arme und Beine gespreizt, der zuckende Penis steil aufgerichtet. Es war, als suchte der lechzende Fleischesstab eine Öffnung, die er füllen und beglücken konnte.

Seine Waffe war wunderbar dick und lang, und die pralle Spitze sehnte sich nach samtenen Lippen. Julia zitterte vor Wollust und trat noch ein wenig näher an den Ort des Geschehens heran.

»Haltet ihn fest, dass er sich nicht bewegen kann, Töchter des Lycomades«, befahl sie mit heiserer Stimme. Dann ertrug sie es nicht mehr länger, sie hob die Röcke, trat breitbeinig über ihn und ließ sich langsam sinken.

Sie teilte die feuchten Labien, damit er das rosige Fleisch sah, das ihn gleich verschlucken würde, und nahm den unruhig zuckenden Schaft in die Hand. Behutsam ließ sie sich sinken, die Unterlippe in voller Konzentration zwischen den Zähnen. Ganz langsam ließ sie den Schaft eindringen.

Seufzend schloss sie die Augen. Es war die reinste Ekstase, diesen herrlichen Schaft in sich zu spüren. Wie er sie ausfüllte! Dunkle Wellen der Lust jagten durch ihren Körper. Sie konnte sich nur sanft auf ihm bewegen, damit sie die Berührungen voll auskosten konnte.

Plötzlich spürte sie ein versengendes Gefühl der Zärtlichkeit, das sie gründlich verwirrte. Mitten in der Glut ihrer Leidenschaft erkannte sie, dass Falco der Gladiator schön und stark und zuverlässig war – und nie und nimmer ein Feigling.

Sie schlug die Augen auf und wurde erneut von einer verwirrenden Gefühlswelle erfasst, als sie seinen hilflos verzweifelten Ausdruck sah, während die anderen Frauen seinen perfekten Körper streichelten, rieben und kosten. Sie raunten liederliche Dinge in seine Ohren.

Julia schüttelte über sich selbst den Kopf. Er war ein Nichts, ein gescheiterter Gladiator, der einer obskuren Sekte angehörte. Und doch wagte er, sich ihr zu widersetzen. Zähneknirschend erhöhte sie das Tempo ihrer Bewegungen. Sie spürte ihn zittern und flüsterte ihm zu: »Darauf hast du gewartet, nicht wahr, mein schöner Gladiator? Gefällt es dir, wie ich mich auf deinem Schaft bewege? Du glaubst, du kannst dich mir widersetzen, aber jetzt reite ich so lange auf dir, bis dein kräftiger Phallus es nicht länger aushält. Bald wirst du mich anflehen, dich von dieser exquisiten Pein zu erlösen.«

Wie von Sinnen hüpfte sie auf und ab, sie zerrte an ihren Kleidern, bis sie die Brüste entblößt hatte und an ihren Nippeln ziehen und zupfen konnte, und dann spürte sie, wie der massive Stab in ihr zu zucken begann. Sie bebte und genoss die hitzige Lust, von der ihr Körper überflutet wurde. Laut schrie sie auf, als sie unkontrolliert zu zittern begann. Ihre inneren Muskeln verkrampften sich um seinen zuckenden Schaft.

Er hatte lange ausgehalten, aber das Klammern und Zucken in ihrer glitschigen Tiefe war auch für ihn zu viel. Verzweifelt stieß er von unten gegen sie, und sein verzerrtes Gesicht verkündete die bevorstehende Niederlage. Geschickt hob Julia sich an, als sie seine Agonie nahe wusste, und der berstende Penis flutschte aus ihr heraus. Im nächsten Augenblick waren die Frauen da, sie seufzten und stöhnten und flüsterten und griffen nach dem nassen, klebrigen Schaft.

Julia sah zu, wie die Frauen rieben und vor Wonne jubelten, und Momente später sprühte seine Lust heraus, auf Hände und Brüste und Leiber der Frauen, die nicht genug bekommen konnten.

Befriedigt legte Julia sich zurück. Ihre Gefühle der Zärtlichkeit waren eine verrückte Abart gewesen, sonst nichts. Ausgelöst von seiner Jugend und Schönheit. Sie, Julia, benutzte Männer. Sie setzte sie ein, wenn sie nützlich waren und ihrem Vergnügen dienten. In Rom war das der einzige Weg, wie Frauen ohne Stand und Geld überleben konnten. Versonnen streichelte sie über den Schenkel des Gladiators. Er atmete flach. Der Penis lag schlaff auf dem Oberschenkel, das Gesicht war schweißnass.

Plötzlich fand Julia, dass sie genug hatte. Sie schickte die Frauen weg. Falco legte sich auf die Seite und barg sein Gesicht in die Beuge des Ellenbogens.

Phidias zürnte in einer dunklen Ecke des Innenhofs, immer noch wütend darüber, dass er den Achilles nicht hatte spielen dürfen. Julia trat zu ihm und wies ihn mit knappen Worten an, den Gladiator in die Sicherheit der Sklavenquartiere zu bringen.

Kurz darauf brachen ihre Gäste auf. Die Frauen unterhielten sich noch immer aufgeregt über das vielseitige Geschehen an diesem Abend. Sie wurden hinaus zu ihren Sänften geführt, neben denen die Diener warteten.

Drusus war noch da. Er half Julia, den Rest des Weines zu verzehren. Er hatte das Spektakel mit dem Gladiator von seinem Platz in den Schatten verfolgt, und Julia sah am gierigen Blick im hageren Gesicht, dass er es über alle Maßen genossen hatte. Wahrscheinlich hatte er die Zeit genutzt, sich selbst ein wenig Vergnügen zu verschaffen, dachte Julia. Nun, es war für alle ein gelungener Abend gewesen.

Plötzlich fielen ihr wieder Alexius und Catrina ein. Verdammt sei dieser Alexius! Wie konnte er es wagen, das kleine Barbarenmädchen für sich zu behalten? Drusus hatte wieder ihren Becher gefüllt und reichte in ihr. Sie standen im Hof. Die Nacht war noch warm, aber Julia schüttelte sich nach einem Windhauch

Sie nippte am Wein und sagte so beiläufig wie möglich: »Stimmt es, was du eben erzählt hast? Die Geschichte über Alexius und das britannische Mädchen? Er hält sie zu seiner eigenen Verfügung und schläft mit ihr in der *principia?«*

»So erzählt man sich.« Drusus hob die Schultern. »Was soll's schon? Er muss doch auch sein Vergnügen haben. Die Soldaten haben ihre Bordelle, und die Offiziere halten sich ein paar Sklavenmädchen in ihren Quartieren. Oder Knaben«, fügte er grinsend hinzu.

Julia zischte: »Es gehört sich trotzdem nicht. Außerdem habe ich einen Anspruch auf das Mädchen.«

»Jetzt nicht mehr, meine Liebe. Offenbar lässt er sie kaum noch aus den Augen. Die kleine Barbarin muss genau nach seinem Geschmack sein. Daran sieht man wieder, dass er eben doch nur ein einfacher Soldat ist, der sich hochgedient hat.« Er legte eine Hand auf ihre Schulter. »Es wird kalt, Julia. Drinnen ist es bestimmt gemütlicher.«

Aber ihr Herz pumpte noch voller Zorn und Neid. Sie entzog sich Drusus' Hand und sagte: »Ich bin müde. Es war ein langer Abend.«

»Wie du möchtest.« Er presste enttäuscht die Lippen zusammen, aber er hatte seine Gefühle im Griff und begleitete Julia noch ins Haus. Er verabschiedete sich, blieb unschlüssig im Hof stehen und sah sich um. Die Sklavenquartiere befanden sich am anderen Ende von Julias Haus.

Phidias war wütend auf Falco. Nicht nur hatte der junge Gladiator ihn fast bewusstlos geschlagen, er hatte ihm auch die Rolle des Achilles gestohlen und ihn so um eine Menge Spaß gebracht. Phidias bot sich rasch eine Gelegenheit zur Vergeltung. Kaum hatte er mit Falco den Innenhof verlassen und den Korridor zu den Sklavenquartieren betreten, da schlug er Falco eine Faust in den Magen. Der Gladiator krümmte sich, er klappte zusammen und fiel auf die Knie.

»Das war für deine Arroganz«, sagte Phidias zufrieden und starrte auf den würgenden Mann auf den Knien. »Jetzt komm in deine Zelle, bevor du noch mehr Unheil anrichtest.«

Aber Falco kam aus eigener Kraft nicht mehr auf die Beine. Rot vor Wut zog ihn der schwere Numidier hoch, schlang einen Arm um Falcos Schultern und schleppte ihn durch den endlos scheinenden, schwach beleuchteten Korridor. »Diese Frauen waren zu viel für dich, was?«, murmelte er. »Geschieht dir Recht. Ich hätte es ihnen allen besorgen und dann noch einmal von vorn beginnen können.«

Schließlich standen sie an der Tür zu Falcos Zelle. Phidias öffnete sie mit einer Hand, und mit der anderen stieß er den Gladiator auf die Pritsche. Dann drehte Phidias sich um, denn er hatte ein Geräusch in seinem Rücken gehört. Da stand jemand im dunklen Korridor, direkt vor der offenen Zellentür.

Drusus.

Er stand da, befingerte nervös den Gürtel seiner Tunika und starrte auf den reglos ausgestreckten nackten Falco. Langsam sagte Drusus: »Phidias, es hat mir sehr gefallen, was vor ein paar Abenden fast geschehen wäre.«

Phidias hob die Augenbrauen. »Herr, Ihr meint – er und ich? An dem Abend, an dem Ihr den Gladiator ins Haus der Herrin Julia gebracht habt?«

»Genau. Ich bin in der richtigen Stimmung, um so ein Spektakel zu genießen. Glaubst du, du schaffst das? Sechs Goldmünzen für dich, wenn du den Gladiator nimmst. Jetzt und hier. Allzu schwierig dürfte es nicht sein – er scheint kaum in der Lage, sich zur Wehr zu setzen.«

Phidias blickte stolz auf die Schwellung unter seinem Lederbeutel. »Herr, ich bin immer bereit. Und der feige Gladiator wird es auch genießen, das verspreche ich Euch.« Er leckte sich die Lippen. »Sechs Goldstücke, sagt Ihr?«

»Sechs. Und vielleicht noch eins extra, wenn deine Vorführung besonders gut ist.«

Grinsend zog Phidias den Lederbeutel auf, hinter dem sich seine Genitalien versteckten. Dick und schwer hing der Penis nach unten. Er starrte Drusus an, während er sein Glied rieb, das sofort zu wachsen begann. Der Römer sah geifernd und offenen Mundes zu.

Phidias kannte diese Sorte. Da war noch mehr Geld für ihn drin, wenn er dem arroganten Drusus alles bot, was er haben wollte. Aber vorher würde er es dem Gladiator besorgen. Mit der ganzen Wut in seinem Bauch, denn der feige Hund hatte ihn vor der Herrin und ihren Gästen geschlagen.

Der Penis sprang jetzt bebend aus seinen Lenden. Phidias wandte sich Falco zu, der bäuchlings auf dem Bett lag. Er schien zu schlafen oder bewusstlos zu sein. Jedenfalls würde er keinen Widerstand leisten.

Der Numidier setzte sich neben ihn aufs Bett und stieß Falcos Beine auseinander. Hinter sich hörte er das Rascheln von Stoff. Ohne sich umzudrehen, wusste er, dass der lüsterne Römer sich entblößt hatte.

Im nächsten Moment wandten sich beide Männer um, denn sie nahmen den Duft eines teuren arabischen Parfums wahr. Dann stand auch schon Julia da, ihr Gesicht weiß vor Zorn.

»Was ist denn hier los?«, fauchte sie. »Raus hier, Phidias! Und du auch, Drusus! Wer hat dir gestattet, die Unterkünfte meiner Sklaven zu betreten? Verschwinde! Sofort!«

Drusus sah erhitzt und geil aus. »Schau, Julia, wir setzen doch nur die Unterhaltung des Abends fort, was soll also die Aufregung?«

»Dies ist mein Haus, und ich sorge hier für die Unterhaltung«, sagte sie scharf. »Geh jetzt, Drusus.«

Das Gesicht des Römers war dunkelrot vor Enttäuschung und nur mühsam unterdrücktem Zorn. Er drehte sich auf dem Absatz um und stakste den langen Korridor hinunter. Julia sah ihm nach und wandte sich dann an Phidias, dessen Erektion rasch geschwunden war. »Du auch. Verschwinde. Ich werde morgen mit dir reden.«

Phidias verbeugte sich tief und zog sich rückwärts gehend zurück.

Julia spürte, dass sie zitterte, als sie sich zu Falco aufs Bett setzte. Leicht berührte sie seine Schulter. Sie verstand nicht, warum sie diese Gefühle für Falco hegte. Normal wäre für sie gewesen, den beiden schönen Männern zuzusehen und dann mitzumachen.

Aber plötzlich und für sie unerklärlich wollte sie nicht, dass der Gladiator weiter verletzt und erniedrigt wurde.

Sein athletischer Körper war einfach vollkommen. Er lag auf dem Bauch, und sie betrachtete die breiten Schultern, die schlanke Taille, die kleinen runden Backen mit den aufregenden goldenen Härchen. Sie beugte sich über ihn und küsste ihn sanft auf die Backen. Ihre Zungenspitze strich liebevoll in die schattige Kerbe. Er schlief, erschöpft vom Geschehen des Abends. Sie genoss es, ihn nur zu betrachten und sanft zu streicheln, ohne ihn aufzuwecken.

Dann drehte er sich langsam um und richtete sich auf. Er hatte gar nicht geschlafen. Julia sah, dass die grauen Augen hellwach blickten. Sie lächelten sie auf wunderbare Weise an. Der seidige Penis erigierte wieder und reckte sich ihr entgegen. »Herrin«, sagte er, zog sie hinunter, dass sie die Balance verlor und in seine Arme fiel.

Julia lag auf der schmalen Pritsche, verwirrt, hilflos und mit rasendem Herzen. Warum war er so behutsam mit ihr, so feinfühlig? Schließlich war sie es, die ihm all die Erniedrigungen zugemutet hatte. Dann schwanden alle Gedanken, denn er hatte geschickt ihre Tunika ausgezogen und den Kopf zwischen ihre Schenkel gesenkt. Er ließ die Zunge spielen und küsste ihre geteilten Schenkel. Verlangend griff sie nach ihm, der Körper voller Sehnsucht.

Seine lange Zunge streichelte die feuchten Falten ihres Schoßes, und vor lauter Wonne glaubte Julia sterben zu müssen. Sie griff in seine Haare, packte seine Schultern, hob sich an und mahlte die Vulva hart gegen seine Nase, die wohlig gegen ihre Klitoris rieb. Verdammt, verdammt, solche Lust hatte sie noch nie empfunden.

Langsam hob er sich an und spannte seinen Rücken wie einen Bogen, während er den bebenden Penis zwischen die Labien schob und tief in sie hineinstieß. Julia schrie vor Lust auf, sie hob die Beine und verschränkte sie um seinen muskulösen Rücken.

Falco lächelte sie an. Der Phallus war so wunderbar dick, dass Julia sich ihm stöhnend entgegen warf. Die pochende Klitoris rieb sich an seiner Schaftwurzel.

Ihr Orgasmus setzte mit ungeheuren Zuckungen ein, die sich mit seinen Stößen trafen. Wenn sein Schaft bei ihr auf Grund stieß, sah sie vor den geschlossenen Lidern eine Explosion der Sterne. Falco stieß schneller zu und trieb dem eigenen Orgasmus entgegen.

Sie lag erstaunt und befriedigt auf dem Rücken, und er hielt sie mit seinen kräftigen Armen umschlungen. Mit den Fingern malte er Phantasiemuster auf ihre Brüste. In das Schweigen hinein sagte sie: »Falco, ich bin vielleicht zu streng mit dir gewesen. Wenn du möchtest, kannst du deine Freiheit haben.«

Er hob den Kopf und schaute sie lange an. »Was lässt Euch glauben, dass ich meine Freiheit haben möchte?«

Julia spürte ihre Unsicherheit. Sie versuchte ein

Lächeln. »Du kannst mir doch nicht erzählen, dass dir das Leben eines Sklaven gefällt. All die Demütigungen ...«

»Sie waren es wert«, sagte er. »Ich meine, dass ich Euch haben durfte.«

Sie war sprachlos. Bestimmt hatte er alles missverstanden. Wieso sollte er etwas für sie empfinden? Niemand empfand etwas für Julia. Sie suchte sich Männer für ihre Lust, das war ihr genug. Abrupt stand sie von der Pritsche auf, hob die Tunika und warf sie über.

»Du irrst dich, Gladiator. Wenn du schlau bist, streichst du das Geschehen in dieser Nacht aus deinem Kopf.«

»Tut Ihr das auch?«, fragte er leise.

Sie zog zischend die Luft ein, hastete aus der Zelle und knallte die Tür hinter sich zu. Sie schloss ab. Er war ein Sklave. Ein schöner, nützlicher Sklave, sonst nichts. Sie konnte sich gar nicht erlauben, dass er ihr mehr bedeutete.

Außerdem lag noch eine Aufgabe vor ihr – Rache an Alexius und Catrina. Catrina, das scheinbar scheue unschuldige Barbarenmädchen, hatte sich als intrigante Frau erwiesen – kaum weniger intrigant als sie selbst, dachte Julia wütend. Ihr war es sogar gelungen, sich ins Bett des Kommandanten zu drängeln, woran Julia bisher gescheitert war.

Plötzlich fiel ihr wieder der kleine Lederbeutel ein, den Nerissa unter Catrinas Kopfkissen gefunden hatte. Zuerst hatte Julia gedacht, der Beutel könnte nur unbedeutendes Zeug enthalten, ein paar getrocknete Kräuter und gestampfte Pulver. Primitive barbarische Medizin, sonst nichts.

Aber dann hatte sie auf dem Boden des Beutels, eingewickelt in Hirschleder, ein kleines scharfes Messer entdeckt, auf dem der Name ›Alexius‹ in kruden Buchstaben eingeritzt war. Zunächst war Julia mehr als verdutzt gewesen, dann hatte sie beschlossen, den Fund zuerst einmal für sich zu behalten. Irgendwann konnte er sich als nützlich erweisen.

Es schien, dass dieser Zeitpunkt jetzt gekommen war. Sie würde Alexius davon erzählen und in aller Ruhe abwarten, was geschah.

Besser noch, sie würde dafür sorgen, dass Alexius selbst das Messer finden würde …

Fünfzehntes Kapitel

Catrina erwachte aus einem langen Schlaf und fand sich zwischen kühlen Linnen allein in dem kleinen Zimmer in Alexius' Haus. Jemand hatte sie ausgezogen und sie in ein dünnes Baumwollgewand gesteckt, und jemand hatte ihr auch einen Verband um den Arm gelegt.

Beim Anblick des Verbands wurde ihr wieder alles bewusst. Sie setzte sich auf und fuhr mit gespreizten Fingern durch die langen Haare. Drei Tage und Nächte waren seit Brants Anschlag auf Alexius vergangen, bei dem sie den Messerstich abbekommen hatte. Der Stich war nicht sehr tief gewesen, aber wie Catrina befürchtet hatte, war die Messerspitze mit Eisenhut bestrichen gewesen. Sie hatte im Fieber gelegen, während das Gift in ihr Blut gedrungen war.

Die Tage hatte sie in einer seltsamen Trance erlebt. Die Einsamkeit war nur von den Besuchen der stummen älteren Frau unterbrochen worden, die ihr Umschläge auf die Stirn gelegt und Saft zu trinken gegeben hatte. In den Nächten hatte Catrina tief und traumlos geschlafen.

Von Alexius hatte Catrina in diesen Tagen nichts gesehen, obwohl sie manchmal seine Stimme gehört hatte, wenn er mit der Frau sprach, die Catrina pflegte.

Jetzt fühlte sie sich schon wieder viel besser. Ihr Arm war noch verbunden, aber die Wunde schien gut verheilt zu sein. Die Sonne strahlte durch ihr kleines Fenster, dessen Läden geöffnet waren. Draußen zog ein Fuhrwerk rumpelnd über die Straße, und in der Ferne schallte der Hammer des Schmieds.

Catrina rieb sich mit einer Hand über die Stirn, als die restlichen Erinnerungen in ihr Bewusstsein drangen. Ihr war übel geworden, als sie Brant erkannt hatte. Kein Zweifel, dass Luad ihn geschickt hatte. Brant war tot; Alexius hatte ihn mit dem Schwert getötet. Wer vom Stamm war noch in der Stadt? Wer spionierte ihr jetzt nach? Luad würde längst wissen, dass Catrina den Stamm verraten hatte.

Das bedeutete auch, dass Alexius immer noch in Gefahr schwebte. Ihr blieb keine Wahl mehr – sie musste ihm alles erzählen, bevor es zu spät war.

Die Tür öffnete sich leise, und Alexius trat ins Zimmer. Die harten Kanten seines Gesichts waren weicher geworden, und in seinen Augen stand fast so etwas wie Zärtlichkeit, als er sie anschaute. Catrinas Herz schlug laut und pochend.

Er blieb im Türrahmen stehen. Catrina sah, dass er seine Uniform trug, einschließlich Schwert. Den Helm hielt er unter den Arm geklemmt. »Hast du gut geschlafen?«, fragte er leise.

»Ja, sehr gut. Ich glaube, ich habe tagelang geschlafen. Alexius, hast du einen Moment Zeit? Ich muss mit dir reden.«

Als ob sie nicht gesprochen hätte, fragte er: »Wie geht es deinem Arm?«

»Das ist nur ein Kratzer. Ich glaube, ich brauche den Verband nicht mehr.« Sie atmete tief ein und versuchte es wieder. »Alexius, ich muss dir etwas sagen.«

Er sah sie mit einem nicht zu deutenden Blick seiner blauen Augen an. »Das wird noch ein paar Stunden Zeit haben«, sagte er. »Ich muss jetzt gehen, Catrina. In meiner Abwesenheit wird man sich gut um dich kümmern. Wir reden später.«

Aber dann war es vielleicht schon zu spät, schrie es in ihr. Luad hatte seine Männer bestimmt schon in die Festung geschleust, sie würden Alexius beobachten und auf ihre Chance warten. Der Druide hatte raffinierte Waffen zur Verfügung, Pfeile mit Giften, die auf der Stelle betäubten oder töteten.

»Bitte«, bettelte sie und richtete sich ganz auf. »Du musst mich anhören, Alexius! Du bist in schrecklicher Gefahr!«

»Glaubst du, daran wäre ich nicht gewohnt?«

Sie hielt das Bettlaken umklammert und spürte, wie alle Kraft aus ihr wich. Er wollte ihr einfach nicht zuhören. »Wann wirst du zurück sein?«

»Bei Sonnenuntergang«, antwortete er. »Dann werden wir reden.« Er wandte sich zum Gehen, dann fiel ihm noch etwas ein. »Catrina«, sagte er, »du darfst die *principia* nicht verlassen. Du musst hier bleiben, verstehst du? Du wirst hier gut beschützt.«

»Dann bin ich immer noch deine Gefangene?« Ihre grünen Augen glitzerten im blassen Gesicht. »Nun, ich bin es schon gewohnt, Alexius.«

»Es ist nur zu deiner eigenen Sicherheit«, gab er zurück. »Glaube mir.«

Plötzlich musste sie an Brants Gesicht unter der Kapuze denken. Hasserfüllt hatte er sie angesehen, als er sie erkannt hatte. »Alexius«, sagte sie, »trägst du noch das silberne Amulett?«

Er sah sie verdutzt an. »Ja, natürlich.«

Sie seufzte erleichtert. Es würde ihn beschützen, das wusste sie. Im nächsten Moment schloss sich die Tür hinter ihm.

Kurz darauf trat die ältere Frau mit dem gütigen Gesicht ins Zimmer und brachte ein Tablett mit kleinen Weizenkuchen und einem Becher Schafsmilch herein.

Die Frau hatte auch wieder Medizin mitgebracht, sie befand sich in einer Schüssel mit honigsüßer Flüssigkeit.

Während Catrina daran nippte, fiel ihr der Lederbeutel mit ihrer eigenen Medizin ein, den sie in ihrem Zimmer in Julias Haus zurückgelassen hatte. Ihr Blut gefror, als sie daran dachte, dass auch das kleine Messer in dem Beutel versteckt war, das Luad ihr gegeben hatte. Das Messer mit dem eingeritzten Namen des Alexius.

Langsam schlürfte sie die Medizin, danach fiel sie in einen unruhigen Schlaf. Sie träumte von Alexius, er hatte einen Arm um sie gelegt und lächelte in ihre Augen. Sie fühlte sich geschützt und geliebt. Als sie aufwachte und die Wirklichkeit erkannte, empfand sie das Gefühl eines großen Verlustes. Sie wusste, dass sich ihr Traum nicht erfüllen würde.

Sie musste eine lange Zeit geschlafen haben, denn die Sonne stand jetzt hinter dem Haus, und lange Schatten fielen in ihr Zimmer. Später Nachmittag, dachte Catrina. Plötzlich hörte sie leise, fast schleichende Schritte vor ihrer Tür. Ihr Herz klopfte vor Angst. Im nächsten Moment schalt sie sich wegen ihrer dummen Ängstlichkeit; vielleicht waren es die Schritte der älteren Frau, die nach ihr gesehen hatte. Aber die Schritte klangen kräftiger, männlicher. Alexius? Warum sollte er in seinem eigenen Haus schleichen?

Sie erhob sich aus dem Bett, schlüpfte in ihre Sandalen und warf einen Umhang um die Schultern. Sie schlang den Gürtel fest und öffnete leise die Zimmertür. Sie lief durch den Flur, der durchs ganze Haus führte.

Ein Mann hastete auf den Haupteingang zu. Er drehte sich um, als wollte er sich vergewissern, dass er unbemerkt geblieben war, und Catrina sah verdutzt, dass es Felix war, Alexius' *optio,* der sie von Julias Haus in die *principia* gebracht hatte.

Er zuckte zusammen, als er sie sah, und er schien alles andere als erfreut zu sein, dass er entdeckt worden war. Noch schneller hastete er zum Ausgang und schlug die Tür hinter sich zu.

Catrina war völlig verwirrt. Natürlich war es ganz normal, dass Felix sich im Hauptquartier aufhielt, schließlich war er Alexius' Stellvertreter, und Alexius hatte ihr gesagt, sie würde gut bewacht. Aber es war Felix peinlich gewesen, von ihr bemerkt worden zu sein, und das war nicht normal.

Sie konnte keine Ruhe mehr finden und wanderte aufgeregt durchs Haus. Es wurde schon dunkel. Im Atrium war eine Lampe angezündet worden. Trompeten verkündeten den ersten Wachwechsel.

Wenig später wurde die Haustür hastig aufgerissen, und schwere Schritte näherten sich dem Atrium. Wieder Felix?

Sie hatte sich auf eine niedrige Liege vor einem Tisch mit wunderschön geschnitzten Figuren gesetzt, die auf schwarzen und weißen Karos standen. Catrina hielt gerade eine Figur in der Hand, als eine Gestalt den Eingang verdunkelte.

Sie blickte auf und sah Alexius.

Ihr erster törichter Impuls war, zu ihm zu laufen, aber irgendwas an seiner Haltung hielt sie zurück. Er hatte die Rüstung schon abgelegt. Seine Tunika und die Stiefel waren dick mit Staub belegt. In seinem Gesicht stand die Erschöpfung nach einem langen Tag.

»Alexius!«, rief sie freudig und stand von der Liege auf. »Ich dachte schon, du kommst heute nicht mehr zurück. Ich …« Sie brach ab, denn sie sah seinen Gesichtsausdruck. Kalt, zynisch, abweisend. Catrina stockte der Atem.

»Nun«, begann er, und seine Stimme klang wie Eis, »meine kleine Wilde, ich muss dir sagen, dein Spiel ist äußerst gefährlich.«

Catrina befeuchtete die trockenen Lippen. »Ich … ich weiß nicht, wovon du redest.«

Er ging langsam auf sie zu. »Eine Zeit lang«, sagte er, »als du mich vor dem Feuer gewarnt hast, war ich überzeugt, dich falsch eingeschätzt zu haben. Aber dann begriff ich die Wahrheit. Du hast mich beschützt, weil du mich selbst töten willst. Stimmt das?«

Sie wich vor ihm zurück, die Augen groß und rund im bleichen Gesicht. »Nein! Du lügst!«

»Wirklich?« Sein Lippen waren nur noch ein dünner Strich. »Und was ist das hier?« Er streckte seine Hand aus, und darin hielt er ihren kleinen wertvollen Lederbeutel.

»Meine Medizin!«, rief sie.

»Oh, du gibst also zu, dass dieser Beutel dir gehört?«

»Ja, natürlich. Er enthält meine Salben und Kräuter. Ich hatte ihn verloren. Bitte, Alexius, gib ihn mir zurück. Für mich sind die Sachen sehr wichtig.«

»Davon bin ich überzeugt.« Er lächelte kalt, und sie begriff zu spät. »Ich nehme an, das hier gehört auch dir?« Er zog die Schnur auf, die den Beutel geschlossen hielt, und kippte den Inhalt auf den Boden. Zwischen Kräutern und Pulvern schepperte ein kleines Messer über den Steinboden. Das Messer, in dessen Griff Alexius' Name eingeritzt war. Er hob die Waffe auf und fuhr mit der Daumenkuppe nachdenklich über die Klinge.

Catrina war so übel, dass sie sich am liebsten übergeben hätte. Es war, als hätte sich alle Kälte dieser Welt in ihrem Bauch gebündelt.

»Nun«, sagte er forschend, »hast du eine Erklärung dafür?«

Sie flüsterte: »Wie hast du den Beutel gefunden? Ich hatte ihn in Julias Haus zurückgelassen.«

Alexius lächelte dünn. »Wirklich? Dein Gedächtnis lässt dich im Stich, Catrina. Mein *optio,* dessen Aufgabe es ist, mein Leben zu schützen, hat den Beutel am Nachmittag hinter einer losen Kachel in der Küche gefunden.«

Felix! An diesem Nachmittag! Ihr Blut gefror. »Nein!«, rief sie. »Das ist nicht wahr! Ich habe ihn dort nicht versteckt!«

»Ich dachte, du würdest wenigstens ehrlich sein«,

sagte er leise. »Leugnest du auch, hergekommen zu sein, um mich zu töten, Catrina? Leugnest du, deinem Scharlatan von Priester geschworen zu haben, mir in die Stadt zu folgen und Rache zu nehmen?«

Catrina starrte ihn voller Entsetzen an. »Dann … dann weißt du, wer ich bin?«

Er fuhr immer noch mit der Daumenkuppe über die Messerklinge. »Natürlich. Ich glaube, ich habe es die ganze Zeit gewusst.«

Sie wich zurück, und er fuhr fort: »Ich muss zugeben, dass du mich verunsichert hast. Ich habe tatsächlich für deine Sicherheit gesorgt. Ich dachte, dein Priester hätte *dich* töten wollen. Zuerst das Feuer, dann der Anschlag mit dem Messer. Ich hatte sogar geglaubt, du hättest mir das Amulett gegeben, damit es mich beschützt. Aber es ist eher mit einem Fluch behaftet, oder nicht? Was hattest du geplant, *mea mellita?* Wolltest du mich in der Dunkelheit erstechen, während ich in deinen Armen lag?«

»Nein«, flüsterte sie hilflos, »nein …!«

Alexius sah wütend, erschöpft und enttäuscht aus. »Wirklich, Catrina, du überstrapazierst meine Geduld. Erspare mir deine Ausreden. Ich glaube, du bist eine Spionin und eine Hexe. Ich hätte dich gleich in der ersten Nacht dem Magistrat übergeben sollen. Jetzt will ich die Wahrheit von dir hören – die ganze Wahrheit.«

Langsam und drohend ging er auf sie zu.

Catrina ballte die Fäuste. In ihr brodelten Rage und Verzweiflung. Oh, wie sie ihn hasste!

Plötzlich sah sie ein wenig Pulver aus dem Lederbeutel auf dem Boden liegen, genau zwischen ihr und Alexius. Obenauf lag gestampftes Mutterkraut. Catrina bückte sich, hob es auf und schleuderte das Pulver in Alexius' Gesicht.

Er schrie überrascht und vor Schmerz auf und presste die Hände vor die Augen, geblendet vom beißenden Pulver. Ohne nachzudenken stürmte sie an ihm vorbei und durch die offene Tür.

»Catrina!«, hörte sie ihn brüllen. »Catrina, verdammt, komm her! Begreifst du denn nicht? Du kannst nirgendwohin laufen!«

Sie rannte weiter den Korridor entlang, durch den Haupteingang und hinaus in die dunklen Straßen.

Die Dunkelheit hatte sich über die Festung gelegt. Die rauchenden Fackeln, die an den Straßenecken in eisernen Haltern steckten, schufen ein diffuses Licht, das Catrina mehr verwirrte, als dass es ihr half, den Weg zu finden.

Ihr erster Gedanke war zu laufen, weit weg von Alexius und der *principia,* aber im nächsten Augenblick wurde ihre Flucht jäh von einer hohen Mauer gestoppt. Verzweifelt blieb sie stehen und rang keuchend nach Luft.

Sie musste auf die andere Seite des Flusses – in die relative Sicherheit der Stadt. Aber um dorthin zu gelangen musste sie durch das schwer bewachte Tor. Das würde sie nie schaffen. Alexius würde sich inzwischen erholt und längst Alarm ausgelöst haben. Die ganze Garnison würde hinter ihr her sein.

Blindlings schaute sie sich um. Jede Straße sah gleich aus, jedes Steinhaus gleich grimmig und verboten, alles rechteckig in kalter römischer Präzision. Ihre einzige Hoffnung bestand darin, irgendwo einen Unterschlupf zu finden, bis die Jagd auf sie abgeblasen war.

Sie atmete tief durch, um ihr rasendes Herz zu besänftigen, und schaute sich schon etwas gefasster um. Sie musste herausfinden, wo sie war.

Dann wurde sie starr vor Schreck, denn in einiger Entfernung konnte sie eine hoch aufgeschossene Gestalt sehen, flankiert von zwei anderen. Das Trio hielt genau auf sie zu, verdeckt von den Schatten der Gebäude. Ein Mann in einem derben dunklen Umhang. Unter der Kapuze sah Catrina das hagere Gesicht mit den stechenden Augen. Wie ein Jäger, der die Beute gesichtet hatte.

Luad, der Priester. Es blieb ihr keine Zeit zu überlegen, wie er ihre Fährte aufgenommen hatte. Oder wie er davon erfahren hatte, dass sie versagt und den Römer nicht getötet hatte. Instinktiv wusste sie, dass Luad gekommen war, sie zu bestrafen, weil sie das Vertrauen des Stammes missbraucht hatte.

Catrina schluckte verzweifelt, rannte zurück in die schmale Gasse, aus der sie gekommen war, aber sie hörte die schweren Schritte der Männer hinter sich und näher kommen. Dann stand Luad vor ihr und stellte sich ihr in den Weg.

Mit seiner sanften, kalten Stimme sagte er: »Nun, Catrina, wenn du den Römer nicht zu uns bringst, werden wir ihn zwingen, dir zu folgen. Raus aus der Sicherheit seiner Festung.«

Catrina rief verzweifelt: »Nein! Du verschwendest deine Zeit! Alexius wird mir niemals folgen! Er hasst mich.«

Sie versuchte, sich an Luad und den beiden anderen vorbei zu zwängen, aber dann fiel etwas Schwarzes über ihren Kopf, und sie spürte einen schrillen Schmerz im Nacken. Sie rief Alexius' Namen, ehe die Dunkelheit sie umfing.

Die Soldaten der Sechsten Legion bemerkten, dass ihr Kommandant Alexius ungewöhnlich barsch und streng vorging, als er die letzte Tagesinspektion durchführte, bevor die Nachtwache übernahm. Zweifellos hatte seine schlechte Laune etwas mit dem Verschwinden des blonden Barbarenmädchens zu tun, an dem er einen Narren gefressen hatte. Die Festung war gründlich durchsucht worden, aber von dem Mädchen hatte man keine Spur gefunden. Nach ein paar Stunden war die Suche ergebnislos eingestellt worden. Allgemeine Ansicht war, dass die Legionäre in den einsamen nördlichen Festungen ernstere Feinde hatten als ein einzelnes Barbarenmädchen.

Gerüchteweise verlautete, das Mädchen befinde sich in irgendwelcher Gefahr, aber von wem diese Gefahr drohte, wusste niemand so genau. Es gab natürlich das übliche Geschwätz unter den Soldaten. Das Mädchen sei eine Priesterin oder eine Hexe des britannischen Stammes und habe den Kommandanten mit einem Fluch belegt, aber niemand traute sich, den Kommandanten selbst zu fragen.

Diejenigen, die sie aus nächster Nähe gesehen hatten, schwärmten von ihrer Schönheit, und wer in ihre verhexten grünen Augen geblickt hatte, so hieß es, wäre verloren. Die Soldaten schauderten und riefen ihre Götter an, damit sie gegen das Böse gewappnet waren. Wer so eine mit auf sein Zimmer nahm, hatte seine Seele verkauft. Wie zum Beispiel der Kommandant.

Während Alexius seinen abendlichen Verpflichtungen nachging, folgte sein *optio* Felix ihm gedrückt und beschämt. Felix bewunderte den *primus pilus*, und ihm war fast übel vor Scham geworden, als er das gequälte Gesicht Alexius' gesehen hatte, nachdem er, Felix – auf Julias Geheiß – den Lederbeutel des Mädchens aus dem geheimen Versteck in der Küche hervorgezaubert hatte. Felix hatte genau gewusst, dass auch das kleine Messer in dem Beutel versteckt gewesen war, eine Ausrede für seine intrigante Tat hatte er also nicht. Er wünschte, er hätte die Kraft gehabt, sich Julias Wunsch zu widersetzen, aber sie hatte es ihm befohlen, und er war der freiwillige Sklave der schönen und freigiebigen Frau.

Gestern Abend hatte Julia ihn in der Vertrautheit

ihrer Privatgemächer gefesselt und auf eine einmalige Art verwöhnt, wobei sie auch die beiden syrischen Tanzmädchen eingesetzt hatte. Als er vor Gier nur noch hatte lallen können, war Julia ernst geworden.

»Du wirst die Erfüllung deiner Lust erst erleben«, hatte sie gesagt, »wenn du versprichst, deinen Kommandanten auszuspionieren.«

»Nein!«, hatte Felix gestöhnt. »Niemals!«

Julia hatte Lerche und Nachtigall ein kaum wahrnehmbares Zeichen gegeben. »Meine kleinen Vögelchen, ihr wisst, was ihr zu tun habt.«

Sie hatten die Fesseln ein wenig strammer gezogen und seine Genitalien mit den Fingernägeln gereizt. Felix' Blut kochte. »Ja, alles«, hatte er gestöhnt, »ich verspreche alles ...«

Julia hatte sich über ihn gebeugt und über seine heiße Stirn gestreichelt. »Sehr gut, Felix.« Dann hatte sie ihm den Lederbeutel des Mädchens gezeigt und erklärt, was sie damit bezwecken wollte.

Felix hatte gezögert. Eines der Mädchen hatte sich über ihn gebeugt, den Mund nur eine Handbreit von seinem purpurnen Schaft entfernt. »Ja«, hatte er dann gestöhnt, »alles ...«

Julia hatte genickt, und Lerche hatte die Lippen auf exquisite Weise über seinen prallen Schaft gestülpt. Die feuchte Zunge hatte sich flink auf und ab bewegt, bis der junge Felix nicht mehr hatte an sich halten können und im saugenden Mund des Mädchens seine Erfüllung gefunden hatte.

Jetzt war es zu spät. Er hatte gewusst, dass es Ärger geben würde, als er dem Kommandanten das angebliche Versteck von Catrinas gefährlichem Messer gezeigt hatte. Und jetzt gab es zusätzlichen Ärger, weil das Mädchen hinaus in die Nacht gelaufen war.

Schließlich hatte Alexius seine Eskorte entlassen, nachdem die ganze Festung ergebnislos abgesucht worden war. Felix atmete erleichtert auf. In letzter Zeit geriet er bei körperlicher Betätigung rasch aus der Puste. Vielleicht schwächten ihn die Abenteuer bei der Herrin Julia doch mehr, als er wahrhaben wollte.

Einige der älteren Offiziere redeten davon, ihr Vergnügen an diesem Abend in der Stadt zu suchen. Felix überlegte noch, ob er mitgehen sollte, als er hörte, dass der Kommandant sich ihnen anschließen wollte. Das war bisher höchst selten der Fall gewesen.

Felix brachte irgendeinen Vorwand vor, um sich am Gemeinschaftsspaß nicht beteiligen zu müssen, und hastete zu Julia. Sie würde darauf brennen zu erfahren, wie sich die Dinge entwickelt hatten.

Alexius folgte seinen Offizieren durch die gewundenen Straßen der Stadt und hinunter in die enge Gasse, in der das windschiefe Schild des Goldenen Keilers über dem Eingang des Weinladens hing. Drinnen herrschte schon viel Betrieb, denn es hatte sich herumgesprochen, dass die Soldatenmädchen wieder auftreten wollten.

Alle Tische waren mit dienstfreien Legionären besetzt, sie tranken und würfelten und labten sich am derben Eintopf, der heute besonders preiswert war. Die Lampen warfen ein trübes Licht in die Räume, in denen der Qualm der Holzkohle hing.

Der Wirt räumte schnell ein paar Plätze für die Offiziere und wies die bisherigen Platzhalter an, sich zu ihren Kameraden auf die Bänke zu quetschen. Dann schickte er die hübschesten Serviererinnen an den Tisch, sie brachten den besten gallischen Wein und ein wenig Wasser, um ihn zu verdünnen.

Alexius gesellte sich zu seinen Offizieren am zerkratzten Holztisch. Er trank von dem schweren roten Wein, und gemeinsam schwelgten sie in Erinnerungen an frühere Schlachten. Aber seine Gedanken waren die ganze Zeit bei Catrina.

Er hatte sie böse unterschätzt. Verdammt, in den wenigen Tagen war sie ihm unter die Haut gegangen. Als Felix ihm das Messer gezeigt hatte, auf dem sein Name stand, war ihm klar geworden, dass sie ihn die ganze Zeit hatte töten wollen. Und er, Narr, der er war, hatte geglaubt, sie wäre in Gefahr gewesen. Er hatte die Gefahr für sie in dem Scharlatan ihres Stammes gesehen.

Einer der Offiziere, der ein wenig zu tief in den Becher geschaut hatte, um noch zu wissen, wann man den Mund halten sollte, lehnte sich zu Alexius und sagte: »Habe gehört, Ihr habt Euer saftiges Barbarenmädchen verloren, das Ihr Julia vor der Nase weggeschnappt habt. Nun, ist nicht so tragisch – wo sie herkommt, gibt es noch genug andere, stimmt's?«

Alexius schüttelte kaum merklich den Kopf. Nein, nein. Es gab keine andere, die so war wie Catrina. Wie sie sich an ihn klammerte, wenn sie ihre Lust hinausschrie. Wie sie sich in seine Arme kuschelte. Er lächelte kalt, forderte mehr Wein und fuhr mit den Fingern über das silberne Amulett, das noch unter der Tunika am Lederband hing.

»Mehr als genug«, bestätigte er.

Die Soldatenmädchen trafen wie versprochen ein und quälten und entzückten den ganzen Saal voller Soldaten mit ihren frivolen Aufführungen, dann liefen die drei Mädchen von Tisch zu Tisch, um Münzen in ihren umgestülpten Helmen einzusammeln.

Alexius, dem die Erinnerung an Catrina noch wie ein dunkler Schmerz auf der Brust lag, nahm kaum Notiz von ihnen, bis eines der Soldatenmädchen direkt vor ihm stand, die Hände in die Hüften gestemmt.

»Mein Herr Alexius?«, sagte sie fast scheu. »Es ist schon lange her, seit wir zuletzt ein wenig Zeit zusammen verbracht haben. Ihr seht so aus, als könntet Ihr heute Abend ein wenig Zerstreuung brauchen.«

Claudia. Ihre Stimme mochte schüchtern klingen, aber ihr lebhaftes Gesicht, das durch den kurz geschorenen Männerhaarschnitt und die blitzenden braunen Augen noch verstärkt wurde, war eine einzige Herausforderung.

Neben Claudia stand ihre Freundin, ebenso in die Parodie der Soldatenuniform gekleidet. Die hoch angesetzten Brüste drängten sich lüstern durch das Mieder, so dass die rosigen Spitzen entblößt waren. Die Haare der Freundin waren unter dem Helm versteckt, das Gesicht hinter einer eng anliegenden Ledermaske. Die Augen hinter den Schlitzen glänzten seltsam.

Auch sie beobachtete ihn und wartete gespannt auf seine Entscheidung. Alexius spürte einen plötzlichen Erregungsschub, den er nicht für möglich gehalten hatte. Ihm war bewusst, dass die Offiziere ihn voller Neide beobachteten.

Er erhob sich und legte die Münzen für den Wein auf den Tisch. Mit einem kalten Lächeln sagte er zu Claudia: »Du hast Recht, ich könnte ein bisschen Gesellschaft gebrauchen.«

Die Frauen lächelten sich heimlich an und führten ihn aus dem lärmenden Saal.

Draußen vor dem Goldenen Keiler führte eine schmale Treppe hinauf zu einem kleinen Privatgemach. Es war ruhig und sauber und wurde vom Wirt oft an römische Prominenz vermietet, die es nach Eboracum verschlagen hatte. In einer Ecke brannte eine verzierte Bronzelampe. Das breite Bett war mit frischen Leintüchern bezogen, und auf dem Tisch stand ein guter Wein, daneben sah Alexius einen Wasserkrug und eine Schüssel mit Wasser.

»Nun, Kommandant«, hauchte Claudia verführerisch und sah seine große Gestalt mit hungrigen Augen an, »es ist schon so lange her. Erinnert Ihr Euch noch an Calleva? Wir haben schon befürchtet, Ihr hättet uns vergessen.«

»Aber wir haben Euch nicht vergessen«, fügte die andere hinzu, die Frau mit der Ledermaske, die ihr aufs Gesicht modelliert zu sein schien. Wer war sie? Sie hatte den Helm abgenommen und schüttelte den Kopf, so dass die langen dunklen Haare kaskadenförmig auf die Schultern fielen. Die Maske behielt sie auf. Alexius sah sie stirnrunzelnd an und wünschte, er hätte dem Wein nicht so üppig zugesprochen. Irgendwie kam ihm die melodische Stimme bekannt vor.

Aber dann begannen die beiden Frauen, ihn zu bearbeiten, und sein Denken setzte aus. Nur der Wein und die Berührungen der Frauen füllten seine Gedanken.

Geschickt entkleideten sie ihn, sie lösten die Rüstung, zogen die Tunika und seine Stiefel aus. Als er nackt war, wiesen sie ihn zum Bett und streichelten ihn sanft mit den Fingerkuppen, die sie in Zitronenwasser getaucht hatten. Sie fuhren seinen alten Wunden nach, die ein silbernes Muster über seinen Bronzekörper zogen. Sein Glied versteifte sich schon, obwohl beide Frauen darauf achteten, es nicht zu berühren. Sie arbeiteten flott miteinander, manchmal knieten sie neben ihm, manchmal schwang sich eine über ihn. Dabei drückten ihre Brüste gegen die dünnen Streifen der Soldatentuniken.

Alexius schloss die Augen und ließ sich von der körperlichen Lust überwältigen, während sein Penis immer steifer und härter wurde.

Die maskierte Frau starrte auf den pochenden Phallus und leckte sich die Lippen. Ihre Augen glitzerten durch die Schlitze in der schwarzen Ledermaske, dann legte sie sich neben Alexius auf das breite Bett.

»Nehmt mich jetzt, mein schöner Kommandant«, flüsterte sie heiser. »Ich bin bereit für Euch. Seht Ihr, wie bereit ich für Euch bin?« Ihre Zunge stieß durch die schmale Mundöffnung der Maske, während sie die Lederstreifen der Tunika beiseite schob und die Schenkel öffnete.

Alexius sah, dass sie zwischen den Schenkeln völlig nackt war. Die Haut in dunklem Pink war fein enthaart. Als die Frau die Labien spreizte, konnte Alexius die Feuchtigkeit schimmern sehen, und der kleine Kopf der Klitoris schien vor Erwartung zu beben. Ihr Finger bewegte sich langsam auf und ab und rieb genüsslich über den winzigen Hügel.

Heißes Verlangen schoss durch seinen Körper. Ihre hungrigen Blicke hafteten die ganze Zeit auf seinem Penis. Alexius richtete sich auf, ließ sich zwischen ihren Schenkeln nieder und begrub die Frau unter sich. Sie schlang juchzend die Beine um seine Hüften. »Oh, ja, Kommandant, ich bin bereit.«

Alexius zielte mit der Eichel auf ihre Öffnung, und sie spürte den dicken pochenden Schaft zwischen den geschwollenen Labien. Sie keuchte und stöhnte und ruckte ihm den Schoß entgegen, und Alexius stieß in sie hinein. Er verlagerte das Gewicht auf seine Ellenbogen und begann mit langen, gleichmäßigen Stößen.

In den Schatten stand Claudia und schaute neidvoll zu. Die maskierte Frau war zu den Soldatenmädchen gekommen, als die sich auf ihren Auftritt vorbereitet hatten. Sie hatte ihnen viel Geld dafür geboten, bei ihrer Schau dabei sein zu dürfen. Claudia hatte nicht begriffen, was die Frau bezweckte – aber das hier war gewiss nicht vorgesehen gewesen.

Claudia kannte Alexius schon lange und wusste, wie sehr er eine Frau beglücken konnte. Jetzt war sie eifersüchtig, denn eigentlich hatte sie ihn haben wollen. Sie starrte mit lüsternen Blicken auf das Spiel der Muskeln seiner kräftigen Backen, wenn er rhythmisch einfuhr.

Wie abwesend ließ sie die Finger über ihre Brüste gleiten. Ihre prickelnden Nippel sehnten sich nach

Berührung. Ungeduldig zurrte sie an der Tunika und fuhr mit der Hand zum heißen Dreieck und strich langsam über die entblößte Vulva. Sie war saftig und geschwollen, und kleine Stöhnlaute drangen aus ihrer Kehle, während ihr Finger in die Furche glitt und leicht und wie unbeabsichtigt gegen den Kitzler tupfte. Dumpfe Wellen der Lust strömten durch ihren Körper, als sie sah, wie Alexius' Stöße wilder wurden. Oh, wäre sie doch an der Stelle der maskierten Frau gewesen!

Alexius begann laut zu keuchen und intensivierte seine Stöße noch. Die Frau ließ ihre Lust hinaus. »Oh, ja, füllt mich mit Eurem wunderbaren Schaft, Soldat! Reitet mich wild und ohne Zügel!«

Alexius spürte an den krampfartigen Zuckungen ihrer inneren Muskeln, dass sie ihren Höhepunkt erlebte. Er zog sich aus der Frau zurück und versprühte seine Lust über ihre Brüste, die sich heftig senkten und hoben.

Sie lagen schwer atmend nebeneinander. Claudia warf sich zwischen die Körper, streichelte über Alexius' bebenden Brustkorb und fuhr mit einer Hand hinunter zu dem glitschigen Penis, der noch halb steif war.

Alexius war erschöpft, aber Claudia war sehr geschickt – wenn die andere Frau ihn nicht dadurch abgelenkt hätte, dass sie sich vom Bett erhob, über ihn beugte und ihn küsste.

»Großartig, mein lieber Alexius«, sagte sie. »Ich wette, es fällt dir schwer zu leugnen, dass es dir nicht auch gut gefallen hat.«

Im nächsten Moment zog sie die Maske vom Gesicht, und ihre mandelförmigen Augen starrten ihn triumphierend an.

Alexius richtete sich auf und schien plötzlich nüchtern.

Julia.

Sie hatte es ihm doch bewiesen. Sie hatte ihn überlistet.

Ernüchtert griff er nach dem Laken, um sich zu bedecken. »Endlich hast du deine Rolle im Leben gefunden, Julia«, sagte er sarkastisch. »Wie viel soll ich dir zahlen?«

Julias Augen wurden dunkel vor Wut. »Sei vorsichtig, Alexius«, warnte sie.

»Nun hört auf zu drohen, Julia, das steht dir nicht an. Wir wissen beide, dass wir das bekommen haben, was wir verdient haben.«

Julia schlang einen langen Umhang um sich und rannte hinaus. Hinter sich knallte sie die Tür zu.

Claudia begriff nicht, was die Nacht plötzlich verdorben hatte. Kopfschüttelnd nahm sie wahr, dass Alexius sich anzog, sie gefühllos auf die Wange küsste und auch hinausging.

Sechzehntes Kapitel

Die Sonne ging hinter den westlichen Hügeln unter und schickte lange Schatten in das nördliche Tal. Es war noch warm, aber trotzdem schüttelte sich Catrina. Sie schlang den schäbigen Umhang enger. Wieder war ein Tag vergangen. Ein Tag ohne Alexius.

Sie setzte sich auf einen Felsbrocken, stützte die Ellenbogen auf die Knie und das Kinn auf die Hände und schaute in die Ferne, nach Süden, wo die Stadt Eboracum lag.

Es gelang ihr nicht, Seufzer der Schwermut zu unterdrücken.

Vier Nächte waren vergangen, seit Luad und seine Männer sie aufgegriffen und in diese karge Hügellandschaft verschleppt hatten. Nach einem Schlag auf den Hinterkopf war sie bewusstlos geworden, dann hatte man sie wie ein Stück Wild verschnürt und auf das Holzfuhrwerk gepackt, mit dem sie unter dem Vorwand, Getreide zu bringen, in die Festung eingedrungen waren. Mit den leeren Säcken war Catrina zugedeckt worden. Am Tor hatten sie keine Probleme mit den römischen Wachen gehabt. Hinter der Stadt hatten die Männer das Fuhrwerk stehen gelassen und waren in der Nacht auf ihren Ponys nach Norden gezogen.

Catrina hatte sich schlecht und benommen gefühlt. Man hatte sie auf ihrem Pony festgebunden, weil sie anfangs noch bewusstlos gewesen war. Das Pony war mit Luads Leittier verbunden gewesen, wahrscheinlich eine Vorsichtsmaßnahme, damit Catrina nicht unversehens hätte fliehen können. Luad hatte immer wieder in die Dunkelheit gestarrt, als ob er sich vor Verfolgern fürchtete.

»Du brauchst keine Sorge zu haben«, hatte Catrina

ihm gesagt, »Alexius wird uns nicht nachsetzen. Ihm liegt absolut nichts an mir.«

Luad hatte nur böse gegrinst. »Ich glaube, du irrst dich. Er wird kommen, und wenn er kommt, sind wir auf ihn vorbereitet, das kannst du mir glauben.«

Catrina spürte, wie kalte Angst nach ihrem Herzen griff. Wieder eine Falle für Alexius, und diesmal sollte sie der Köder sein. »Er hasst mich, Luad«, sagte sie so ruhig sie konnte.

Er sah sie lauernd an. »Wirklich? Und warum hast du dich von ihm verführen lassen? Warum hast du ihn nicht getötet, Catrina?«

Catrina hob den Blick und sah dem Priester in die blassen Augen. Sie versuchte, ihre Angst zu unterdrücken. Was würde geschehen, wenn Luad alles wusste? »Vielleicht hatte ich keine Gelegenheit dazu«, sagte sie trotzig.

Luads Augen verengten sich zu Schlitzen. »Meine Informanten haben mir berichtet, dass du eine Menge Gelegenheiten hattest. Im Bett des Römers zum Beispiel. Wenn du in seinen Armen gelegen hast. Ist dir eigentlich klar, dass du nicht mehr zu uns gehörst? Du hast das Recht verwirkt, eine von unserem Stamm zu sein.«

Aus dem Stamm verstoßen zu werden bedeutete, vom Leben ausgeschlossen zu sein. Catrina erschrak. Das konnte nur heißen, dass Luad genau Bescheid wusste. Seine Spione hatten ganze Arbeit geleistet.

»Wenn ich nicht mehr zum Stamm gehöre, kannst du mich gehen lassen, Luad.«

Er lachte verächtlich. »Wohin würdest du denn gehen? Du kannst dich nirgendwo verstecken. Du hast dein Amulett verloren und damit auch deine von der Göttin verliehene Gabe. Der Stamm will dich nicht mehr haben, du hast keinen Wert mehr für ihn. Aber jetzt brauchen wir dich noch, um unseren Römer anzulocken und Rache an ihm zu nehmen.«

Nach dem anstrengenden Aufstieg auf den Hügel, auf dem nichts wuchs außer Heide und Gras, hatten sie endlich angehalten. Das fahle Licht des Tages kämpfte gegen die Dunkelheit. Catrina sah sich in diesem Versteck zwischen den Felsen um und fragte sich, warum Luad und seine Anhänger gerade hier in dieser Einöde ihr Lager aufschlugen, weit entfernt von den anderen des Stammes. Und warum waren nur wenige Krieger bei ihm?

Einige Gesichter waren ihr vertraut. Deta und Cernwi bei den Männern, Eda – sie hatte nur böse Blicke für Catrina übrig – bei den Frauen.

Es war nur ein knappes Dutzend, das Luad um sich geschart hatte.

Plötzlich begriff Catrina. Spontan wandte sie sich an Luad. »Du hast auch deine Position im Stamm verloren, nicht wahr?«

Er nahm den Sattel von seinem erschöpften Pony und sah sie wütend an. Catrina wusste sofort, dass sie ins Schwarze getroffen hatte.

»Ich war es, der beschlossen hat, den Stamm zu verlassen. Die anderen weigerten sich, dem Rat der Alten zu folgen. Sie hörten mir nicht mehr zu. Aber auch dafür mache ich dich verantwortlich, Catrina, weil du dein Amulett verloren hast. Aber ich habe noch meine besonderen Fähigkeiten und noch viele, die an mich glauben.« Er lachte trocken auf. »Was dich angeht, kleine Priesterin, wartet vielleicht doch noch eine Aufgabe auf dich, nachdem du den Römer angelockt hast. Du bist immer noch eine Schönheit, Catrina.«

Ein kalter Schauer durchlief sie. Aber sie ließ sich nichts anmerken. Sie bedachte Eda, die triumphierend zugehört hatte, mit einem zornigen Blick, dann wandte sie sich wieder an Luad. »Ich dachte, du hättest schon genug Huren.«

Eda stieß einen zischenden Laut der Wut aus und wollte Catrina anspringen, die Finger wie Krallen gekrümmt, aber Luad hielt sie zurück. »Geduld, Eda, du hast noch genug Zeit für deine Rache.«

Eda wich zurück. »Du hast nur noch eine Chance«, sagte Luad zu Catrina. »Geh zurück nach Eboracum und bringe den Römer irgendwie hierhin, damit wir ihn töten können.«

Catrina hielt den Atem an, dann sagte sie: »Wie sollte mir das gelingen? Ich habe dir gesagt, dass er mich verabscheut. Er folgt mir nicht, am wenigsten in eine Falle, die du ihm stellen willst, Luad.«

»Dann hast du keine Chance mehr«, sagte er leise und drohend, während seine blassen Augen gierig ihren zierlichen Leib abtasteten.

Als er gegangen war, drückte Catrina beide Hände gegen ihre Schläfen. Ihr war ganz schlecht.

Es stimmte, was Luad gesagt hatte – sie konnte nicht fliehen, denn sie hätte nicht gewusst wohin.

Alexius hatte das auch gesagt – es waren seine letzten Worte gewesen, die sie noch gehört hatte, als sie davongerannt war. Oh, Alexius. Sie kämpfte gegen die Flut der köstlichen Erinnerungen an, aber sie lag wie ein dunkler Schmerz in ihrem Inneren.

Während der folgenden Tage fürchtete Catrina, dass Luad den Verstand an die Mondgöttin verlor. Was er sagte und tat, kam ihr wirr und grausam vor. Er schien hauptsächlich an seiner sexuellen Befriedigung interessiert zu sein. Catrina war schon aufgefallen, dass er die liederlichsten Mitglieder des Stammes um sich geschart hatte.

Jeden Abend ließ er eine Schüssel des feurigen Metheglin kreisen, und danach gaben sie sich ihre Gelüsten hin. Catrina wandte sich von ihnen ab, angewidert von der ungezügelten Wollust der Männer und Frauen.

Sie hatte oft genug den Ritualen auf der Lichtung beigewohnt, aber dann war sie davon ausgegangen, dass die Rituale den Göttern gefallen sollten. Dies hier war anders, es waren keine Rituale, es war nur die Befriedigung der Fleischeslust.

Catrina fiel auf, dass Luad nicht einmal mehr vorgab, als wäre er noch ein Druide. Er zog auch sein langes Gewand nicht mehr an, sondern eine Tunika wie die anderen auch. Er ließ sich von Eda verwöhnen und war so lüstern wie ein gemeiner Krieger.

Wenn es Abend wurde, versuchte Catrina sich zu verstecken, aber Luad hatte seine Männer angewiesen, sie nicht aus den Augen zu lassen, wenn er mit den Frauen beschäftigt war. Catrina schaute den Abenden und den sexuellen Exzessen mit Schaudern entgegen, auch weil sie wusste, dass der falsche Priester sich bald nicht mehr zurückhalten und sie notfalls mit Gewalt nehmen würde.

Die Nacht des vollen Mondes näherte sich, und das Wetter wurde noch heißer, noch drückender. Das spärliche Gras auf den Hügeln vertrocknete, und die Vögel sangen nicht mehr.

Eines Nachmittags hatte sie von Luad die Erlaubnis erhalten, ein wenig bergab zu gehen, weil sie sich erleichtern und im Bergbach ein Bad nehmen wollte, um den Staub von ihrem heißen, verschwitzten Körper zu waschen. Während sie im Wasser stand, tauchte plötzlich Cernwi zwischen den Felsen auf und lächelte sie an.

Catrina sprang entsetzt aus dem Bach und wollte zu ihren Kleidern. Cernwi musste sie schon länger beobachtet haben, denn sein purpurner Phallus pochte ungeduldig, als er sich entblößte.

Catrina wollte weglaufen, aber der schwere Mann fing sie rasch ein und presste sie an seinen Körper. Sein Mund schnappte nach ihren Brüsten, und sie spürte seinen harten Schaft an ihrem nackten Leib. Sie schrie und wehrte sich, aber er hielt sie in seinen Armen gefangen und legte sie behutsam auf den Boden. Er stammelte Worte der Begierde, grätschte über sie und begann zu masturbieren, wobei er die feucht glänzende Eichel gegen ihre Nippel rieb.

»Meine kleine Priesterin«, murmelte er, »hab keine Angst. Ich sehne mich doch schon so lange nach dir.«

Catrina biss in seine Hand und schrie wieder.

Luad musste schon ihren ersten Schrei gehört haben, denn er stand plötzlich neben ihnen und zerrte Cernwi von ihr, als der gerade seinen Höhepunkt erlebte. Der schwere Mann fiel zur Seite und stöhnte seine Enttäuschung heraus. Catrina sprang auf. Sie zitterte wie Espenlaub, bückte sich nach ihrem Gewand und bedeckte ihren Körper.

»Er wollte dir nichts Böses tun«, sagte Luad und wies mit dem Kopf auf den noch am Boden liegenden Cernwi. »Er versteht nicht, warum du ihn abweist. Die anderen Frauen sträuben sich nicht gegen ihn.«

Catrina schüttelte den Kopf. Leise sagte sie: »Ich will mich an deinen Spielen nicht beteiligen, Luad.«

Er grinste verächtlich. »Du hältst dich immer noch für was Besseres, was? Aber du bist nicht mehr die Magd des Priesters.«

»Und du bist schon lange kein Priester mehr. Lass mich gehen, Luad. Warum hältst du mich hier fest?«

»Es ist deine Schuld, dass ich den Einfluss auf den Stamm verloren habe«, sagte er zähneknirschend. »Er schwand an dem Tag, an dem du das Amulett verloren hast. Aber du gehörst immer noch zu mir, Catrina. Alles wird gut, wenn der Römer kommt.«

Catrina rief: »Aber ich habe dir doch gesagt, dass er nicht kommen wird! Er hasst mich!«

»Das behauptest *du.*« Luad lachte. »Aber ich glaube, er wird bald hier sein. Und danach – nun, danach wirst du lernen, mit mir glücklich zu sein.«

»Nein!«

Luad hatte sich schon abgewandt, packte den verängstigten Cernwi an der Schulter und stieß ihn den Hügel hoch.

Catrina sank verzweifelt auf die Knie. Sie hatte versucht, nicht an Alexius zu denken, aber jetzt ließen sich die Erinnerungen nicht länger abschütteln. Sie verzehrte sich nach ihm. Ob er überhaupt noch an sie dachte?

Sie schluckte schwer an dem Kloß, der in ihrer Kehle stak. Sie wusste die Antwort. Er hasste sie. Er hielt sie für eine hinterhältige Spionin, die es nicht geschafft hatte, ihn zu töten und deshalb zurück in die Berge geflohen war.

Manchmal träumte sie davon, dass er auf der Suche nach ihr war, und wenn sie dann aufwachte, spürte sie einen unerträglichen Schmerz. Eigentlich müsste sie froh sein, dass er sie nicht suchte, denn wenn er kam, würde das sein Tod sein, dafür würde Luad schon sorgen.

In der Hitze des Nachmittags wanderte Julia rastlos durch das *praetorium* und bewegte die stehende Luft mit einem winzigen Fächer aus geschnitztem Elfenbein. Nichts entwickelte sich nach ihren Wünschen. Sie trug nur einen Hauch von Gewand, aber trotzdem schien die drückende Schwüle alle Energie aus ihrem Körper zu saugen. Sie hatte es mit einem Bad versucht, aber das hatte nur für kurze Zeit Erleichterung gebracht. Auch die Stille der überdachten Terrasse bot keine Zuflucht.

Draußen hatte man das Gefühl, dass die stinkende Luft aus der Stadt hochstieg und über die Mauern der Festung waberte, um sie heimzusuchen. Selbst die Lavendelbüsche entlang des Innenhofs hatten ihren Duft verloren.

An diesem Morgen hatte sie eine versiegelte Botschaft von Flavius erhalten. Er hatte dem siegreichen neuen Kaiser Serverus seine Ergebenheit versichert und würde bald gen Norden aufbrechen, hatte

Flavius ihr mitgeteilt. Wenn die Götter gnädig waren, würde er schon in einigen Tagen in Eboracum sein.

Die Nachricht von Flavius' bevorstehender Rückkehr hatte Julia deprimiert. Sie bedeutete das Ende von allem, was schön und ihr wichtig war – ihre Freiheit, ihre Unabhängigkeit, ihr Vergnügen.

All das ging ihr durch den Kopf, als sie durch die leeren Räume zu Flavius' Arbeitszimmer ging. Ihr Blick fiel auf die Namensliste an der Wand. Ganz oben hatte sie endlich auch ihr ›J‹ hinter den Namen des Mannes schreiben können, den sie schon so lange begehrt hatte – Alexius. Es hätte ein Moment des Triumphs sein müssen, doch das war es beileibe nicht.

Es war so eine schöne Idee gewesen – eine ihrer besten überhaupt –, sich als Soldatenmädchen einzuschleichen. Alexius hatte als Liebhaber gehalten, was sie sich von ihm versprochen hatte. Die Erinnerung ließ heiße und kalte Schauer über ihren Rücken laufen. Was für eine Lust, seinen harten Stab in sich zu spüren. Aber dann bekam sie eine Gänsehaut, wenn sie an das Entsetzen und den Abscheu in seinen tiefen blauen Augen dachte, als sie sich ihm zu erkennen gegeben hatte.

Sie tupfte Tränen der Demütigung aus den Augenwinkeln. Sie hasste ihn!

Und nun würde Flavius bald zurück sein. Konnte sie die Berührungen des alten Protektors überhaupt noch ertragen? Aber was blieb ihr sonst übrig? Niemand von Stand konnte sie heiraten, und jung war sie auch nicht mehr. Erst an diesem Morgen hatte sie wieder neue kleine Fältchen entdeckt, die sich um die Augen gegraben hatten. Die Vorstellung, ihre Haare mit Ruß zu schwärzen, wie es einige Kolleginnen vom Theater hatten tun müssen, und sich mehr und mehr Schminke ins Gesicht zu schmieren, um das schwindende jugendliche Aussehen auszugleichen, erfüllte sie mit Widerwillen. Lieber würde sie sterben.

Leise war die Tür hinter ihr aufgegangen, aber in ihrer Verzweiflung hörte sie nichts, auch nicht die leisen Schritte. Sie zuckte erst zusammen, als warme maskuline Hände ihre Brüste umfingen. Ihr stockte der Atem, und zugleich nahm sie den würzigen männlichen Duft vom Öl des Sandelholzes wahr. Sie fuhr herum und starrte den lächelnden Mann mit aufgerissenen Augen an.

»Falco! Wie kannst du es wagen, dich so anzuschleichen! Wer hat dir erlaubt, die Sklavenquartiere zu verlassen?«

Er lächelte immer noch und blickte mit seinen schönen grauen Augen auf sie hinab. Er hob die breiten Schultern und sagte: »Wie kann ich aufhören, Euch überall folgen zu wollen, wo Ihr so schön seid, Herrin?«

Sie warf stolz den Kopf in den Nacken, und die dunklen Löckchen flogen ihr ums Gesicht. Sie hoffte sehr, dass er die Spuren ihrer albernen Tränen nicht sehen konnte. »Für wen hältst du dich, dass du dich traust, so mit mir zu reden?«

»Ich glaube«, sagte er ruhig, »dass ich der Mann bin, der Euch glücklich machen kann.« Bevor sie reagieren konnte, hatte er sie in die Arme genommen. Er presste seinen Mund auf ihre weichen Lippen.

Julia keuchte protestierend. Sie mochte es nicht, geküsst zu werden. Aber dann spürte sie erschauernd, dass dies anders war. Falcos Mund war so fest, so warm. Er verwöhnte ihre vollen zitternden Lippen, als wären sie eine delikate Köstlichkeit. Die kräftige Zunge streichelte die innere Seide ihres Mundes, er leckte und koste, stieß mit männlicher Zärtlichkeit in ihre Mundhöhle, bis ihre Sinne nach seiner süßen jungen Schönheit lechzten.

Langsam krochen ihre Hände seinen Rücken hoch, und als hätten sie einen eigenen Willen, schlangen sie sich um seinen Nacken und strichen über die kräftigen Muskeln unter der Tunika. Sie kraulte lustvoll in den blonden Haaren und rieb ihre Brüste gegen ihn. Julia schloss die Augen und empfand ein plötzliches Glücksgefühl, das ihr unheimlich war.

Ihr Gladiator.

Falco löste sich widerwillig von ihr, aber er hielt sie immer noch in den Armen und schaute in ihr verwirrtes, so verletzlich wirkendes Gesicht. »Wir gehören zusammen, Ihr und ich«, raunte er.

Julia schüttelte den Kopf, halb lachend, halb betrübt. »Du musst verrückt sein! Ich bin viel älter als du! Und gerade heute habe ich erfahren, dass Flavius in wenigen Tagen nach Eboracum zurückkehrt.«

»Wollt Ihr ihn denn zurück haben?«

»Nein! Aber was bleibt mir anders übrig?«

»Wir gehen weg«, sagte er fest entschlossen. »Wir leben irgendwo am Meer, wo es immer warm ist. Ich werde genug für uns beide verdienen.«

Julia lachte spöttisch, aber ihre Wangen hatten sich gerötet. »Du bist mein Sklave! Selbst wenn ich dir die Freiheit gäbe, könnten wir nicht heiraten.«

»Dann leben wir eben so zusammen.«

»Du ... du kennst mich nicht, Falco. Ich brauche Menschen, Unterhaltung, Abwechslung, Luxus ...«

Er ließ sie langsam los, griff an ihr vorbei an die Wand und riss das Pergament hinunter, auf dem die Namen der Soldaten standen. »Ich glaube«, sagte er, »dass Ihr für eine Zeitlang genug davon gehabt habt.« Er sah sie schelmisch an, während er das Pergament in kleine Stücke riss und die Fetzen auf den Boden fallen ließ.

Julia ließ sich in Flavius' breiten Ledersessel sinken und starrte zu Falco hoch. »Du bist verrückt, Gladiator«, sagte sie atemlos. »Wirklich verrückt. Flavius wird wütend sein.« Aber ihre Augen tanzten, als sie zu ihm aufblickte, und plötzlich fühlte sie sich sehr glücklich.

Er warf die letzten Schnipsel in die Luft und kniete sich vor Julia auf den Boden, wobei er eine Hand auf ihre Schenkel legte – nur dünne Seide zwischen seiner Hand und ihrer Haut. Sie spürte die Wärme, die er ausstrahlte, und sah in seine strahlenden Augen, während er sagte: »Mir ist nie etwas so ernst gewesen.«

Sie errötete wie ein junges Mädchen. Noch nie hatte jemand sie so verliebt angesehen. Gewöhnlich starrten Männer sie gierig und berechnend an. Sie tat seinen Antrag immer noch als Witz ab. »Und wann, meinst du, sollen wir aus Eboracum verschwinden?«

»So schnell wie möglich«, gab er ruhig zurück. »Wir nehmen eine Galeere nach Rutupiae, und von dort segeln wir in meine Heimat nach Griechenland. Da gibt es wunderschöne Inseln, sie liegen wie Juwelen in einer blauen See ... Aber zuerst haben wir noch eine Aufgabe zu erledigen.«

Julia sah ihn verwundert an. »Was denn?«

»Das Mädchen Catrina befindet sich in Schwierigkeiten. Ihr müsst es Alexius sagen.«

Bitterkeit quoll in Julia auf. Sie stand auf und ging unruhig auf und ab. »Alexius? Catrina? Was gehen sie mich an? Sie bedeuten mir nichts.«

»Das weiß ich.« Falco hatte die Arme vor der Brust verschränkt. »Und um das überzeugend zu beweisen, müsst Ihr ihnen helfen, wenn sie in Schwierigkeiten sind. Catrina ist in die Hände ihrer Feinde gefallen. Sie braucht dringend Hilfe.«

»Woher weißt du das? Alle sagen, sie sei abgehauen, weil Alexius sie als hinterhältige Spionin entlarvt hat.«

Falco schüttelte den Kopf. »Die Sklaven hören viel. Jemand hat gesehen, wie Catrina an einem Abend von Fremden entführt worden ist. Sie muss die Entführer gekannt haben, denn einen nannte sie beim Namen – Luad. Catrina muss sich verzweifelt gewehrt haben, aber sie hatte keine Chance. Werdet Ihr Alexius Bescheid sagen?«

Sie sollte zu Alexius gehen? Obwohl sie ihn hasste?

Falco stand neben ihr und streichelte über ihre Schulter, und plötzlich schien Alexius nicht mehr die Macht zu haben, sie zu demütigen.

»Ich werde es mir überlegen«, sagte sie schließlich.

Falco sagte: »Ihr wisst, dass ein kleines Messer mit Alexius' Namen im Griff im Hauptquartier gefunden wurde, nicht wahr? Alexius musste glauben, dass Catrina es dort verborgen hatte.«

Julia zögerte. Ihre Wangen färbten sich schamrot. Falco küsste sie auf die Stirn.

»Wir sollten jetzt zu Alexius gehen, nicht wahr?«

Siebzehntes Kapitel

Es war die Nacht des vollen Mondes, aber es gab keinen Mond, denn der Himmel war schwarz von den Sturmwolken, die sich den Tag über jenseits der Hügel zusammen geschoben hatten. In der schroffen Felsenlandschaft herrschte eine unnatürliche Stille. Das einzige Licht auf dem Hügel kam von einem glimmenden Torffeuer, das mitten im Lager schwelte.

Es störte Luad nicht, dass die Wolken den Blick auf den vollen Mond verhinderten. Der Genuss des Metheglin hatte ihn leicht beschwipst. Ihm fiel auch nicht auf, dass sein Gewand beschmutzt und zerrissen war. Er stellte sich vors Feuer, breitete die Arme aus und hob sie zum Nachthimmel. Ja, er war ein echter Priester. Er hatte die Macht. An diesem Abend spürte er ganz besonders, wie die Macht durch seine Adern rauschte. Die anderen spürten es auch. Er sah, dass sie ihn erwartungsvoll anschauten und auf seine Worte warteten.

Er blickte über den Platz zu Catrina. Das Mädchen, das er selbst zur Magd des Priesters erkoren hatte. Er fuhr sich mit der Zunge über die trockenen Lippen. Catrina war nackt an einen hohen Felsen gefesselt worden. Uralte magische Inschriften waren in den Felsen geritzt, woraus Luad schloss, dass es sich bei diesem Platz um eine alte Opferstätte handelte.

Catrina hob den Kopf hoch, aber trotzdem konnte Luad die Angst in ihren grünen Augen sehen.

Vorher an diesem Abend, als die brennende Sonne von aufziehenden purpurfarbenen Sturmwolken erstickt wurde und sogar die Vögel aufhörten zu singen, weil sie sich vor dem drohenden Unwetter in Sicherheit brachten, hatten Eda und die anderen Frauen die Magd des Priesters gewaltsam ausgezogen und sie mit der blauen Farbe des Stammes angemalt. Große Kreise um die Brüste, Spiralen auf dem Bauch und um den Schoß. Die Frauen mussten Catrina während der Prozedur festhalten, so sehr sträubte sie sich dagegen. Sehr rücksichtsvoll sprangen sie nicht mit Catrina um.

Luad sah aus der Nähe zu. Es musste sein, sagte er sich. Bald würde Catrina Eboracum und den Römer vergessen haben. Dann würde sie erkennen, dass sie trotz allem zu ihm gehörte. Sie würde lernen, Spaß an der Lust zu empfinden, die er und die anderen ihr verschaffen würden.

Er betrachtete ihre bemalen Brüste, den flachen Bauch und das kleine Dreieck mit der blauen Farbe. Luad spürte, wie er hart wurde, wenn er daran dachte, wie er sie bald erforschen würde. Noch in dieser Nacht würde dieser Moment kommen. Aber vorher musste sie bestraft werden, weil sie zugelassen hatte, dass der Römer ihre Jungfräulichkeit besudelt hatte. Deshalb konnte jeder sie in dieser Nacht besitzen. Cernwi, der massive Simpel, lechzte schon nach ihr.

Sie würde ein Opfer für die kalte Göttin des Mondes sein, denn sie hatte ihr Amulett verloren.

Er winkte Eda zu sich. »Ja, Herr?«

Luad wies mit dem Kopf zu Catrina. »Bereitet sie vor«, sagte er. »Die Zeremonie wird bald beginnen.«

Catrina bemerkte die kurze Begegnung von Eda und Luad auf der anderen Seite des Platzes. Zitternd schloss sie die Augen. Es wurde ernst. »Oh, Göttin«, murmelte sie, »hilf mir.«

Die hoch aufragenden Felsen, die so aussahen, als hätte ein urweltlicher Riese sie aufeinander getürmt, schüchterten sie ebenso ein wie der bedrohlich schwarze Himmel. Ihre Haut kribbelte vor Hitze und Furcht vor dem Ungewissen. Der Schweiß sammelte sich an den Rändern der blauen Farbe auf ihrem Körper.

Irgendwo unterhalb der Felsen glaubte sie ein Scharren zu hören, dann war da ein Geräusch, als ob ein Kieselstein den Hang hinunter kullerte. Sie lauschte angespannt, aber da war nichts mehr. Vielleicht irgendein Tier im Unterholz, dachte Catrina.

Luad schritt auf sie zu. Ihm folgten die Frauen, und als er stehenblieb, duckten sie sich, als wollten sie sich an ihre Beute heranpirschen und dann zuschlagen.

Tatsächlich sagte Luad zu den Frauen: »Sie gehört euch.«

Alle fielen über sie her, und Catrina war ihnen wehrlos ausgeliefert. Hände rieben über ihren Körper, Brüste strichen über ihre Haut, Finger zwickten sie in Brüste, Bauch und Schenkel. Natürlich war Eda die Anführerin. Bosheit glitzerte in ihren Augen, als sie sich über Catrina beugte.

»Doch nicht zu gut für uns, kleine Priesterin, was?«, zischte sie in Catrinas Ohr. »Aber du kannst sicher sein, wir sorgen dafür, dass du deinen Römer bald vergessen hast.«

Catrina schüttelte sich angewidert. Sie sammelte ihre letzte Kraft und rief: »Luad, du musst mich freilassen! Ich gehöre zu deinem Stamm, und die Göttin hat mir besondere Fähigkeiten verliehen. Wenn du dich an mir versündigst, versündigst du dich auch an der Göttin.«

Luad trat näher heran, und die Frauen wichen voller Ehrfurcht zurück.

»Du irrst dich, Catrina«, sagte er gelassen. Der Feuerschein tanzte auf seinem hageren Gesicht. »Du bist keine von uns. Du hast nie zu uns gehört. Du bist eine Feindin, eine Römerin.«

»Das kann nicht sein«, murmelte sie kopfschüttelnd. »Ich verstehe nicht …«

»Nun, nachdem ich dich vor all den Jahren gefunden habe«, erzählte Luad, das Gesicht verkniffen, »habe ich mich natürlich umgehört, und dabei habe ich erfahren, dass es eine römische Ansiedlung war, die damals überflutet wurde. Nur römische Familien sind weggeschwemmt worden. In der ganzen Umgebung gab es keine einheimische Bevölkerung. Deshalb bist du so anders als wir, Catrina. Du bist römischen Bluts. Und deshalb wird niemand von uns einen Finger krümmen, um dir zu helfen – ganz egal, was mit dir geschieht.«

Es war Catrina, als hätte sie aufgehört zu atmen. Sie erinnerte sich an Eda, die ihr schon vor Jahren hasserfüllt ins Ohr gezischt hatte: »Du bist keine von uns.« Und Falco hatte gesagt: »Catrina ... seltsam, das ist ein römischer Name.« Und dann Alexius, der behauptet hatte, ihr Amulett sei römisch, nicht britannisch. »Viele wohlhabende Römer tragen solche Amulette als Glücksbringer.«

In der Ferne hörte sie Donnergrollen. Das Gewitter kam näher. Catrina schloss wieder die Augen. Oh, Göttin, hilf mir ...

Plötzlich hörte sie das Schrammen von Metall gegen Felsgestein, und dann sprangen hohe, schlanke Gestalten aus den Schatten. Jemand – Catrina glaubte, es könnte Eda gewesen sein – stöhnte vor Angst. Die halb nackten Frauen kauerten zusammen ums Feuer. Catrina schaute in die entgegen gesetzte Richtung und riss Augen und Mund auf.

Soldaten. Soldaten in Rüstungen, die im Feuerschein glänzten, als sie Luad und seine Anhänger einkreisten, die Schwerter zum Kampf erhoben. Ihr Anführer stand vor einem schwarzen Felsen, seine Gestalt eine stolze Silhouette im flackernden Licht des Feuers.

Alexius.

Catrina verharrte reglos, während ihr Herz schmerzhaft gegen die Rippen schlug. Das musste das Ende sein. Er war ihr gefolgt, um sie zu töten.

Im nächsten Moment spürte sie eine Messerspitze

an der Kehle. Luad stand neben ihr. Er keuchte schwer, und Catrina roch den scharfen Metheglingestank seines Atems.

»Komm näher, Römer«, zischte Luad. »Noch einen Schritt näher, dann steche ich sie ab.«

»Wenn du sie anrührst, Priester«, sagte Alexius gefährlich leise, »wirst du sterben – mit deinem Stamm.«

»Ich nicht, Römer.« Luad zerschnitt Catrinas Fesseln, und im nächsten Augenblick war sie befreit – aber Luad hielt sie von hinten gepackt. Ihr nackter Körper war wie ein menschlicher Schild für ihn. Die Messerspitze ritzte immer noch ihre Kehle. »Wenn du mich haben willst, werde ich vorher das Mädchen töten.«

Er rieb mit der freien Hand über ihre nackten Brüste. »Sie ist eine Schönheit, was? Du hast sie ja schon gehabt. Wie ist sie denn? Nun, bald werde ich es selbst herausfinden. Jetzt gehört sie mir.«

Alexius hob eine Hand, und seine Männer schwärmten aus. Luads Hand mit dem Messer zitterte.

Catrina mochte es nicht länger mit ansehen und presste die Lider fest zu. Fast tat Luad ihr ein wenig Leid. Er hatte immer noch nicht begriffen, dass es Alexius egal war, ob sie überlebte oder getötet wurde. Sie betete stumm zu ihrer Göttin.

In der lastenden Stille der heißen Nacht zuckte ein Blitz, der für einen Moment alles taghell erleuchtete, auch die verängstigten Gesichter von Luads Leuten und die grimmig entschlossenen Züge der Soldaten, die sie umringten.

Dem Blitz folgte ein gewaltiger Donnerschlag, dessen Echos von den hohen Felswänden immer wieder zurückgeworfen wurde.

Lähmendes Entsetzen breitete sich unter Luads Anhängern aus, sie schlugen die Hände vors Gesicht und riefen jammernd: »Taranis ist uns böse! Taranis, der Gott des Donners, schleudert uns seinen Zorn entgegen, weil wir es gewagt haben, der Priesterin Gewalt anzutun!«

In diesem Moment trat Alexius mit hoch erhobener Hand vor. Im gleißenden Licht des nächsten Blitzes, der ganz nahe explodierte, sahen Luads Leute, dass er einen kleinen silbernen Gegenstand in der Hand hielt.

Catrinas Amulett.

Luad stieß einen Laut des Entsetzens aus, als er das Amulett sah, und die Hand mit dem Messer fiel kraftlos nach unten.

Alexius, schon so lange in Britannien, dass er mit der Sprache der Einheimischen vertraut war, trat weiter vor. »Ja, Taranis ist böse auf euch, und ihr kennt auch den Grund! Kraft dieses silbernen Amuletts befehle ich euch, das Mädchen Catrina unverletzt freizulassen. Seht doch, wie die Götter über euren Frevel zürnen!«

Wieder grollte der Donner, und Alexius' letzte Silben gingen in dem Knall unter. Aber die Britannier hatten verstanden. Luad schrie ängstlich auf, als der Boden unter seinen Füßen zu beben schien, er warf sich wie die anderen zu Boden und bedeckte das Gesicht mit den Händen.

Dann, als der Regen aus den überladenen Wolken strömte, schritt Alexius auf Catrina zu und sagte so leise, dass nur sie es hören konnte: »Ich glaube, es ist besser, wenn du jetzt mit mir kommst. Bevor sie begreifen, dass Blitz und Donner nur ein glücklicher Zufall waren.«

Sie hob ihr bleiches Gesicht, während der Regen über ihren zierlichen nackten Körper prasselte. »Alexius, du hättest mir nicht folgen sollen. Es war eine Falle, in die er dich locken wollte. Du solltest mir folgen, damit er dich töten konnte. Geh, so lange du es noch kannst, bitte.«

Er starrte sie an, ein amüsiertes Lächeln in seinen blauen Augen. »Bei Mithras«, stöhnte er, »du meinst, ich habe meine Männer für nichts in diese Berge gehetzt? Du willst gar nicht mit mir kommen?«

»Doch, doch! Aber ich habe dir doch nichts als Verdruss gebracht, und du musst mich hassen, weil ich …«

»Nun, das kannst du mir überlassen.« Er betrachtete sie liebevoll. »Ich werde von nun an einfach besser auf dich aufpassen müssen, meine kleine Wilde.« Er legte das silberne Amulett um ihren Hals, legte ihr seinen Soldatenmantel um die Schultern und trug sie hinüber zu seinem Pferd.

Luad und seine Leute kauerten noch zusammen und flehten verzweifelt zum Gott des Donners, der immer noch zürnte, aber schon etwas leiser.

Eine Schwarzdrossel sang im dichten Laub einer Birke. Es war ein schöner Sommermorgen mit einem blassblauen Himmel. Das Gras, noch feucht vom heftigen Regen der Nacht, glitzerte in den Strahlen der Sonne.

Nachdem sie in der Nacht ihr Lager am Fuß der Hügel aufgeschlagen hatten und Catrina sofort fest eingeschlafen war, hatte Alexius sie am Morgen zum plätschernden Bach geschickt: »Sie lassen dich nicht durch das Tor zur Festung, wenn sie deine blaue Stammesbemalung sehen.«

Jetzt stand sie bis zu den Knien im fließenden Wasser und sah, wie die blaue Farbe im Bach aufgelöst wurde. Die letzte Spur meiner Vergangenheit, dachte sie, denn ich bin nicht britannisch, sondern römisch. Ein wenig traurig rieb sie über das Amulett zwischen ihren Brüsten. Selbst der von ihr so verehrte Talisman hatte sie betrogen.

Die Schwarzdrossel war auf einen unteren Ast der Birke gehüpft und sang fröhlich drauflos, als wollte der Vogel sie auf andere Gedanken bringen. Sie schaute zu ihm hoch, spürte, wie die Sonne ihr Gesicht küsste und wünschte sich …

»Eine Wassernymphe«, sagte eine vertraute Stimme. »Keine Priesterin, sondern eine Nymphe.«

Catrina fuhrt herum und hielt instinktiv die Hände vor ihre Brüste, aber Alexius lachte nur. Er zog sich die Lederstiefel aus, legte Rüstung und die knielange Tunika ab und trat zu ihr in den Bach. Die Schwarzdrossel flog aufgeschreckt davon.

»Ich sehe, dass du Hilfe brauchst«, sagte er mit weicher Stimme. »Komm, lass dir helfen.«

Er bückte sich, schöpfte Wasser mit beiden Händen und rieb damit über ihre Schultern. Catrina spürte ein hilfloses Verlangen nach ihm.

»Ich bin keine Priesterin und keine Nymphe«, sagte sie. »A … Alexius …« – immer noch stolperte sie über seinen Namen – »ich bin nicht einmal eine meines Stammes.«

»Ich weiß«, sagte er sanft. Seine Hände streichelten über ihre Brüste und drückten die harten Warzen.

»Du weißt es?«, fragte sie gequält. »Du hast gewusst, dass ich eine Römerin bin?«

»Ich hatte es vermutet«, sagte er ernst. »Ich habe dein Amulett ganz spontan mitgenommen, ich war nämlich neugierig. Obwohl ich es nicht sehen konnte, war mir die Form irgendwie vertraut. Ich habe mich dann erkundigt – es stellte sich heraus, dass es das Emblem einer sehr bekannten Patrizierfamilie ist, umgekommen bei der schrecklichen Flutkatastrophe, die vor vielen Jahren in der Ebene von Eboracum enorme Schäden angerichtet hat.«

Catrina sah ihn mit bangen Augen an. »Und es hat außer mir keine Überlebenden gegeben?«

»Es sind keine bekannt«, sagte Alexius und streichelte über ihren Kopf. »Aber jetzt weißt du wenigstens, woher du stammst, Catrina. Du hast eine Identität. Ich habe weitere Erkundigungen über dich eingezogen. In Rom erwartet dich ein beträchtlicher Besitz. Wir werden Anwälte nehmen, die dir zu diesem Besitz verhelfen werden. Das Amulett wird ein unschätzbarer Beweis für deinen Anspruch sein.«

Sie schüttelte langsam den Kopf, die grünen Augen dunkel und gehetzt in ihrem zierlichen Gesicht. Rom lag am anderen Ende der Welt; es bedeutete ihr nichts. Sie versuchte, sich ihre Zukunft vorzustellen, aber sie sah nichts.

»Aber ich bin deine Gefangene«, flüsterte sie. »Wie sollte ich überhaupt nach Rom gelangen, selbst wenn ich es wollte? Was hast du mit mir vor, Alexius?«

Das Wasser trieb um sie herum, und er drückte sie fester an sich. »Wie meinst du das, *mea mellita?*«

Catrina stöhnte leise. War es ihre Einbildung, oder sah sie es in seinen Augen schelmisch blitzen? Und – Himmel – sie spürte, was sich mitten im kalten Wasser hart und heiß gegen ihren nackten Leib presste.

Sie fuhr mit der Zunge über ihre trockenen Lippen und spürte den schnellen Schlag ihres Herzens. »Ich meine … oh, Alexius, du hast doch geglaubt, dass ich dich töten wollte. Du hast das Messer gefunden … du musst mich hassen.«

Er sah sie ernst an. »Ich habe dich nie gehasst. Aber als ich das versteckte Messer gefunden habe, war ich schon recht verstört, denn es passte nicht in mein Bild.«

Sie blickte zu ihm hoch. »Das Messer mit deinem Namen. Es gehörte mir, aber ich hatte es verloren, und ich hatte nicht die Absicht, es zu suchen. Ich bin nach Eboracum gegangen, um mich an dir zu rächen, aber als ich da war, wusste ich, dass ich keine Rache mehr wollte. Luad hatte seine Spione geschickt, die ihm berichteten, ich hätte versagt. Deshalb hat er Brant geschickt, der das Feuer gelegt und dich mit dem Messer angegriffen hat. Aber ich habe keine Ahnung, wie das Messer in dein Haus gekommen ist.«

Er fuhr zärtlich über ihre Wange. »Julia könnte es dir erklären, wenn sie noch da wäre. Aber sie befindet sich inzwischen auf hoher See – unterwegs zu wärmeren Gefilden. Und weißt du, wer bei ihr ist? Falco, der Gladiator.«

»Nein!«, rief Catrina. »Aber wie ...?«

»Meine Kleine«, unterbrach Alexius sie, »meine Männer bereiten die Pferde vor, wir müssen aufbrechen. Du musst noch viel über die Lebensweise der Römer lernen. Bevor ich dich zu meiner Frau mache.«

Sie stieß einen verdutzten Laut aus, aber er brachte sie mit einem Kuss zum Schweigen. Ihr Blut strömte heiß durch ihre Adern, als sie seinen festen und zugleich weichen Mund auf ihren Lippen spürte. Mit einer sanften fließenden Bewegung hob er sie aus dem Wasser und setzte sie behutsam am moosigen Ufer ab. Zärtlich öffnete er ihre Schenkel.

»Ich habe da noch ein wenig Farbe entdeckt – hier«, sagte er und zeigte auf ihren Schoß. Sie beugte sich vor, um besser sehen zu können, aber dann verwehrten seine Schulter ihr die Sicht, und im nächsten Moment fuhr er mit der Zunge über die Falten ihrer Labien.

Die Wärme seiner Zunge nach dem kalten Wasser war eine solche Wohltat, dass Catrina zu stöhnen begann und beide Hände durch seine kurz geschorenen Haare strich. »Mehr«, stieß sie hervor, »viel mehr, mein Römer ...«

ENDE

Erotische Romane

Sophie Andresky
Band 13 845
DAS LÄCHELN DER PAULINE

Lisette Allen
Band 14 708
NICOLES VERGELTUNG

Becky Bell
Band 14 257
TALENT DER NACHT

Peter Benson
Band 12 913
SPRINGFLUT

Roxanne Carr
Band 14 242
DIE RÄCHERIN

Lucinda Carrington
Band 14 155
DER REITLEHRER

Sara Charles
Band 14 225
DAS INTERNAT

Sarah Copeland
Band 14 195
EHLANAS ERWACHEN

Erotische Romane

Portia da Costa
Band 14 173
CLAUDIA UND DER FREMDE

Bart Davis
Band 12 826
ALPTRAUM DER LÜSTE

Charles Devereaux
Band 13 365
DIE INDISCHE VENUS

Anne Félix
Band 14 402
DIE NACKTE VON OZYMANDIAS

Jill Gascoine
Band 12 844
UNERSÄTTLICH
Band 14 363
HEMMUNGSLOS

Holly Graham
Band 14 653
EINE SKANDALÖSE AFFÄRE

Erotische Romane

Juliet Hastings
Band 13 919
APPASSIONATA
Band 14 275
DIE WEISSE ROSE
Band 14 335
CRASH KURS

Saskia Hope
Band 13 672
OUTLAW FANTASY
Band 14 608
OUTLAW FANTASY / OUTLAW LOVER

Vivienne LaFay
Band 14 307
DIE MALERIN

Roberta Latow
Band 13 852
LARAS ERWACHEN

Terry C. Miles
Band 14 360
TALENTSUCHER

BASTEI LÜBBE